Tod in Kitzbühel

Edwin Haberfellner wurde 1957 im oberösterreichischen Steyr geboren. Nach langjähriger Tätigkeit im Krankenhaus und einem Jura- und Datentechnikstudium ist er heute Beamter und Autor.

EDWIN HABERFELLNER

Tod in Kitzbühel

KRIMINALROMAN

emons:

Bibliografische Information der Deutschen Nationalbibliothek
Die Deutsche Nationalbibliothek verzeichnet diese Publikation in der Deutschen Nationalbibliografie; detaillierte bibliografische Daten sind im Internet über http://dnb.d-nb.de abrufbar.

FSC www.fsc.org
MIX
Papier aus verantwortungsvollen Quellen
FSC® C083411

Umschlagmotiv: fotolia.com/bofotolux
Umschlaggestaltung: Tobias Doetsch
Gestaltung Innenteil: César Satz & Grafik GmbH, Köln
Druck und Bindung: CPI – Clausen & Bosse, Leck
Printed in Germany 2014
ISBN 978-3-95451-263-8
Originalausgabe

A bisserl a Lieb
und a bisserl a Treu
und a bisserl a Falschheit
ist allweil dabei.
Volkstümliches Scherz- und Spottlied

Prolog

Die Stehlampe verbreitete gerade so viel Licht, wie sie brauchte, um sich ihren Weg zwischen der voluminösen Sitzgarnitur zur Balkontür zu bahnen, wo sie den Vorhang zur Seite schob. Unten im Dorf schimmerten die Lichter, sie blinkten, als würde ihr jemand Zeichen geben. Und zwischen den Lichtern das durchsichtige Bild einer Frau, gehüllt in ein Satinnachthemd, das Gesicht von der Nacht schwarz umrahmt, weich gezeichnet vom Glas, bleich vor Gewissheit. Sie drehte sich um, warf einen Blick auf den geschmacklosen dunkelbraunen Globus, der aufklappbar war und als Bar diente, und überlegte, ob sie etwas trinken sollte. Doch sie verwarf den Gedanken sofort wieder. Sie wollte nichts mitnehmen, wenn sie ging, auch nicht seinen teuren Fusel. Er sei kein schlechter Mensch, hatte sie ihren Eltern weismachen wollen. Anfangs hatten sie ihr widersprochen, waren aber mit den Jahren müde geworden und hatten sie nur noch stumm angesehen, wenn sie ihnen stolz seine Geschenke gezeigt und von seinen Geschäften erzählt hatte. Woher hätten ihre Eltern auch wissen können, wie es draußen in der Welt zuging? Sie waren nie weg gewesen, nie fort von zu Hause.

Sie war stolz auf das schöne Haus gewesen, auf die tollen Kleider, den Wagen, das Ansehen, das sie als die Baumeistersgattin im Dorf genoss, und auch darauf, wie man sie behandelte, wenn sie in Fünf-Sterne-Häusern abstiegen. Menschen können Geld wittern, es macht sie freundlich, unterwürfig und zugänglich, aber nicht zu Freunden. Sie strich über die weiche Seide, über ihre Hüften, ihre festen Brüste. Nichts war echt, nicht einmal die. Die OP hatte schweineweh getan. Sie sah ihr Spiegelbild lächeln. Es war kein frohes Lächeln, mehr eine Grimasse. Ein immer wieder geprobtes Lippenverziehen, geübt vor dem Spiegel, jedoch nicht, um ein Gefühl auszudrücken, sondern um bei ihrem Gegenüber eine Reaktion auszulösen. Jetzt gab es kein Gegenüber mehr, nur noch sie, und sie wusste schon lange nicht mehr, wer sie wirklich war. Sie legte den Hebel um, die Glastür glitt sanft zur Seite, und augenblicklich drang der Gesang der zirpenden Grillen an ihr Ohr. Von den Feldern stieg kühler Dunst auf. Alles fühlte sich so friedlich an. Sie spürte die Bretter des Balkons unter ihren nackten Füßen und musste lachen. Auch nicht echt. Keine Holzbalken, sondern nur ein Gemisch aus Holzstaub und Kunststoff, das in eine Form gepresst worden war, gefärbt, seiner Ecken und Kanten beraubt, spanlos, um nicht Gefahr zu laufen, sich zu verletzen. Die Bretter waren genauso bedeutungslos wie sie. Ein stilgerechtes Accessoire, auf den ersten Blick nicht zu unterscheiden vom Echten, vom Natürlichen, immer neu und glänzend, aber auch immer seelenlos. Zu spät hatte sie erkannt, dass unter ihrem Silikon und der Maske, die man ihr antrainiert hatte zu tragen, doch noch etwas anderes schlummerte. Etwas, das schon seit langer Zeit an die Oberfläche drängte, und sich nur wie ein eingesperrtes Tier besänftigen ließ, indem man ihm einen Leckerbissen vorwarf. Sie lehnte sich an die Brüstung, atmete tief durch, sog die Nachtluft ein. Und selbst jetzt, so dachte sie, war es nicht ihr eigener, persönlicher Atem, sondern jener der Frau aus der Stadt, die ihr vor langer Zeit Yoga beigebracht hatte.

»Man muss auf dem Boden bleiben«, hatte ihr Vater immer gesagt, wenn es ein gutes Jahr gewesen war und die Ernte nicht vom Hagel, der Trockenheit oder von den Weizenspekulanten verdorben worden war. Sie hatte schon lange den Boden unter den Füßen verloren. Natürlich, es wäre möglich, alles zu vergessen, sich ins Auto zu setzen, in die Stadt zu fahren, sich schöne Kleider und Schuhe zu kaufen und weiterhin alles zu verdrängen. Aber was dann? So weitermachen wie bisher? Warten, bis ihr Gewissen verstummte, sich einreden, dass nicht sie es war, die über diese schrecklichen Dinge Bescheid wusste, die geschehen waren? Es würde nicht funktionieren. Wenn sie ihn ansah, war alles wieder da, was sie hatte miterleben müssen. Es war zu spät, sie konnte nicht mehr davonlaufen, alles hinter sich lassen und irgendwo von vorn anfangen. Es würde sie ihr Leben lang verfolgen.

Am Horizont verdichtete sich der Dunst zu einem blauen Schleier, die Sprinkleranlage tickte wie eine schwerfällige Uhr. Sie sah einen Stern aufflackern, und plötzlich bemerkte sie die Veränderung. Ihr Lächeln war echt. Der dünne Satin flatterte, ein leichtes Rauschen, Angst, aber nur einen Augenblick. Dann der Aufprall und ein kurzer Schmerz, an den sie sich nie mehr würde erinnern können. Ein Stillleben in Seide auf makellosem Rasen vor dem Haus.

1

Am Anfang war die schmale Dorfstraße noch geteert, führte an Scheunen und unansehnlichen Betonbunkern mit verblassten Firmenaufschriften vorbei, aber schon nach einer halben Stunde zügigen Gehens verwandelte sie sich in einen ausgewaschenen Schotterweg. Seit er das alte Haus seiner Großeltern übernommen hatte, war Schröck noch nie so weit aus Schönbergmoos hinausgewandert. Eigentlich hatte er sich nur ein wenig die Beine vertreten wollen. Seit fast fünf Wochen saß er nun schon sozusagen auf der Wartebank, die Wochenendausflüge mit Silvia waren die einzige Abwechslung gewesen. Sie hatten Spaziergänge gemacht und kleine Landgasthöfe in der Umgebung besucht, aber am Montagmorgen war sie immer wieder zurück nach München ins Institut gefahren, und so mussten sie sich unter der Woche mit abendlichen Telefonaten begnügen. Im Kommissariat konnte er sich nicht blicken lassen, denn offiziell litt er an einem Burn-out-Syndrom, war somit krankgemeldet und befand sich der Meinung seiner Kollegen nach in einem Sanatorium im Norden. Inoffiziell arbeitete er für den Bundesnachrichtendienst, und trotzdem brachte ihn die Langeweile fast um. Klaus Heinrich, sein Führungsoffizier und Freund seit den Tagen ihrer gemeinsamen Polizeiausbildung, hatte versprochen, sich bald zu melden und Schröck die Details seines neuen Auftrags zukommen zu lassen. Das war vor zwei Wochen gewesen. Seither Funkstille. Selbst sein Ausgleichssport, das Wäschebügeln, machte keinen Spaß mehr, außerdem war nichts mehr da, was er mit seiner neuen Dampfstation, die er sich geleistet hatte, hätte bügeln können. Seine Haushälterin Liba betrachtete sein Hobby schon lange mit Argwohn. »Ein richtiger Mann bügelt nicht«, tadelte sie ihn, wann immer sie ihn am Bügelbrett sah. Aber Schröck bestand darauf, die Arbeit selbst zu machen. Wenn er mit dem Eisen über den zerknitterten Stoff fuhr und dieser anschließend glatt war wie ein Babypopo, verspürte er eine unerklärliche Befriedigung. Zudem half ihm Bügeln beim Nachdenken. Dann arbeiteten seine Hände wie von selbst, und sein Geist war frei, um seine Gedanken zu ordnen. Nicht selten hatte er beim Bügeln die besten Einfälle und so schon manchen kniffligen Fall gelöst. Nur jetzt gab es einfach nichts zu lösen. Langsam fühlte er sich wirklich krank, nein, besser noch, er fühlte sich wie ein Rentenanwärter, der auf den Pensionsbescheid wartete.

Mittlerweile war es dunkel geworden, und selbst die allgegenwärtigen Geräusche der Landmaschinen und das Vogelgezwitscher waren verstummt. Schröck ging schneller und erreichte nach einer Weile das Haus. Er schloss die Eingangstür auf und ließ den Kater, der draußen zu ihm gestoßen war, an ihm vorbei in den Flur schlüpfen. Als er rief, ob jemand zu Hause sei, erhielt er keine Antwort. Liba schien nicht da zu sein. Seine Haushälterin Libuša hatte noch Schröcks Großeltern gekannt. Sie kümmerte sich seit ein paar Jahren um Haus und Garten, kochte und wusch für ihn und versorgte ihn nicht zuletzt mit guten Ratschlägen und Weisheiten aus ihrer tschechischen Heimat, die sie vor über fünfzig Jahren der Liebe wegen verlassen hatte.

Das große rot-weiß getigerte Tier kratzte an der Tür zur Wohnküche. Eines Tages war der Kater einfach da gewesen, war ins Wohnzimmer marschiert, hatte es sich nach kurzer Prüfung auf Schröcks Lehnstuhl bequem gemacht und betrachtete das Haus seitdem als sein Revier. Schröck hatte sich nie Gedanken über einen Rufnamen für ihn gemacht. Er nannte ihn Kater, und Liba wählte den Namen des selbstbewussten Eindringlings je nach Laune. Mal war er *zlatanek*, der Goldschatz, dann wieder ein *čert*, ein Teufel. Schröck ließ den Kater mit einem Schulterzucken passieren. Das Tier lief sofort zum Kühlschrank und versuchte, durch bloßes Anstarren die Tür zu öffnen. Als das Telefon klingelte, zuckte es zusammen und verkroch sich hinter dem Mülleimer, wohl wissend, dass es in nächster Zeit keine menschliche Hilfe beim Lösen seines Nahrungsproblems zu erwarten hatte.

Schröck meldete sich wie immer mit einem einfachen Ja, und als am anderen Ende Klaus Heinrich grüßte, ließ er sich mit einem erleichterten Seufzer aufs Sofa fallen und rückte ein Polster zurecht, so als wartete er nicht auf einen neuen Auftrag, sondern auf den Anpfiff eines spannenden Fußballspiels im Fernsehen.

»Ich habe dir bei unserem letzten Telefonat ja schon angekündigt, dass du diesmal ein wenig weiter wegfahren musst, aber daraus wird nichts«, sagte Klaus Heinrich.

»Aber wenn ich hier noch länger herumsitze, drehe ich bald durch«, brummte Schröck enttäuscht.

»Musst du nicht, denn ich brauche dich hier. Besser gesagt bei den Nachbarn.«

»Was gibt's denn diesmal?« Schröcks Laune hatte sich schlagartig gebessert.

»Eine Anfrage von den Russen. Wir sollen jemanden finden.«

»Ich dachte, wir mögen die Russen nicht besonders?«

»Es geht nicht darum, wen wir mögen oder nicht«, sagte Heinrich leise, und Schröck registrierte mit Befriedigung den geknickten Unterton in seiner Stimme. Heinrich hatte also auch schon den Punkt erreicht, an dem man sich nicht mehr anmaßte, zwischen Gut und Böse oder Freund und Feind klare Grenzen zu ziehen. »Du sollst ja nur Nachforschungen anstellen und niemanden umbringen.«

Schröck setzte sich auf und schob das Polster zur Seite.

»Trotzdem würde ich gern wissen, warum wir für die Russen arbeiten«, blieb Schröck stur.

»Es ist zwar keinesfalls üblich, dass ein Mitarbeiter danach fragt, und meistens kenne ich auch nicht die genauen Hintergründe der Aufträge, aber in diesem Fall ist es vielleicht tatsächlich ganz gut, wenn du Bescheid weißt. Es geht um zwei Personen, beide sind per Du mit einem gewissen Herrn im Kreml.«

Überrascht holte Schröck tief Luft, ließ sich aber Heinrich gegenüber nichts anmerken. »Du bist heute ziemlich gesprächig für eine Plauderei über das öffentliche Telefonnetz.«

»Das ist in diesem Fall egal, es sind ohnehin schon alle Vereine informiert. Unsere Freunde jenseits des Großen Teiches sind genauso wie wir und die Russen daran interessiert, dass unsere Zielpersonen wieder auftauchen.«

»Okay, und warum gerade ich?«

»Weil du dir als Ermittler der alten Schule im Gegensatz zu den jungen Leuten deine Unkonventionalität bewahrt hast. Geh einfach vor wie immer, Michael, wir verlassen uns da ganz auf dich. Alles, was du brauchst, bringt dir morgen der Paketdienst. Sieh ja zu, dass du zu Hause bist, sonst musst du noch nach München in die Zustellzentrale fahren, und wenn dich da jemand von deinen früheren Kollegen sieht, hast du erheblichen Erklärungsbedarf.«

Nachdem Heinrich aufgelegt hatte, zündete sich Schröck eine Zigarette an und blies Rauchkringel in die Luft. Im Kommissariat hatten sie ihn deswegen immer bewundert, aber dann war leider das allgemeine Rauchverbot verhängt worden. Welcher Teufel hatte ihn nur geritten, Heinrichs Angebot anzunehmen und als Agent für den BND zu arbeiten? Er dämpfte die Zigarette schnell wieder aus. Sein Magen knurrte, bis auf das Brötchen am Morgen hatte er heute noch nichts gegessen. Mal sehen, was Liba Gutes vorbereitet hatte.

Wie auf Befehl erhob sich Kater und nahm erwartungsvoll wieder seinen Platz vor dem Kühlschrank ein, aber Schröck öffnete stattdessen die Backröhre. Er hegte die Hoffnung, einen köstlichen Braten vorzufinden, aber das Rohr war leer. Dann also doch im Kühlschrank nachschauen. Kater reckte sich.

»Jetzt beruhige dich mal wieder, da ist auch nichts für uns drinnen«, sagte Schröck, nachdem er einen Blick in die gähnende Leere geworfen hatte, und Kater machte sich enttäuscht davon. Als Schröck die Kühlschranktür wieder zumachte, fiel sein Blick auf einen kleinen gelben Zettel, der am Boden lag. Darauf Libas Schrift. Er hob ihn auf.

Mache mit Kurt einen Ausflug, komme morgen putzen. Gehen Sie rüber zum Wagner Wirt, der soll frische Pfifferlinge haben. Für meinen zlatanek *habe ich Leber gekauft. Ist in einer Frischhaltedose im untersten Fach im Kühlschrank. Gruß, Liba.*

»An dich hat sie also gedacht, du bist versorgt!«, rief Schröck in Richtung Arbeitszimmer Kater zu. Er selbst war hingegen auch essenstechnisch auf sich allein gestellt. Wieder einmal.

2

Schröck hatte keine gute Nacht gehabt. Er war Libas Rat gefolgt und hatte in der Wirtschaft nebenan gegessen. Zu Hause war er nach drei Gläsern halbtrockenem Kabinettwein und Schweinefilets mit Pfifferlingen und Rahmsoße müde ins Bett gefallen, hatte noch eine Viertelstunde mit Silvia telefoniert, ihr erzählt, dass er in den nächsten Tagen wegfahren müsse, was angesichts des nahenden Wochenendes keine rechte Begeisterung bei ihr hervorgerufen hatte. Gleich darauf war er eingeschlafen und kurz nach acht Uhr morgens mit entsetzlichem Sodbrennen aufgewacht. Der Kaffee zum Frühstück hatte nichts daran geändert, sondern es eher noch verschlimmert. Erst nach einem Briefchen Soda ließ das Brennen langsam nach.

Wer ist eigentlich Kurt?, überlegte Schröck, während er darauf wartete, dass das steinharte Brötchen, das einsam in der Brotdose gelegen hatte, in der Mikrowelle wieder weich wurde. Liba hatte ihn bisher nie erwähnt. Oder vielleicht doch? Nachdem er ein wenig Butter auf das heiße Brötchen geschmiert und die Zeitung vom Türabstreifer aufgehoben hatte, setzte er sich wieder an den Küchentisch und blätterte missmutig kauend die Seiten durch. Eine Massenkarambolage auf der A 96, der FC Bayern hatte wieder mal gewonnen, ein Eifersuchtsmord, die Welt wartete gespannt auf die Niederkunft eines Filmsternchens, und die Wirtschaft wollte sich trotz anderslautender Fernsehberichte noch immer nicht erholen. Kopfschüttelnd legte Schröck die Zeitung zur Seite und stellte sich auf einen langweiligen Vormittag ein. Um halb elf, er war gerade aus der Dusche gekommen und dabei, sich abzutrocknen, läutete es an der Tür. Er schlang sich das Badehandtuch um die Hüften und öffnete. Draußen stand eine blonde Frau, ein Käppi auf dem Kopf und das DHL-Logo auf der Jacke, und starrte ihn überrascht an.

»Ich komme gerade erst aus der Dusche, mir ging es heute Morgen nicht so gut«, entschuldigte sich Schröck.

Die Zustellerin überwand ihre Überraschung schnell. Zweifelnd wiegte sie den Kopf hin und her und hielt ihm wortlos den Lieferschein und das Gerät zum Quittieren hin. Schröck versuchte, seinen Namen halbwegs leserlich auf das Display zu schreiben, was ihm nicht gelang, bekam im Gegenzug aber trotzdem eine Pappschachtel ausgehändigt und schloss schnell wieder die Tür.

In der Küche nahm er das Päckchen genauer unter die Lupe. Als Absender war ein Online-Herrenmoden-Versand angegeben. Schröck schnitt mit einem Küchenmesser das Klebeband auf und zog in Plastik verschweißte bunt gemusterte Bermudashorts heraus, Größe sechsundfünfzig, wie sich später herausstellen sollte, für ihn also nicht zu gebrauchen. Am Bund baumelten verschiedene Zettel mit Waschhinweisen und ein Briefchen. Er öffnete es und schüttelte zwei Ersatzknöpfe und eine Mikro-SD-Speicherkarte heraus.

Ein paar Minuten später saß er vor dem Laptop am Küchentisch, hatte Heinrichs Dateien bereits geöffnet und studierte aufmerksam die durchnummerierten Dokumente. Eines enthielt den Lebenslauf der verschwundenen Personen mit je einem Foto von ihnen, ein anderes die Beschreibung und Adresse des letzten Aufenthaltsortes, Anweisungen, was im Falle des Auffindens der Zielpersonen zu tun sei, und zwei Handynummern, über die Schröck mit der TA, der technischen Aufklärung, und der TE, zuständig für internationalen Terrorismus und internationale organisierte Kriminalität, bei Bedarf Verbindung aufnehmen konnte.

Zuerst klickte er das Bild des Mannes an. Er war blond, um die dreißig – das genaue Alter stand bestimmt in dem Dossier, das er noch öffnen musste – und blickte selbstbewusst in die Kamera. Er hatte ein Allerweltsgesicht mit ausgeprägten Wangenknochen und großen dunklen Augen. Das zweite Bild zeigte eine Frau, etwa gleichaltrig und ebenfalls blond. Sie hatte ein weiches, natürliches Gesicht, war durchaus hübsch und lächelte fast herzlich. Schröck öffnete das Dokument mit den Daten der beiden. Nikolai Fomin, achtunddreißig, geboren in einem kleinen Dorf in der Nähe von Minsk. Er war 1990, ein Jahr vor der Auflösung der UdSSR, von seinem Vater, der in Moskau lebte und in der alten Funktionärsriege etabliert war, in die russische Hauptstadt geholt worden. Über die Mutter war nichts Näheres bekannt, außer dass sie in

Belarus geblieben war. Fomin hatte in Moskau Ingenieurwesen studiert und mit Hilfe seines Vaters durch geschickte Transaktionen und Investitionen in Firmen, die Ölbohranlagen herstellten, ein geschätztes Vermögen von dreizehn Komma fünf Milliarden Euro gemacht. »Über dreizehn Milliarden Euro«, murmelte Schröck und schüttelte ungläubig den Kopf.

Fomins Frau Lara war studierte Diplom-Volkswirtin und stammte aus einem Dorf in der Umgebung von Dubna. Die beiden hatten sich während des Studiums kennengelernt und bis vor zwei Jahren im Moskauer Nobelviertel Odintsowski gelebt. Keine Kinder. Dann hatten sie plötzlich all ihren Besitz verkauft und waren nach Österreich gezogen.

Schröck scrollte im Dokument nach unten. Wohin nach Österreich? Während er die Zeilen überflog, öffnete sich die Tür. Er wandte sich um. »Liba?«

»Ich wollte nur schnell nach Ihnen sehen, ob es Ihnen auch gut geht. Es geht Ihnen doch gut, oder?«

Schröck antwortete nicht sofort, weil er noch völlig im Banne der Erscheinung stand, die mit einem Mal das Zimmer erstrahlen ließ und von einer dichten süßlichen Parfumwolke umgeben wurde.

»Oder?«, hakte sie nach.

»Ja, danke. Aber Sie, was ist denn mit Ihnen passiert?«

Liba fasste Schröcks entgeisterten Gesichtsausdruck sogleich als Kompliment auf und drehte sich leichtfüßig wie ein junges Mädchen einmal im Kreis, sodass ihr weißer Chiffonrock sich aufbauschte. »Ich war mit Kurt in der Stadt, und danach waren wir essen«, flötete sie.

»Wer ist eigentlich Kurt?« Schröck starrte seine Haushälterin ungläubig an. Wer auch immer dieser Kurt war, er hatte Liba dazu bewogen, sich die Augenlider bläulich zu schminken, eine dicke Schicht Make-up aufzutragen und ihre Lippen in eine hellrote Alarmblinkanlage zu verwandeln. Marilyn lebte also doch! Auch Libas Alter ähnelte dem des Filmstars, wäre er denn noch am Leben.

Liba lächelte ein hinreißendes Lächeln. »Kurt ist mein neuer Freund.«

»Gratuliere.«

»Ach, Herr Hauptkommissar, er ist ja so nett und galant. Und er hat ein Auto.«

Schröck nickte. »Na dann …« Eine neunundsechzigjährige verliebte Haushälterin hatte ihm zu seinem Glück gerade noch gefehlt.

»Wir wollen nächste Woche an den Gardasee fahren.«

»Und wer kümmert sich dann hier um alles?«

»Die paar Tage werden Sie doch auch ohne mich schaffen.«

»Ich sicher, weil ich nicht da sein werde, aber der Garten und vor allem Kater, wer soll ihn denn füttern?«

Liba legte ihr weißes Handtäschchen auf den Küchentisch und setzte sich. »Das ist natürlich ein Problem. Aber vielleicht könnte ja Ihr Fräulein Silvia …?«

»Die wird mir nicht gerade vor Begeisterung um den Hals fallen, wenn ich sie darum bitte. Sie wissen doch, dass sie unter der Woche kaum aus der Stadt rauskommt, seitdem sie abends diese Vorträge für die Studenten in der Pathologie hält.«

»No, vielleicht könnte ja dann der Fritzi zum Füttern kommen? Für ein paar Euro würde der das sicher machen.«

Draußen hupte es zwei Mal. Sogleich sprang Liba auf, schnappte ihre Handtasche und lief winkend zur Tür. »Passen Sie gut auf sich auf, ich muss.« Und draußen war sie.

»Mach ich«, murmelte Schröck. Er starrte ihr einen langen Augenblick hinterher, bevor er sich wieder dem Dossier widmete. Fritzi würde er später fragen.

3

Schröck wischte sich den Schweiß von der Stirn. Aus den zwei Stunden, die ihm das Navigationsgerät für die Strecke berechnet hatte, waren knapp dreieinhalb geworden. Ein scheinbar endloser Blechhaufen hatte die Autobahn verstopft, alles Urlauber, die auf der Flucht in den Süden waren. Später war es wieder zügiger vorangegangen, aber hinter Salzburg war die Karawane abermals zum Stehen gekommen, weil einem LKW der Reifen geplatzt und eine Fahrspur gesperrt worden war. Von der angeblich so lieblichen Tiroler Landschaft hatte er kaum etwas mitbekommen. Dafür umso mehr von nervösen Männern mit quengelnden Kindern im Fond und nicht minder genervten Frauen auf dem Beifahrersitz.

Erst als er die Autobahn Richtung Kufstein verlassen hatte, war es besser geworden. Nachdem sein Navi aufgrund des schwachen GPS-Signals in den Bergen schon zeitweilig auf der Autobahn den Dienst verweigert hatte, hatte sich Schröck beim Zigarettenkaufen in Kitzbühel nach dem Weg erkundigt. Eigentlich müsste er sein Ziel bald erreicht haben.

Der Anblick der satten Weiden, die sich in den von der letzten Eiszeit ausgewaschenen Tälern bis zu den mächtigen Bergen am Horizont zogen, vermittelte ihm gleichzeitig ein Gefühl von Sicherheit und bedrohlichem Ausgeliefertsein. Doch die Hektik war mit einem Mal verflogen.

***

Hinter einem Vorhang aus kochend heißer Juliluft kam eine Gestalt auf Schröck zu. Wie zum Schutz trug sie eine Stange mit einem glitzernden Etwas am Ende vor sich her. Als der Mann an ihm vorbeiging, erkannte Schröck einen silbernen Jesus am Kreuz. Ihm folgte ein dunkler Haufen aus Menschen, die einem Karren hinterherliefen, auf dem ein Sarg lag.

Schröck hatte den Wagen in den flachen Straßengraben gelenkt, um die Prozession vorbeizulassen. Seit einer guten Viertelstunde stand er nun schon hier. Zwei junge Männer in Feuerwehruniform hatten ihn zuvor angehalten, ihn, wie es hier am Lande wohl üblich war, geduzt und angewiesen zu warten. Einer der Burschen hatte bei ihm Posten bezogen, wohl um zu verhindern, dass der Fremde auf die Idee kam, den Trauerzug zu stören. Auf Schröcks leutselige Frage, wer denn gestorben sei, nannte der Aufpasser jetzt misslaunig einen Namen, fügte dann jedoch etwas freundlicher hinzu: »Sie war noch so jung, keiner weiß, warum sie es getan hat.«

Und ehe Schröck nachfragen konnte, was sie denn getan hätte, bedeutete ihm der andere Feuerwehrmann weiterzufahren.

Am Ortseingang von Andreasfurth verringerte er das Tempo. Die malerischen Scheunen aus blanken, verwitterten Brettern wurden von ansehnlichen Neubauten abgelöst, die dem Stil der traditionellen Häuser nachempfunden waren: mit mächtigen Holzbalkonen und von Geranien überquellenden Blumenkästen vor den Fenstern, dezenten Holzschildern mit »Zimmer frei« davor oder Firmennamen in gotischen Lettern an den leuchtend weißen Mauern. Schröck hielt auf den Kirchturm zu, dessen Dach grau getäfelt war und sich nach oben wie ein angespitzter Pfahl verjüngte.

Ein paar Stufen führten zum Vorplatz des schlichten Gotteshauses hinauf. Dahinter war ein Stück Friedhof mit geschmiedeten und hölzernen Grabkreuzen zu sehen. Er musste wieder an die Begräbnisprozession denken. Warum waren die Leute aus dem Ort hinausgezogen, weg von Friedhof und Kirche? Das war doch die völlig falsche Richtung! Schröck kam zu dem Schluss, dass es dort wahrscheinlich einen weiteren Gottesacker gab, und verwarf seine Zweifel. Tirol war schließlich das Heilige Land, Kirchen und Kapellen waren nicht gerade an einer Hand abzuzählen.

Er stellte den Wagen vor einem Lebensmittelladen ab, stieg aus und streckte seinen Rücken durch, während er sich umschaute. Nach Westen und Osten zog sich je eine Zeile alter, aufwendig renovierter Häuser, dazwischen standen neue Gebäude, bei deren Errichtung man sich anscheinend bemüht hatte, authentisch zu bleiben. Dazu Geschäftslokale, eine Wirtschaft und ein Café mit Gastgarten. Ein paar Vögel saßen auf den verwaisten Klappstühlen oder pickten Krümel von den Tischen auf. Alles hier wirkte tot. »Wahrscheinlich ist das gesamte Dorf verstorben«, brummte Schröck und schlenderte über den Platz zu einem großen weißen, mit einer Wandmalerei verzierten Kasten mit Flachdach und einem Erker an der Seite. Das Bild zeigte einen von grimmig blickenden Männern umringten Hünen mit breitkrempigem Hut in langen Lederhosen, der seine Arme theatralisch wie ein italienischer Tenor ausgebreitet hielt. Darunter stand »Gemeindeamt und Touristeninformation«. Neben dem steinernen Bogentor befand sich eine Glastür mit einem grünen »I«-Aufkleber. Als Schröck eintrat, erklang eine synthetische Klingel. Über der modernen Einrichtung aus hellem Holz wölbte sich eine Stuckdecke, an den Seiten standen gefüllte Prospektständer, an den Wänden hingen Werbeplakate: Auf ihnen räkelten sich grashalmknabbernde weibliche Models in Tracht auf einer gephotoshopten grünen Wiese, daneben sausten braun gebrannte Schönlinge auf Skiern vor einer imposanten Bergsilhouette durch den Pulverschnee, und zuletzt gab es auch noch ein großes Poster mit einer einsamen Almhütte, vor der wohlgenährte Kühe standen und die Besucher glücklich anglotzten.

Schröck atmete tief durch, dann ging er zum unbesetzten Empfangstresen. Geduldig wartete er, ließ sich von einem oszillierenden Standventilator Luft zufächeln und blätterte durch einen Hotelkatalog. Als minutenlang nichts passierte, wurde er ungeduldig, beugte sich vor und schaute hinter den Tresen. »Hallo, ist hier jemand?«

Einige Augenblicke später öffnete sich eine Seitentür, und ein junges Mädchen, nicht älter als zwanzig und im Dirndlkleid, betrat verlegen lächelnd den Raum, grüßte und fragte, was sie für ihn tun könne.

»Ich möchte zum Hotel Lazarushof, da wurde ein Zimmer für mich reserviert. Können Sie mir sagen, wie ich dorthin komme?« Das Mädchen umgab eine Parfumwolke, aber da war noch etwas anderes, ein anderer Geruch, den er nicht einordnen konnte, der aber irgendwie nicht hierhergehörte.

Das Mädchen griff unter die Theke, zog einen bunten Lageplan hervor und fuhr dann mit dem Kugelschreiber die Dorfstraße entlang, bis sie einen Kringel um eines der Häusersymbole machte.

Schröck bemerkte, dass ihre Augenlider gerötet waren und ein Film verschmierter Wimperntusche an ihrer Nasenwurzel klebte, als hätte sie eben erst hastig Tränen weggewischt. Sie drehte den Plan zu ihm um. »Also, Sie fahren fast bis ans Ortsende und dann rechts die kleine Straße bergauf. Nach etwa zehn Metern kommt ein Bildstock, dort halten Sie sich links, und dann sind Sie gleich da.«

Und noch etwas war merkwürdig an der jungen Frau: Unter den kurzen Ärmeln ihrer schwarzen Bluse schaute nur ein kleines Stück Haut heraus, der rechte Unterarm war fast bis zum Ellenbogen schlampig mit einer Mullbinde verbunden. Schröck ließ sich zuerst nichts anmerken. Er nickte artig bei ihren Erklärungen, konnte sich dann aber doch nicht verkneifen zu fragen: »Geht es Ihnen auch gut?«

»Warum?«

»Ich dachte nur. Ich weiß, es geht mich nichts an, aber ich habe den Eindruck, dass Sie geweint haben.«

»Das ist nur eine Allergie, Heuschnupfen. Bekomme ich immer im Sommer, dann läuft die Nase, und die Augen tränen.« Sie lachte laut auf. Zu laut.

Nicht echt, dachte Schröck. Andererseits ging es ihn aber auch wirklich nichts an. Vermutlich hatte sie Zoff mit ihrem Freund oder ihren Eltern gehabt. Dann aber fiel sein Blick auf die Hand, in der sie den Kugelschreiber hielt. Die Fingernägel waren bis zum Nagelbett heruntergekaut, und an der Unterseite des linken unbandagierten Armes waren verheilte Schnitte zu sehen. Er nahm den Lageplan und wandte sich zur Tür. »Vielen Dank, Fräulein …?«

»Sonja. Keine Ursache, ich wünsche Ihnen einen schönen Aufenthalt in Andreasfurth.«

Als Schröck aus der Touristeninformation trat, war draußen auf dem Platz noch immer keine Menschenseele zu sehen.

4

»Du wirst schon sehen, es kommt ans Tageslicht«, raunte die Frau im schlichten schwarzen Kostüm dem grauhaarigen Mann zu, bei dem sie sich eingehängt hatte. »Alles kommt irgendwann ans Tageslicht.«

»Sei still, Schwester!« Schroff entzog er ihr seinen Arm, trat einen Schritt vor und nahm eine kleine Schaufel, die in dem Erdhaufen vor der Grube steckte. Ein paarmal stocherte er mit ihr in der staubigen Erde herum und ließ schließlich ein paar Brocken auf den Sarg hinunterfallen. Dann bekreuzigte er sich und warf dem Pfarrer, der in Talar und weißem Chorrock ein wenig abseits stand, einen längeren Blick zu. Der Geistliche tat, als hätte er nichts mitbekommen. Starr und unbeteiligt schaute er geradeaus. Frauen begannen zu schluchzen, einer nach dem anderen trat vor, warf Blumen oder ein wenig Erde ins Grab, schlug ein Kreuz, kondolierte dem Mann und seiner Schwester und stellte sich schließlich wieder zurück in die Gruppe der Trauernden.

Nach ein paar verlegenen Minuten löste sich wie auf ein geheimes Zeichen hin die Trauergemeinde langsam auf, bis nur noch die zwei stumm vor dem Grab verharrten.

Als die meisten Leute schon wieder die Straße erreicht hatten, traten zwei Männer, die im Schatten der Kapelle gewartet hatten, an die beiden heran. Als einer stumm mit dem Kopf auf die Frau deutete, strich der Grauhaarige seiner Schwester mit der Hand sanft über die Schulter. »Geh vor, wir treffen uns im Gasthaus.«

Sie nickte, zupfte ihr schwarzes Kopftuch zurecht und verließ den Friedhof.

»Hat sie etwas hinterlassen?«, fragte der kleinere der beiden Männer. Er war ziemlich übergewichtig. An den Achseln seines Sakkos hatten sich dunkle Schweißränder gebildet, sein Gesicht war hochrot.

»Wie hinterlassen?«

»Stell dich nicht blöder, als du bist, Hanns. Einen Abschiedsbrief oder so was in der Art?«

»Nicht dass ich wüsste.«

»Sicher?«, fragte der andere Mann. Er war hager, um seine blank polierte Glatze zog sich ein silbergrauer Haarkranz. »Sie hat alles gewusst, wenn man Aufzeichnungen von ihr findet, sind wir geliefert.«

»Natürlich bin ich mir sicher, Doktor. Und jetzt lasst mich in Ruhe. Ich will nichts mehr davon hören.«

Der Mann, der Hanns genannt worden war, schob die Männer zur Seite und ging querfeldein Richtung Dorf zurück, ohne sich noch einmal umzusehen.

***

Schröck gab dem Burschen, der ihm die Koffer aufs Zimmer gebracht hatte, ein paar Euro. Trotz seiner rustikalen Einrichtung wirkte der Raum steril: ein Flachbildschirm, gerahmte Farbdrucke von Ölbildern mit Almhütten, Mattglaslampen und ein modernes Telefon auf dem Nachtkästchen. Vom dreifach verglasten Holzfenster aus hatte man einen hübschen Blick auf saftige Blumenwiesen bis hin zu den Bergen, ein Panorama wie aus einem Werbemagazin. Auch der Ortsplatz und der Gastgarten eines Kaffeehauses waren zu sehen. Schröck stemmte sich mit beiden Händen gegen die Matratze und war zufrieden. Sie war nicht zu hart und nicht zu weich. Auf dem Kissen lag eine Packung Gummibärchen mit einem Anhänger aus Karton daran. Darauf stand: »Urlaub in Andreasfurth ist bärig«.

Nachdem er seine Kleidung verstaut hatte, packte er den Laptop aus, loggte sich im hauseigenen WLAN ein, um jederzeit auf seine Mails zugreifen zu können, holte sein Handy heraus und wählte Heinrichs Nummer. Er landete auf der Sprachbox. »Ich bin es. Bin angekommen. Ich melde mich.«

Er nahm das Päckchen Gummibärchen vom Kissen, warf es auf den kleinen Schreibtisch neben dem Fenster, streifte seine Schuhe ab, legte sich aufs Bett und fixierte mit starrem Blick die Decke.

***

Der Kellner, ein schlanker Bursche mit pechschwarzen, nach hinten gekämmten halblangen Haaren, um die fünfunddreißig, hatte ihn, als er eingetreten war, mit dem Spruch begrüßt: »Mein Name ist Manuel, und ich bin heute Abend für Ihren Tisch zuständig.« Dann hatte er ihm eine dicke Stoffserviette über die Schenkel gebreitet und verständnisvoll genickt, als Schröck sie gleich wieder entfernte. In der »Kleinen Stube«, einem niedrigen Raum, der im Tiroler Landhausstil gehalten war, war es stickig. Die winzigen Fenster hatten die Hitze des Tages zwar herein-, aber nicht mehr hinausgelassen. Als ihm Manuel das zweite Glas Wein an den Tisch brachte, sprach Schröck ihn auf seinen Dialekt an. Der Kellner erzählte bereitwillig, dass er eigentlich aus Wien käme, das nun schon seine dritte Saison in Andreasfurth sei, zwei Mal bereits im Winter und heuer nun das erste Mal im Sommer. Schuld daran sei seine Freundin, die nach Thailand auf Urlaub fahren wolle, wo der Winter eben die beste Reisezeit sei. Auf Schröcks Frage, wie er denn als Wiener mit den Einheimischen zurechtkäme, zuckte Manuel nur mit den Achseln. »Bischt ein Tiroler, bischt ein Mensch, bischt kein Tiroler, bischt ein Arschloch.« Er grinste breit, bevor er das Gesagte wieder abschwächte. »Aber die Leute hier sind nett, zu Gästen sowieso. Und Unsympathen gibt es überall.«

Nachdem sich Schröck Salat vom Buffet geholt und mit Appetit die Lendenmedaillons mit Tiroler Gröstl gegessen hatte, gönnte er sich zur Nachspeise zwei mit heißer Marillenmarmelade gefüllte Palatschinken. Der Teig war zwar hauchdünn, aber das Dessert war von einer mächtigen Schlagsahnegarnitur umgeben, die wohl die verschneiten Zweitausender der Kitzbühler Alpen symbolisieren sollte. Als er fertig war, war ihm schlecht. Manuel räumte den Tisch ab, fragte, ob er dem Herrn noch etwas bringen dürfe, und als Schröck ablehnte, schlug er ihm einen Schnaps aus der hauseigenen Brennerei vor. »Einen Vogelbeer vielleicht?«

»Gern. Genau so etwas brauche ich jetzt.«

Als der Kellner Richtung Bar verschwand, lockerte Schröck im Schutz des bestickten Tischtuchs seinen Gürtel. Obwohl er um Unauffälligkeit bemüht war, sah die weißhaarige Frau zwei Tische weiter, deren Mann mit stoischer Gelassenheit in Zeitlupe seine Lauchsuppe löffelte, ständig zu ihm herüber, während sie einer

Frau am Nebentisch erzählte, dass sie aus Hamburg kämen und seit Jahrzehnten ihren Sommerurlaub in Tirol verbrachten. Nur Tirol kam für sie in Frage, wegen der Berge, des guten Essens, der netten Leute, der gesunden Luft, wegen allem eben. Sie redete ununterbrochen und unüberhörbar laut, verstummte nur, wenn neue Gäste in die Stube kamen, um sie zu identifizieren, immer auf der Suche nach Landsleuten, um ihnen dann freudig erregt ihre Urlaubserlebnisse mitzuteilen. Schon seit ein paar Minuten schien sie Schröck im Visier zu haben. Er war fraglos verdächtig, ein Landsmann zu sein, sie hielt sich wohl nur deshalb noch zurück, weil sie vorhin an der Salatbar einen Fehler gemacht hatte. Als sie ein älteres Ehepaar angesprochen hatte, hatte sie eine schwere Niederlage einstecken müssen: Die Italiener hatten sie verständnislos angesehen und nicht einmal auf ihre Entschuldigungen reagiert. Schröck machte ihr mit seiner dunklen leisen Stimme seine Verortung nicht gerade leicht und forderte sie damit regelrecht heraus.

Statt des Kellners brachte ihm ein etwa fünfundvierzigjähriger blonder Mann in Jeans und einem leinenen Trachtenhemd den Schnaps und stellte sich als Inhaber des »Lazarushofes« vor. Der Namensgeber des Hotels sei sein Großvater gewesen, er selbst heiße Josef Thurnbacher, aber das wisse der Gast bestimmt schon. Nein, Schröck schüttelte den Kopf, das hatte er noch nicht gewusst. Wie auch immer, fuhr Josef Thurnbacher fort, es täte ihm jedenfalls leid, dass er noch keine Zeit gehabt hätte, sich persönlich mit dem neuen Gast aus München bekannt zu machen.

»Herr Schröder, nicht wahr? Das erste Mal hier in Andreasfurth? Das erste Mal überhaupt in Tirol? Auf Kur?«

»Ja, die Bandscheiben. Die ewige Sitzerei im Büro.«

Nun, im Gastgewerbe käme man nicht besonders viel zum Sitzen, so der Hotelier, da sei man eigentlich immer auf den Beinen. Aber als Beamter … Das wisse er aus dem Meldeblatt. Welche Art Beamter denn, wenn er fragen dürfe?

Also tischte ihm Schröck die Vita auf, die ihm Heinrich in seiner Mail vorgeschlagen hatte: Er sei seit dreißig Jahren als Buchprüfer beim Finanzamt und gönne sich nun, da sein Rücken verrücktspielte und außerdem sein Bein häufig gefühllos wurde, das erste Mal in seinem Leben eine Kur in der schönen Berglandschaft. Als

Schröck schließlich den Schnaps in einem Zug hinunterkippte, wünschte Thurnbacher ihm »Zum Wohle!« und versprach, ihm den Namen einer ausgezeichneten Masseurin aufzuschreiben, die schon Lahme wieder gehend gemacht hätte und außerdem eine ganz Fesche sei, wie er mit einem Augenzwinkern hinzufügte.

Schröck schaute am Hotelbesitzer vorbei und registrierte befriedigt, dass die Hamburger Urlauberin das Interesse an ihm verloren zu haben schien. Vielleicht, weil er als Bayer nicht gerade zu ihrer engsten geografischen Familie gehörte, jedenfalls widmete sie sich nun mit Hingabe ihrem Apfelstrudel.

Der Schnaps war netterweise aufs Haus gegangen, und als Schröck sich auf den Weg zurück in sein Zimmer machte, ahnte er bereits, dass er im Hotel nicht viele Informationen bekommen würde. Hier verkehrten kaum Einheimische, und der Chef des Hauses würde ihm bestimmt nichts Interessantes erzählen. Sein Auftritt hatte nichts Persönliches gehabt. Schröck meinte sogar, einen Anflug von Argwohn in seiner Stimme erkannt zu haben.

Kurz überlegte Schröck, ob er seine Rolle als rückengeschädigter Finanzbeamter durch ein leichtes Hinken noch ausbauen sollte, verwarf den Gedanken aber schnell. Als er die Treppenstufen hinaufstieg, nahm er sich stattdessen vor, so bald wie möglich mit dem Kellner Manuel ins Gespräch zu kommen. Die dritte Saison in Andreasfurth, da erfuhr man sicher so einiges. Trotzdem würde er behutsam vorgehen, auch wenn, wie Heinrich bemerkt hatte, die Zeit drängte, weil die Russen auf Ergebnisse warteten und man den hohen Herrn nicht zu lange warten lassen durfte.

5

Nach einem ausgiebigen Frühstück am nächsten Morgen auf der Sonnenterrasse las Schröck seine Mails, versuchte, erst Silvia, dann Liba zu erreichen, beide Male vergeblich, und ging dann noch einmal Heinrichs Dossier durch. Anschließend legte er sich aufs Bett und verschränkte die Hände hinter dem Kopf, um nachzudenken. Nach zehn Minuten war er trotz des Rauschens der Duschen aus den Nachbarzimmern eingeschlafen. Als er kurz nach zwölf Uhr mittags wieder erwachte, verspürte er ein flaues Gefühl im Magen. Womöglich ein Anflug von schlechtem Gewissen, weil er sich benahm, als wäre er tatsächlich auf Kur. Der naheliegendere Grund für sein Unwohlsein war vermutlich das Omelette aus vier Eiern, das er zum Frühstück gegessen hatte. Schröck ging ins Bad, putzte sich die Zähne, tauschte sein langärmliges Hemd gegen ein helles T-Shirt aus und verließ das Zimmer.

Um seinen Kreislauf wieder in Schwung zu bringen, machte er eine Runde durch den Ort. Das Wetter hatte sich seit gestern nicht verändert, kein Wölkchen trübte den Himmel. Schwitzend flüchtete er sich schließlich unter einen Sonnenschirm des »Café Brünner«. Die meisten Tische waren besetzt, ausschließlich von Touristen, die mit Händen und Eiskarten in der Luft herumfuchtelten, um sich gegen die zahlreichen herumschwirrenden Wespen zu wehren. Am Tisch vor ihm saß eine Familie: Mutter, Vater und ein etwa zwölfjähriger Junge, der unruhig auf seinem Stuhl hin- und herrutschte und von Zeit zu Zeit genervt über Langeweile klagte, was seine Eltern, die ihr Gesicht mit halb geschlossenen Augen in die Sonne hielten, ignorierten oder ihn mit ein paar knappen Worten zurechtwiesen. Neben Schröck hockte ein verstimmtes junges Pärchen, er die Ellenbogen auf den Tisch und seinen Kopf in die Hände gestützt, sie mit verschränkten Armen vom Tisch ein wenig abgerückt, als gäbe es nichts mehr zu sagen. Aber vermutlich langweilten sie sich nur genauso wie der Junge.

Zwei Wochen hier im Tal, von Bergen eingeschlossen, nur

schlafen, sich den Bauch vollhauen, ein wenig herumlaufen und in der Sonne sitzen, dann würde ich auch durchdrehen, dachte Schröck. Und doch trugen die meisten älteren Gäste ein seliges Lächeln im Gesicht, während sie ihr Eis löffelten oder ihre Mehlspeise in sich hineinstopften. Vor ihnen lagen Prospekte mit gezeichneten Doppelgängern der Berge, die sie mit ihren Vorbildern in natura verglichen.

»Was darf's denn sein?«, riss ihn eine Stimme aus seinen Beobachtungen.

Rasch griff er nach der Karte, schlug sie auf, überflog halbherzig die Getränkeliste und bestellte ein kleines Bier. Als die Kellnerin Schröcks Zigaretten am Tisch bemerkte, schaute sie sich kurz um, um ihm vom Nebentisch den Aschenbecher herüberzustellen. Während er rauchend auf sein Bier wartete, sah er Manuel ein paar Meter weiter im Schatten der Häuser über den Platz schlendern und winkte ihm zu.

Der Kellner erkannte ihn und kam zu ihm herüber. »Hallo, Herr Schröder! Halten Sie Siesta in Andreasfurths beliebtestem Kaffeehaus?«

»Was sollte ich denn sonst hier machen?« Er verzog das Gesicht zu einem gequälten Lächeln.

»Darf ich?«

Schröck nickte, und Manuel setzte sich.

Die Kellnerin kam mit Schröcks Bier, und Manuel begrüßte sie mit einem breiten Grinsen. »Hallo, Romy.«

Sie schnitt eine Grimasse und stellte das silberne Tablett vor Schröck ab. »So, bitte, Ihr Bier. Sehr zum Wohle.« Dann steckte sie den Kassenbon unter die Tropfserviette, drehte sich kokett um und ging, ohne Manuels Gruß erwidert zu haben.

Der Kellner hatte Schröcks Blick bemerkt. »Sie ist schon eine Fesche, nicht wahr?« Und als Schröck bedächtig nickte, fuhr er fort: »Ich hab nichts mit ihr, wenn Sie das denken sollten. Na ja, vor zwei Jahren, da waren wir mal ein wenig enger, aber was Ernstes war es nie.«

Schröck wunderte sich, dass der junge Mann ihm das alles so offen erzählte. Aber vielleicht könnte er ja so etwas über die Leute im Dorf erfahren und das Gespräch eventuell sogar auf das verschwundene Russenpärchen bringen. »Wollen Sie nicht auch etwas bestellen?«

»Ich will Sie nicht stören, Herr Schröder. Sie sind schließlich hier, um sich zu erholen.«

»Ein bisschen Abwechslung kann nicht schaden, sonst verlerne ich hier noch das Sprechen.«

»Na, wenn das so ist …« Manuel schaute zur Eingangstür des Cafés, aus dem gerade ein korpulenter Mann heraustrat. Er war kaum größer als eins sechzig und hob, als er Manuel erkannte, kurz den Kopf zum Gruß. Dann drehte er sich um und rief laut, dass alle Gäste es hörten: »Romy, Kundschaft, Tisch vier!«

Kurz darauf war die Kellnerin wieder bei ihnen. »Magst du jetzt auch etwas trinken?«

»Bring mir ein Bier, aber ein großes, bitte.«

Während Romy mit Manuel sprach, hatte Schröck Zeit, um sie unbemerkt in Augenschein zu nehmen. Sie musste um die fünfundzwanzig sein und hatte eine sportliche Figur. Unterhalb ihres Nackens konnte er eine Tätowierung in Form eines kleinen roten Herzens erkennen, das ein geschwungenes Stück Stacheldraht umrankte. Die kurzen Haare trug die Kellnerin schwarzblau gefärbt und an beiden Seiten nach oben gekämmt. Ihre Bewegungen waren akkurat und kontrolliert, und auch die Mimik ihres hübschen Gesichts hatte sie vollständig im Griff. Nur ihre Augen waren auffällig. Sie waren leer und lächelten nicht mit, wenn ihr Mund lächelte.

Manuel bekam sein Bier, prostete Schröck zu und nahm dann einen großen Schluck. Und während Schröck noch überlegte, wie er die Unterhaltung beginnen sollte, ohne allzu neugierig zu wirken, seufzte Manuel und sagte: »Sie hat es aber auch nicht leicht.«

»Wer? Die Kellnerin?«

»Ja, Romy. Der gerade eben so gebrüllt hat, das ist ihr Vater, der Eigentümer des Kaffeehauses.« Er deutete zu dem kleinen Mann hinüber, der sich jetzt mit hochrotem Kopf damit abmühte, ein paar Gästen den Sonnenschirm zu richten. »Im Winter jobbt sie drüben in Kitz in einer ziemlich noblen Disco. Da verdient sie eigentlich genug, um den Rest des Jahres gut davon leben zu können, aber ihr Vater besteht darauf, dass sie im Sommer zu Hause arbeitet.«

»Gibt's denn keine Mutter?«

»Die ist schon lange tot. Ist gleich nach der Geburt von Romys jüngerer Schwester gestorben. Sonja ist bei der Gemeinde angestellt, nebenan in der Touristeninformation.«

»Da war ich gestern. Ich glaube, ich hab sogar mit ihr geredet. Sie sieht ihrer Schwester ähnlich, oder?«

Manuel nickte. »Auch sie hat es nicht leicht.«

»Wieso, was ist mit ihr?«

»Ich weiß es nicht genau, über so etwas spricht man hier ja nicht. Aber sie ist in Behandlung wegen Depressionen oder so. Kommt wohl mit dem Alten nicht zurecht. Kein Wunder, er führt ein ziemlich strenges Regiment.«

»Aber seine Geschäfte gehen offenbar ganz gut. Das Haus sieht aus wie frisch renoviert, und auch die Einrichtung ist neu und war bestimmt nicht billig.« Schröck klopfte auf die Lehne des Philippe-Starck-Stuhls, auf dem er saß. Auch bei Silvia stand so ein Ding im Vorzimmer herum. Es hieß Dr. No, sogar den Namen hatte er sich gemerkt, weil er ihn an den alten James-Bond-Film erinnerte. »Auch das Hotel und die übrigen Häuser«, er umfasste mit einer Geste den Platz, »alles ist gediegen hergerichtet. Das steckt schon ein großer Batzen Geld drinnen. Und das Café ist voll.«

Manuel wiegte den Kopf. »Vor zwei Jahren sah das noch ganz anders aus. Da hat sich im Sommer kaum ein Gast nach Andreasfurth verirrt, und im Winter waren nur solche Gäste da, die sich die Unterkünfte in Kitzbühel nicht leisten konnten. Auch der ›Lazarushof‹ war ziemlich heruntergekommen. Nicht einmal Schulskikurse wollten beim Thurnbacher noch übernachten.«

»Und dann kam der große Boom?«

»Nein, erst kamen die Russen.«

»Russische Urlauber?« Schröck wurde hellhörig.

»Eigentlich nur zwei, ein Ehepaar. Die waren zwar keine Urlauber, dafür aber echte Milliardäre. Die haben Andreasfurth ordentlich auf die Sprünge geholfen.« Manuel warf einen Blick auf die Armbanduhr. »Jetzt muss ich aber gehen. Mein Dienst fängt bald an, und ich will mich noch ein wenig frisch machen.«

»Natürlich.« Schröck ließ sich seine Enttäuschung nicht anmerken.

Manuel leerte sein Glas und hielt Ausschau nach der Bedienung.

»Lassen Sie nur, das geht auf mich«, sagte Schröck.

Manuel bedankte sich, stand auf und ging zum Hotel hinüber. Hinter ihm rollte ein silbergrauer Audi mit Innsbrucker Kennzeichen über den Platz und blieb unmittelbar vor dem Eingang stehen. Zwei Männer in dunkelblauen Anzügen entstiegen dem Fahrzeug. Während der Fahrer zwei Koffer aus dem Wageninneren holte, blieb der zweite Mann neben dem Wagen stehen und sah sich um. Die Art, mit der sich die beiden bewegten und ohne ein Wort zu wechseln mit Blicken verständigten, sprach Bände.

Schröck fühlte, wie sich sein Puls beschleunigte. Es schien, als wäre er nicht der Einzige, der sich von Berufs wegen für das Verschwinden der Fomins interessierte.

6

Eigentlich hatte Schröck gestern vor dem Einschlafen beschlossen, früh am nächsten Tag zum Anwesen der Fomins hinauszufahren, aber als er die Hotelhalle verlassen wollte, rief ihm die Rezeptionistin seinen Decknamen nach und winkte ihm mit einem Zettel in der Hand zu. Sie solle ihm die besten Grüße von ihrem Chef ausrichten, das auf dem Zettel sei die ihm versprochene Adresse der Masseurin. Schröck bedankte sich und beschloss, das Angenehme spontan mit dem Nützlichen zu verbinden. Seit letzter Nacht schmerzte sein Rücken tatsächlich, offenbar hatte er sich noch nicht auf das fremde Bett eingestellt. Also erkundigte er sich nach dem Weg, und die Angestellte antwortete, die Masseurin hätte sich ein paar Kilometer außerhalb des Ortes gleich neben der Praxis des Gemeindearztes eingemietet. Das Haus sei nicht zu verfehlen, er müsse nur auf die grünen Hinweisschilder achten, erklärte sie ihm freundlich. Sie war um die zwanzig, einen Kopf kleiner als Schröck, vielleicht ein wenig schüchtern, aber auf ehrliche Weise herzlich. Hoffentlich kann sie sich ihre ungezwungene Art noch lang bewahren, dachte Schröck. Als hätte sie seinen fürsorglichen Blick bemerkt, rückte sie nun unsicher den Plexiglashalter mit Ansichtskarten zurecht. »Kann ich sonst noch etwas für Sie tun, Herr Schröder?«

»Nein danke, ich bin Ihnen sehr verbunden.«

***

Am Ortsende verlangsamte Schröck das Tempo und lenkte den Wagen an den Straßenrand. Er musste nicht lange suchen, gleich neben dem Wegweiser nach Kitzbühel entdeckte er das grüne Schild mit der Aufschrift »Arzt« und einem roten Kreuz daneben. Er fuhr weiter und bog nach etwa fünfhundert Metern dem nächsten Hinweis folgend nach rechts auf einen frisch asphaltierten Weg ab. Zwischen einer in Reih und Glied gepflanzten Schonung und einem fußballfeldgroßen, kurz gemähten Rasenstück stand am

Ende der Sackgasse ein lang gezogenes weißes Gebäude mit Flachdach. Es war dreistöckig, vom zweiten bis zum dritten Geschoss mit hellem Holz verkleidet und besaß auf einer Seite eine blau spiegelnde Fensterfront, die ihn an einen überdimensionalen Flachbildschirm denken ließ. Er stellte den Wagen auf dem Vorplatz neben einem neuen blütenweißen Audi Q7 Quattro ab, gegen den sein blassblauer 1998er VW Passat wie ein Versatzstück aus einem billigen Film wirkte. Etwas abseits parkte ein roter Mazda3 Sport, der ebenfalls aussah, als wäre er erst gestern vom Fließband gerollt. Der betonierte Weg zum Eingang wurde zu beiden Seiten mit breiten Bändern aus schwarzen Kieselsteinen gesäumt, in denen in regelmäßigen Abständen imposante Buchsbaumkugeln thronten.

Als Schröck gegen die verspiegelte Eingangstür drückte, glitt sie wie von selbst zur Seite. Ein sanfter Luftzug wehte ihm entgegen, dazu ein Duft nach Rosen und Zitrusfrüchten. Der Foyerboden bestand aus dunklem Marmor, dessen geflammte Einschlüsse mit den hellen polierten Wandplatten aus demselben Material harmonierten. Eine spartanisch anmutende Treppe aus glänzendem Stahl mit niedrigen Stufen führte in die oberen Geschosse. Neben einem breittürigen Fahrstuhl stand ein mannshoher Infoständer, von dem ein etwa sechzigjähriger Mann mit spärlichem Haarkranz auf Schröck hinablächelte. Daneben stand in blauer Leuchtschrift: »Obermedizinalrat Dr. Joseph Winkler«. Und etwas weiter unten folgten die Informationen: »EG: Anmeldung – Behandlungsräume 1–5, 1. OG: Tagesklinik, 2. OG: Privat«.

Rechts neben dem Lift hing ein kleineres Metallschild mit einem Pfeil, der in einen Seitengang wies: »Evelyne Grabner, staatlich geprüfte Heilmasseurin, Therapeutin für Akupunktur-Massage nach TCM«.

Schröck folgte dem Pfeil und stand nach ein paar Metern vor einer Tür aus dickem Mattglas. Der Zettel, auf dem in Großbuchstaben von Hand geschrieben »Massageinstitut – bitte eintreten« stand, war an den Ecken unsauber mit Klebestreifen befestigt und passte nicht zum ansonsten so vornehmen Ambiente des Hauses.

Schröck trat ein. Ein Gong erklang, und bevor er sich im Raum umsehen konnte, kam auch schon eine schlanke blonde Frau um die vierzig in einem tailliert geschnittenen weißen Arbeitskittel aus einem Nebenraum und begrüßte ihn. Lächelnd reichte sie ihm die Hand und stellte sich vor: »Evelyne Grabner, aber nennen Sie mich bitte einfach Evelyne.«

Der Hotelbesitzer hat recht gehabt, dachte Schröck, die Frau ist wirklich eine Augenweide. Er räusperte sich. »Markus Schröder, Herr Thurnbacher hat Sie mir wärmstens empfohlen. Ich bin hier auf Kur.« Schröck hatte keine Erfahrung, wie Anbahnungsgespräche mit Ärzten oder einer Masseurin abliefen. Vor zwei Jahren, als ihn die Grippe erwischt und er hohes Fieber gehabt hatte, war es Liba das letzte Mal gelungen, ihn dazu zu überreden, einen Arzt zu konsultieren.

»Das ist aber nett vom Josef.« Evelyne Grabner deutete auf eine Liege und bat ihn, sich zu setzen und das Sakko auszuziehen. Dann fragte sie ihn nach seinen Beschwerden, und Schröck erzählte ihr von seinen erfundenen Kreuzschmerzen und der anstrengenden Sitzerei vor dem Computer im Finanzamt.

»Waren Sie schon bei Dr. Winkler, oder haben Sie Befunde von Ihrem Hausarzt dabei?«

»Leider weder noch. Ich dachte, Sie würden mich ohnehin selbst untersuchen. Ich habe sehr oft starke Schmerzen.«

Evelyne nickte verständnisvoll, trat hinter ihn und fuhr mit den Fingerspitzen von seinen Hüften aufwärts bis zu den Schulterblättern und dann weiter nach oben bis in seinen Nacken. Schröck wurde noch heißer, als ihm ohnehin schon war, aber bevor er sich Evelynes sanften Berührungen entspannt hingeben konnte, rammte sie ihm schon unbarmherzig die Knöchel ihrer linken Hand unter sein Schulterblatt.

»Da tut es also weh«, sagte sie triumphierend, als Schröck vor Schmerz zusammenzuckte, stellte sich wieder vor ihn und fasste ihn bei den Händen. »Aufstehen.«

Schröck erhob sich gehorsam, und als sie Auge in Auge standen, zog Evelyne erst seine Arme nach vorn und ließ sie dann los. »Auspendeln lassen.«

Während seine Arme hin- und herschwangen, zog sie die linke Augenbraue hoch, wiegte nachdenklich den Kopf und setzte sich dann hinter ihren Schreibtisch. Auf dem Blatt Papier, das sie nach kurzem Suchen aus einer Lade zog, erkannte Schröck zwei Abbildungen eines geschlechtslosen strammstehenden Asiaten. Vorder- und Rückenansicht, beide segmentiert und beschriftet, ähnlich der Bilder, die in großen schwarzen Rahmen über dem Ladentisch des Dorfmetzgers in Schönbergmoos hingen, allerdings waren diese als Anleitungen zur fachgerechten Zerteilung von Schweinen und Rindern gedacht. Evelyne drückte Schröck einen Kugelschreiber in die Hand und bat ihn, seine Schmerzpunkte einzuzeichnen.

Schröck hatte noch nie ernsthaft an Rückenschmerzen gelitten, außer wenn er sein wöchentliches Training im Polizeisportverein übertrieben hatte. Also zog er aufs Geratewohl einen Kreis um die Hüftgegend und rutschte dabei ein wenig nach rechts unten ab. Als er seine Zeichnung korrigieren wollte, zog ihm die Masseurin den Zettel weg.

»Strahlen die Schmerzen auch in Ihr Bein aus?«

Schröck atmete auf. Treffer! »Schon, gelegentlich sogar bis in die Wade.«

»Haben Sie schon einmal eine Computertomografie machen lassen?«

Jetzt musste er aufpassen. Erschien er zu krank, würde sie ihn vermutlich abweisen, und sein Plan, über sie an Informationen zu gelangen, wäre gescheitert. Schröck nickte und schaute ihr dabei treuherzig in die Augen. »Ja«, log er, »aber mein Arzt hat gemeint, dass den Bildern nach eigentlich alles in Ordnung sei. Leider habe ich sie zu Hause –«

»Das macht gar nichts«, unterbrach sie ihn. »Ich bin ohnehin der Meinung, dass nichts Degeneratives die Ursache Ihrer Schmerzen ist. Vielmehr vermute ich, dass Ihr Energiefluss gestört ist.«

»Und glauben Sie, dass Sie das wieder in Ordnung bringen können?«, fragte Schröck leise, als würde er sie um eine Verabredung bitten.

»Das werden wir sehen. Aber einige Sitzungen werden dafür schon nötig sein.«

»Kein Problem. Ich werde so lange bleiben, wie Sie brauchen.«

Sie warf ihm einen überraschten Blick zu, den Schröck sofort bemerkte. Mist! Natürlich war es einem biederen Finanzbeamten nicht möglich, frei über die Dauer seiner Heilbehandlung zu bestimmen. Er beeilte sich, seinen Fehler wiedergutzumachen.

»Denken Sie denn, dass es länger als die drei Wochen dauern wird, die mir genehmigt wurden?«

Sie schien mit seiner Frage zufrieden zu sein. Nach einigem Abwägen sagte sie: »Ich denke, das ist zu schaffen. Also dann, machen Sie sich frei. Da drüben ist eine Kabine, Badetücher liegen auch bereit. Die Unterwäsche legen Sie bitte auch ab, ich arbeite mit natürlichen Ölen, die trotz Waschmaschine nur schwer aus der Kleidung zu entfernen sind.«

Schröck begab sich folgsam in die Kabine, legte seine Kleidung ab und wand sich ein anthrazitfarbenes Badetuch, das auf einem Teakholztischchen zusammengerollt für ihn bereitlag, um die Hüften.

Als er wieder herauskam, stand Evelyne in einer hautengen Dreiviertelhose und einem Sport-Shirt vor ihm: eine Mischung aus Lara Croft und Baywatch. Sie hatte wohl bemerkt, dass er sie anstarrte, überging es aber und klatschte zweimal auf die Massageliege. »Auf den Bauch.«

Nachdem Schröck auf der hufeisenförmigen Kopfstütze endlich eine bequeme Position für seinen Kopf gefunden hatte, legte Evelyne erst ein schmales Handtuch über sein Gesäß, griff dann aber darunter und zog ihm behände das größere Badetuch weg.

Schröck schloss die Augen. Ihre Hände glitten langsam auf dem duftenden Ölfilm bis zu seinem Nacken hinauf. Wenn sie sich über ihn beugte, um den Druck zu verstärken, stöhnte sie leicht, und er vergaß fast, warum er eigentlich hier war.

»Das ist ein tolles Haus, in dem Sie hier residieren«, sagte er schließlich.

»Es gehört dem Herrn Doktor. Ich miete nur.«

»Hat sicher ein Stange Geld gekostet?«

»Hm.«

»Arbeiten hier noch andere Ärzte, ich meine, es ist schließlich ziemlich groß –«

»Nein, nur unser Gemeindearzt. Jetzt ist es ruhig, aber im Winter geben sich die verletzten Skifahrer die Klinke in die Hand.«

»Als Arzt in einem Tiroler Wintersportort verdient man vermutlich ein Vermögen.« Als sie schwieg, befürchtete Schröck schon, zu forsch gewesen zu sein. Nun, und wenn schon. Er tröstete sich mit dem Gedanken, dass er wenigstens die Massage genießen konnte, wenn er schon keine Infos erhielt.

»Er hat schon immer von einer Privatklinik geträumt«, sagte sie plötzlich, während sie damit begann, die Umgebung seiner Lendenwirbel mit den Handballen zu bearbeiten.

»Dr. Winkler?«

»Ja, aber daraus wird jetzt leider nichts. Der Investor ist ihm abhandengekommen.«

Schröck vermeinte, einen bitteren Unterton herauszuhören. »Schulden?«

»Das Haus ist finanziert, aber für alles andere hat es nicht mehr gereicht. Medizinische Geräte kosten ein Vermögen.«

»In letzter Zeit hört man häufig davon, dass Investoren kalte Füße bekommen und abspringen.«

»Nein, so war es in diesem Fall nicht. Sie sind über Nacht verschwunden.«

Schröck zuckte unwillkürlich zusammen. Sofort entschuldigte sich Evelyne, die wohl dachte, sie hätte eine schmerzende Stelle getroffen, und begann, rund um den vermeintlichen Schmerzpunkt den Muskel auszustreifen.

»Wie meinen Sie das: über Nacht verschwunden?«

»Na ja, am Abend vorher hat man sie noch gesehen, und am nächsten Morgen waren sie abgereist.«

»Die Investoren?«, fragte Schröck unschuldig.

»Ja, ein Ehepaar aus Russland, das hier gewohnt hat.« Sie bearbeitete seine Schultermuskeln. »Die Frau kannte ich gut, ich habe sie zwei Mal die Woche massiert. Ich war sogar bei ihr zu Hause. Sie war sehr nett. Sie war es auch, die mir die kleine Praxis hier verschafft hat.«

Als Schröck gerade nachfragen wollte, krachte draußen auf dem Gang etwas zu Boden, zwei Männerstimmen wurden laut, dann folgte ein Schrei.

Schröck wollte aufspringen, besann sich jedoch zum Glück noch darauf, dass er unter dem kleinen Handtuch splitterfasernackt war. Während er sich noch nach dem grauen Badetuch umschaute, war Evelyne schon an der Tür, riss sie auf und lief auf den Flur. Durch das Fenster konnte Schröck einen Mann beobachten, wie er aus dem Haus lief, in einen alten Land Rover sprang und davonraste.

Als er endlich provisorisch bekleidet die Eingangshalle erreicht hatte, erblickte er Evelyne, die sich über einen am Boden liegenden Mann beugte, der sich die Hand vor Mund und Nase hielt. Zwischen seinen Fingern sickerte Blut hindurch und färbte sein weißes T-Shirt rot. Die Infotafel mit dem lächelnden Konterfei des Arztes war umgestürzt, aber Schröck erkannte den Verletzten trotzdem: Es war Dr. Winkler.

Stöhnend rappelte der Arzt sich hoch. Evelyne wollte ihm helfen, aber er wies sie gereizt zurück.

»Sie sollten die Polizei benachrichtigen«, sagte Schröck ruhig. Der Arzt starrte ihn wütend an. Lag es an seiner spärlichen Bekleidung oder an seinem Vorschlag? Er hatte keine Ahnung. »Wissen Sie, wer Sie niedergeschlagen hat?«

Winkler drehte sich zu Evelyne. »Wer ist das?«

»Ein neuer Patient.«

»Er soll sich um seine eigenen Angelegenheiten kümmern«, sagte der Arzt unwirsch und wankte die Treppe hinauf.

»Was für ein Arsch!«, entwich es Schröck.

Evelyne zuckte mit den Schultern. »Lassen Sie uns zurückgehen.«

»Wenn Sie meinen.« Aber es war schon seltsam, dass sich jemand so einfach die Nase einschlagen ließ.

7

Als Schröck das Hotelfoyer betrat, spürte er sofort, dass etwas nicht stimmte. Die Rezeptionistin hatte ihre jugendliche Stirn in Falten gelegt und brütete über einem Stapel Papiere. Sie schaute nur kurz auf, als sie ihn bemerkte, und murmelte einen Gruß, aber ihr liebenswürdiges Lächeln blieb aus. Auch der Kellner Manuel kam gehetzt aus dem Gastraum, querte im Eiltempo Schröcks Weg und verschwand ohne ein Wort in der Küche.

Schröck trat an den Empfangstresen. »Ich hätte gern meinen Zimmerschlüssel.«

Das Mädchen seufzte, legte die Papiere zur Seite und fragte ihn abwesend nach seiner Zimmernummer. Schröck horchte auf. Bisher hatte sie sie immer auswendig gewusst. Er nannte sie ihr, sie drehte sich um, nahm den Schlüssel vom Brett und legte ihn auf den Tresen.

»Das ist nicht meiner«, sagte Schröck ruhig.

Sie warf einen kurzen Blick darauf, entschuldigte sich und reichte ihm den richtigen.

»Ist etwas mit Ihnen?«

»Nichts, alles ist in Ordnung. Kann ich noch etwas für Sie tun, Herr Schröder?«

Eigentlich wollte er nur seinen Schlüssel an sich nehmen und so schnell wie möglich von hier verschwinden. Es roch nach dicker Luft, und was immer der Grund dafür war, es ging ihn nichts an. Schnell bedankte er sich, aber als ihm die junge Frau kurz in die Augen sah, konnte er nicht anders, als noch einmal nachzuhaken, selbst auf die Gefahr hin, sich eine Abfuhr zu holen. »Jetzt sagen Sie schon, was hier los ist. Sie stehen ja vollkommen neben sich, und Manuel scheint es auch nicht besser zu gehen.«

»Ach, es ist nur halb so wild. Nur unser Chef. Heute Morgen war noch alles in Ordnung, aber dann hat er nach dem Frühstück das Gästebuch kontrolliert, und seitdem können wir ihm nichts mehr recht machen. Aber ich sollte Ihnen das gar nicht erzählen, Sie sind doch Gast hier.«

»Hat denn etwas mit den Eintragungen nicht gestimmt?«

»Nein, alles war in Ordnung. Die Meldezettel waren ausgefüllt, und auch die Eintragungen waren richtig. Ich hätte ja seit gestern auch gar nichts falsch machen können, gestern sind die letzten gebuchten Gäste für die nächsten zwei Wochen angereist. Alle Zimmer sind jetzt belegt.« Sie klang verzweifelt.

»Machen Sie sich nichts draus, vielleicht ist ihm ja nur eine Laus über die Leber gelaufen, das wird sich schon wieder geben.«

»Vermutlich haben Sie recht. Und trotzdem habe ich Angst, dass er wieder solche Launen entwickelt wie vor dem Umbau.«

»Dem Umbau?«

»Vor zwei Jahren war das Hotel in keinem guten Zustand. Es kamen kaum mehr Gäste. Ich war damals noch Lehrling. Und als sich abzeichnete, dass das Hotel geschlossen werden muss, sollte nicht ein Wunder geschehen, war es hier kaum mehr auszuhalten.«

»Na, aber zum Glück ist doch alles gut gegangen«, sagte Schröck und machte eine ausladende Handbewegung, mit der er die Halle umfasste.

»Und darum verstehe ich seine Stimmung auch nicht. Vielleicht …« Als sie stockte, bedeutete ihr Schröck weiterzureden. »Also, gestern sind zwei neue Gäste angekommen. Zwei Männer. Sie haben die Zimmer dreizehn und vierzehn. Die liegen im zweiten Stock und sind mit einer Durchgangstür verbunden.«

»Und?«

»Meiner Meinung nach sind es ganz normale Gäste, Geschäftsleute oder so. Aber als der Chef den Eintrag gesehen hat, musste ich ihm sofort die Meldezettel vorlegen. Er ist total hektisch geworden, und seitdem ist er so seltsam drauf.«

»Glauben Sie, dass er die Männer kennt?«

»Das kann ich mir nicht vorstellen. Sie haben als Wohnort Moskau angegeben und sind das erste Mal bei uns zu Gast.«

»Aber warum sollte Ihr Chef wegen der Ankunft von zwei Unbekannten so aus dem Häuschen sein?«

»Das weiß ich auch nicht. Vielleicht haben sie ihn an einen Freund von ihm erinnert, der verschwunden ist. Die beiden haben sich sehr gut verstanden und waren während des Umbaus praktisch immer zusammen. Dann war er von einem Tag auf den anderen plötzlich weg, ist einfach abgereist, ohne sich zu verabschieden.« Sie beugte sich zu Schröck vor. »Man sagt, dass das Geld für die Renovierung von ihm stammte und er als stiller Teilhaber eingestiegen ist.«

»Aber was soll das mit den beiden Gästen zu tun haben?«

»Sein Freund war auch Russe, vielleicht haben ihn die beiden an Nikolai erinnert«, sagte sie in einem sentimentalen Anflug. »Er war so nett. So wie auch Lara, seine Frau. Beide waren zwar unglaublich reich, aber haben sich trotzdem wie normale Leute verhalten. Das ganze Dorf hat sie gemocht.«

Schröck nickte verständnisvoll. Der allgemeine Stimmungsumschwung im Hotel hatte also mit den zwei Männern zu tun, die er gestern vom Café aus bei ihrer Ankunft beobachtet hatte. Die Russen schienen auf Nummer sicher gehen zu wollen und hatten ihre eigenen Leute geschickt. Die Frage war nur, ob sie als Beobachter hier waren oder auf eigene Faust Ermittlungen anstellen wollten. Wenn die zwei jetzt auch noch beginnen würden, die Einheimischen auszufragen, würden diese mit an Sicherheit grenzender Wahrscheinlichkeit stutzig werden und gar nichts mehr erzählen. Und das wiederum würde Schröck seine Arbeit nicht gerade leichter machen.

»Das mit Ihrem Chef legt sich bestimmt wieder«, sagte er abschließend zur jungen Rezeptionistin. »Ich wünsche es Ihnen jedenfalls. Ich gehe jetzt auf mein Zimmer und werde mich ein bisschen frisch machen, die Sommerhitze ist ja kaum zu ertragen.«

***

Obwohl Schröck ausgiebig geduscht hatte, vermeinte er, noch immer den süßlichen Geruch des Massageöls riechen zu können. Er rief zu Hause an und erreichte Liba. Sie klang überaus heiter, sodass Schröck befürchtete, sie würde ihm sofort wieder von ihrem ominösen Kurt berichten. Doch stattdessen richtete sie ihm die besten Grüße von Silvia aus, die in den nächsten zwei Tagen schwer erreichbar sei, da sie an der Uni ein Seminar leiten würde und dabei ihr Handy ausschalten müsse. Es ginge ihr gut, und – Liba kicherte wie ein junges Mädchen – sie schicke ihm einen dicken Kuss. Dann ging sie zum Tagesgeschehen über: Kater hätte ein Pfund Hackfleisch verschlungen, und der Nachbar würde morgen den Rasen mähen. Ob er sich auch wohlfühle, wo er sei? Als Schröck bejahte und sie im Gegenzug fragte, warum sie nun doch in Schönbergmoos geblieben sei, da sie doch eigentlich mit Kurt hatte wegfahren wollen, antwortete sie gleichmütig, dass er einen dringenden Termin in Frankreich habe wahrnehmen müssen und sie deshalb ihren Ausflug verschoben hätten. Doch das sei ihr ganz recht, sie wolle noch zum Friseur, und im Garten sei auch so einiges zu tun. Zudem sei auch nicht sicher, ob Fritzi schon so zuverlässig sei, dass man ihn mit Kater allein lassen könne. Im Übrigen solle sich Schröck einen Abend frei halten, wenn er zurück sei. Sie müsse ihm Kurt unbedingt vorstellen. Er dränge darauf, da er immer schon ein Faible für Polizeiarbeit gehabt hätte, und fände es aufregend, einen richtigen Hauptkommissar kennenlernen zu dürfen. Da Schröck das Thema nicht vertiefen wollte, verzichtete er darauf, zu fragen, was Libas Freund denn in Frankreich zu tun hätte, und nahm ihr stattdessen erneut das Versprechen ab, keinem Menschen auch nur ein Sterbenswörtchen über seine neue Profession zu verraten. Offiziell sei er ein kranker Mann. Unzählige Jahre anstrengender Arbeit im Kampf gegen das Verbrechen hätten so sehr an seinen Nerven gezehrt, dass er dem Burn-out erlegen sei und deshalb nun zwischen Heilanstalt und Rehabilitationseinrichtung pendeln müsse. Sie beteuerte, dass sie auf der Stelle tot umfallen solle, sollte sie etwas verraten haben, und erkundigte sich, ob er bei der Hitze auch genug trinke und esse. Schröck spulte seinen üblichen Spruch ab, dass er bereits über fünfzig sei, versprach aber, weiterhin auf seine Gesundheit zu achten, um minutenlangen Belehrungen zu entgehen und sich vor allem keine tragischen Geschichten über Präzedenzfälle in Libas großem Bekanntenkreis anhören zu müssen.

Nach dem Telefonat kleidete er sich wieder an, setzte sich an seinen Computer und gab die letzte Wohnadresse der Fomins in eine Suchmaske ein. Die Fahrzeit zum Haus, oder besser gesagt zu den Häusern, betrug elf Minuten. Auf dem Satellitenbild waren aus der Vogelperspektive einige Dächer zu erkennen, aber über dem Haupthaus und zwei kleineren Gebäuden hing eine Wolke, sodass nur ein Teil davon zu sehen war. Eine zufällige Geste der Diskretion oder gewollt? Schröck schob den Gedanken beiseite. War er jetzt auch schon von der Geheimdienstkrankheit infiziert und erkannte hinter jeder Zufälligkeit eine Absicht? Wenn allerdings genug Geld im Spiel war, wäre es durchaus denkbar, dass sich ein Internetkonzern dazu herabließ, Wolken über ein Objekt zu breiten, das nicht für jedermanns Augen bestimmt war.

Er griff zum Telefon. Heinrich musste über die Sache mit den zwei Russen informiert werden. Vielleicht wusste er ja sogar bereits von ihnen und könnte ihm sagen, warum sie hier waren. Doch wieder landete Schröck nur auf der Mobilbox.

Er entschied sich, Heinrich eine E-Mail zu schicken. In knappen Worten informierte er ihn über die Ankunftszeit der Russen, lieferte eine kurze Beschreibung der Männer und klickte in dem Programm, das ihm der technische Dienst des BND auf seinem Laptop installiert hatte, auf den Button, der die Nachricht verschlüsselte. Der angewandte Algorithmus wandelte seine Worte nicht etwa in kryptische Zeichen oder Zahlen um, die vermutlich jeden Amateur stutzig gemacht hätten, sondern erzeugte einen nett zu lesenden, wenn auch gleich tollpatschigen Text, in dem der Schreiber einem Freund von der unerwarteten Ankunft seiner dicken blonden Tante aus dem Osten berichtete, ihn um Rat fragte, wie er sich verhalten solle, und sich bei ihm nach dem Grund erkundigte, den er für ihr Auftauchen vermutete. Schröck versendete die Mail, wartete die Bestätigung ab, dass der Server des Adressaten sie empfangen und in sein Postfach weitergeleitet hatte, und fuhr das Notebook wieder herunter.

Unter dem Bett zog er seinen Koffer hervor und nahm ein altes Armeefernglas heraus, das ihm schon oft gute Dienste geleistet hatte, weil es sich leicht in der Sakkotasche verstauen ließ. Dementsprechend bewaffnet machte er sich auf den Weg.

Die Sonne blendete ihn durch die Windschutzscheibe, als Schröck die Bundesstraße Richtung Westen fuhr. Die sanft hügeligen Wiesen leuchteten im Gegenlicht, und der kleine Bach, der parallel zur Straße verlief, glänzte wie ausgelaufenes Quecksilber. Als er im Handschuhfach nach seiner Sonnenbrille kramte, hätte er fast den Traktor übersehen, der unvermittelt vor ihm aufgetaucht war und auf einem Nachläufer im Schneckentempo drei dicke, meterlange Baumstämme transportierte. Erst im letzten Moment sah er die Abzweigung, die laut Navi zum Haus der Fomins führen sollte. An der Einfahrt zu der schmalen Schotterstraße stand eine von Büschen und zwei großen Fichten gerahmte Kapelle. Schröck trat auf die Bremse und bog mit quietschenden Reifen nach links ab.

Der Weg verlief durch die Wiesenlandschaft wie eine mit dem Lineal gezogene Linie, die am Horizont durch die allgegenwärtigen Berge begrenzt wurde. Er befürchtete schon, die falsche Abzweigung genommen zu haben, als die Straße abrupt steil abfiel und auf der rechten Seite ein Anwesen auftauchte. Schröck lenkte den Wagen zur Seite, parkte und nahm sein Fernglas zur Hand. Etwa fünfhundert Meter entfernt waren zwei zweigeschossige Gebäude mit dunklen Holzbalkonen zu erkennen, die im Winkel von fünfundvierzig Grad zueinander standen. Dicht daneben gab es zwei kleinere Schuppen, die wie die Haupthäuser halbhoch mit verwitterten Brettern verkleidet waren. Ein typisches Tiroler Bauernhofensemble, umgeben von Wiesen und Obstbäumen.

Schröck ließ den Wagen die Straße hinunterrollen. Als er näher kam, sah er auch den etwa zweieinhalb Meter hohen Zaun aus stabilen Aluminiumelementen, der das gesamte Areal umgab. Ein paar Meter weiter, und er stand vor einem breiten Tor aus demselben Material. An ihm hing ein großes Warnschild mit der Aufschrift: »STOPP! Das Objekt ist alarmgesichert & wird videoüberwacht«. An einer Betonsäule war eine Gegensprechanlage mit Kamera befestigt.

Er stellte den Wagen ab, stieg aus und näherte sich dem Grundstück zu Fuß. Als er an den Zaunstäben rüttelte, musste er sich eingestehen, dass er sich geirrt hatte. Was er für Aluminium gehalten hatte, war hochwertiger Stahl. Die Stäbe waren fest im Boden verankert und an den oberen Enden messerscharf geschliffen. Im Abstand von etwa zehn Metern waren Überwachungskameras mit kurzen schwarzen Antennen angebracht. Funkgesteuert, da hatte sich jemand ziemliche Mühe gegeben.

Er schlenderte ein paar Meter weiter den Weg entlang. Hinter dem Haupthaus tauchte ein riesiges Gebäude aus Glas auf, das sich als Hallenbad erwies. Daneben stand eine Hütte, vor der Brennholz aufgeschlichtet lag. Sie war zu klein zum Wohnen, vermutlich eine finnische Sauna.

Schröck vergewisserte sich, dass er unbeobachtet war, machte mit seiner Handykamera ein paar Bilder und entschloss sich dann, zum Auto zurückzugehen. Es erschien ihm unmöglich, ohne Hilfsmittel auf das Grundstück zu gelangen, er würde sich in den nächsten Tagen alles Notwendige besorgen und dann gut ausgestattet zurückkehren.

Als er sein Auto fast erreicht hatte, kam ihm ein klappriger Land Rover entgegen, wurde langsamer und hielt. Hinter dem Steuer saß ein Mann mit Hut und in einer grünen Lodenjacke. Während er umständlich aus dem Fahrzeug kletterte, musste Schröck an den Vorfall im Haus des Arztes denken, doch vermutlich gab es in der bergigen Alpenregion viele Autos der Marke.

Der Mann kam gebückt auf ihn zu und verzog dabei sein zerfurchtes Gesicht, als würde ihm jede Bewegung große Schmerzen verursachen. »Grüß Gott!«, rief er. »Sie interessieren sich für den Altenbergerhof? Wollen Sie ihn vielleicht kaufen?«

Schröck erwiderte den Gruß und schüttelte lachend den Kopf. »Nein, das könnte ich mir wohl nicht leisten.«

»Oh, ein Gast aus dem Reich. Was machen Sie denn hier draußen, fernab der Zivilisation?«

»Ich bin zur Kur in Andreasfurth und wollte nur ein wenig spazieren gehen. Und wenn ich ehrlich bin, dann wollte ich mir auch ansehen, wie die Russen bei euch so wohnen.«

Der Mann musterte Schröck mit zusammengekniffenen Augen, dann nickte er bedächtig. »Ich bin der Höllerer, mein Bauernhof ist da drüben auf der anderen Seite des Tals, aber den habe ich schon längst übergeben. Der Altenbergerhof war mein Elternhaus.«

»Sieht schön aus.«

»Ja, von außen schaut's noch so aus wie früher, aber drinnen ist kein Stein auf dem anderen geblieben.« Er sah aus, als hätte er in eine Zitrone gebissen. »Die haben ihm die Seele herausgerissen. Wenn's nach mir gegangen wäre, ich hätte denen das Haus nie und nimmer verkauft«, sagte er mehr zu sich als zu Schröck.

»Und wer hat's dann verkauft?«

»Mein Sohn. Der hat nur das Geld gesehen. Obwohl's nicht viel war, weil die alte Hütte schon ziemlich baufällig war. Aber«, er trat noch näher an Schröck heran und flüsterte, »der Hof bringt Unglück.«

»Ach ja? Und weshalb?«

»Den Tod bringt er, wenn ich es Ihnen doch sage. Der Großvater hat sich in der Scheune aufgehängt, und die Großmutter ist ein Jahr drauf am Boden durch die Futterluke gefallen und hat sich das Genick gebrochen. Und jetzt sind die Russen auch noch weg.«

»Ich habe gehört, sie wären abgereist.«

»Die Leute reden viel, wenn der Tag lang ist. Ich bin mir jedenfalls sicher, dass die nicht mehr unter den Lebenden weilen. Vielleicht hat sie ja einer der feinen Herren auf dem Gewissen, die mit ihren dicken Autos bei denen zu Besuch waren. Lauter ausländische Kennzeichen. Aus Russland, Frankreich und von weiß Gott woher noch.«

»Und was haben die hier gemacht?«, wollte Schröck wissen.

Aber der Alte verzog nur den Mund. »Das weiß ich nicht. Nur dass sie bis spät in die Nacht gefeiert und gesoffen haben. Die Erni, die bei ihnen sauber gemacht hat, musste die leeren Wodkaflaschen kistenweise zum Altglas bringen.«

»Und dann waren sie auf einmal weg?«

»Ja. Alles haben sie dagelassen, nur zwei Koffer haben gefehlt. Die Erni hat einen Zettel gefunden, wo draufgestanden ist, dass sie wieder zurück nach Russland gehen, weil sich der Mann um seine Geschäfte kümmern muss.« Der Bauer kam noch ein Stück näher, sodass Schröck die Mischung aus Geräuchertem und Alkohol roch. »Ich bin zwar schon zweiundachtzig, aber blöd bin ich deshalb noch lang nicht. Wer so viel Geld hat, der haut nicht gleichsam über Nacht ab. Die haben sich doch bei uns heimisch gefühlt. Der Nikolai hat beim Stammtisch im ›Hirschen‹ oft gesagt, dass er für immer dableiben will. Seine Frau hat im Kirchenchor gesungen und war sogar zwei Mal beim Pfarrausflug dabei. Beide waren aus einem kleinen Dorf. Die Stadt war ihnen zu laut, haben sie gesagt. Die waren schon in Ordnung, die zwei. Konnten ja nichts dafür, dass sie Russen waren. Wir haben im Krieg auch welche dagehabt. Die meisten der Ostarbeiter waren faule Hunde, aber ein paar brave waren auch dabei. Den Schnaps haben wir allerdings vor allen verstecken müssen, die haben alles gesoffen, was sie in die Finger gekriegt haben.«

Er hatte keinen Sinn, mit dem alten Mann über das Unrecht der Zwangsarbeit zu diskutieren, also versuchte Schröck, ihn auf das eigentliche Thema zurückzubringen. »Sie haben recht, das waren schlimme Zeiten damals, aber wer kümmert sich denn jetzt um das Anwesen?« Schröck drehte sich ein wenig zur Seite, um dem beißenden Geruch zu entgehen, den der Alte verströmte.

»So ein feiner Herr, ein Anwalt, ist auf einmal beim Bürgermeister aufgetaucht, hat ihm eine Vollmacht gezeigt und behauptet, er hätte den Auftrag, alles zu verkaufen. Wer's glaubt, wird selig, und wer nicht, kommt auch in den Himmel. Ach was«, er zuckte mit den Schultern, »ich sag's dir, die haben sie umgebracht. Aber gestorben sind schon viele, mich geht das alles nichts an.« Dann drehte er sich um und humpelte zu seinem Wagen. »Pfiat di.« Der Motor vom Land Rover heulte auf, das Getriebe gab ein erbarmungswürdiges Geräusch von sich, und das Fahrzeug setzte sich in Bewegung. Schröck schaute dem Wagen nach, bis er hinter einem Hügel verschwunden war. Die Dachgalerie war mit knallroter Rostschutzfarbe gestrichen, es war tatsächlich das Auto, das er beim Arzt gesehen hatte.

8

Der glühende Feuerball hatte den wolkenlosen Himmel erst orangerot, dann dunkelviolett gefärbt, bevor er endgültig hinter der schwarzen Silhouette des Kaisergebirges verschwunden war.

Jene, die in den Bergen aufgewachsen sind, empfinden die steilen und abweisend wirkenden Bergflanken mitunter als bedrückend. Sie wissen um die Schattenseiten des Lebens in den Tälern, die im Winter besonders deutlich werden. Dann wünschen sich manche Bewohner, dass der Horizont ein klein wenig weiter wäre, der natürliche und auch der der Menschen, die hier wohnen. Und dennoch ist es für viele von diesen im Winter Leidenden undenkbar, für immer ihre Heimat zu verlassen.

Die beiden Männer im schwarzen Audi hatten das Farbenspiel am Himmel fasziniert beobachtet. Wohl weil sie kaum mehr als den undurchdringlichen Himmel über Moskau kannten, unter dem der Verkehr und die Baumaschinen ohne Pause lärmten.

Die beiden russischen Flachländer waren in einem Gebiet aufgewachsen, das kaum höher lag als hundertfünfzig Meter über Seehöhe. Und obwohl ihr Job es ihnen nicht erlaubte, sich Sentimentalitäten hinzugeben, und lebensgefährliche Aufträge ihren Alltag beherrschten, konnten sie sich dennoch nicht dagegen wehren, dass ihre Archetypen bei dem Anblick dieses Naturspektakels ihnen befahlen, die Luft anzuhalten und den Puls zu beschleunigen.

»Wie weit noch, Aseni?«

»Keine Ahnung. Eigentlich müssten wir schon da sein, aber das blöde Navi zeigt keine Abzweigung an. Ich glaube, wir sind schon viel zu weit gefahren.« Der kräftige Mann mit den kurz geschorenen Haaren blendete die Scheinwerfer auf und verlangsamte das Tempo. Das Auto, das seit einiger Zeit hinter ihnen fuhr, verringerte die Distanz und tauchte den Innenraum des Wagens in grelles Licht.

»Jetzt überhol schon!«, schimpfte der Mann auf dem Beifahrersitz. Als das Auto fast an ihrer Stoßstange klebte, ließ er die Seitenscheibe herunter und ruderte wild mit dem Arm, um dem anderen Fahrer zu bedeuten, vorbeizufahren. Doch der machte keine Anstalten zu überholen, obwohl sie allein auf der Straße waren.

»Da vorn, da muss es sein!« Aseni deutete auf einen kaum erkennbaren hellen Fleck, der sich auf der rechten Seite im Fichtenwald abzeichnete. Er blinkte, bog ab, und der Audi holperte über Steine und Wurzeln auf eine Forststraße.

»Du, der Wagen folgt uns«, sagte sein Beifahrer.

»Vielleicht ein Jäger, der sein Revier abfährt.«

»Möglich. Laut Plan gibt es in dieser Gegend keine anderen Häuser, nur Wald und Wiesen. Wenn wir das Anwesen der Fomins gefunden haben, fahren wir vorbei und kehren erst um, wenn der Kerl nicht mehr an uns dranklebt.«

Der Forstweg führte steil bergan. Das Licht der Scheinwerfer zeichnete skurrile Schatten auf die dicken Baumstämme, und irgendwo unterhalb des Weges rauschte ein Bach.

»Wenn nicht bald das Haus in Sicht kommt, sind wir hier falsch«, sagte der Fahrer. Der andere reagierte nicht. »Rastic, hörst du mir überhaupt zu?«

»Ja doch, aber mich irritiert das Auto hinter uns. Der Typ rückt uns immer näher auf die Pelle. Möchte echt wissen, was der hier treibt.«

Im selben Augenblick fiel der Wagen hinter ihnen etwas zurück. Fast gleichzeitig verengte sich der Weg, und Aseni trat auf die Bremse. Das Auto kam ins Rutschen, und ein paar große Steinbrocken kullerten über die unbefestigte Böschung in den Abgrund.

»Hier sind wir ganz sicher falsch, und ich kann noch nicht einmal wenden. Der Typ hinter uns blockiert die gesamte Fahrbahn.« Aseni stieß einen Fluch aus.

»Dann fahr eben noch ein Stück weiter, vielleicht ist weiter oben mehr Platz.«

In Schritttempo krochen sie den Hang hinauf, und wirklich, nach ein paar Minuten passierten sie eine freie Stelle mit aufgestapelten Baumstämmen auf der linken Seite, die breit genug zum Wenden war. Rastic tippte immer wieder auf den Bildschirm seines Handys und versuchte, auf der winzigen Landkarte die

Stelle mit dem Grundstück der Fomins wiederzufinden. Aseni gab dem Fahrer hinter ihnen ein Zeichen mit der Warnblinkanlage, blinkte dann nach links und lenkte den Wagen so weit es ging an den Abgrund, um mit möglichst wenigen Zügen zu wenden. Als plötzlich der Motor des Wagens hinter ihnen aufheulte, ließ Rastic von seinem Handy ab und drehte sich um. Das Licht blendete ihn. Er wollte die Hand heben, um seine Augen zu schützen, aber eine unsichtbare Kraft warf ihn zur Seite. Wie aus der Ferne hörte er Aseni aufschreien, sah noch, wie er aus dem Sitz gehoben wurde, als wäre er schwerelos, fühlte, wie sich der Sicherheitsgurt über Schulter und Brust spannte, und hörte, wie die Frontscheibe splitterte. Dann quetschte eine Riesenfaust das Dach des Wagens zusammen, und Aseni schrie nicht mehr. Ein paar Sekunden lang herrschte tödliche Stille. Rastic schmeckte das Blut in seinem Mund, fühlte den Schmerz in seinen Beinen, als sie brachen, und dann gar nichts mehr.

9

Um kurz vor sieben wurde Schröck von Sirenen geweckt. Missmutig zog er sich das Kissen über den Kopf, aber als das Geheul nicht verstummen wollte, schob er es wieder fort und ging zum Fenster. Drei Feuerwehrautos, gefolgt von einem Rettungswagen und der Polizei, fuhren in einem eher gemächlichen Tempo in Richtung Ortsausgang. Schröck wunderte sich. Was machten die nur so einen Höllenlärm, wenn sie es doch nicht eilig hatten? Um weiterzuschlafen, war er jetzt jedenfalls zu wach. Er kleidete sich an, spritzte sich kaltes Wasser ins Gesicht und bändigte seine wirren Haare, bevor er vom Kaffeedurst getrieben hinunter in den Frühstücksraum ging.

Manuel hatte Frühdienst und war am Buffet beschäftigt, als er Schröck sah. Er grüßte und formte mit den Lippen das Wort: »Kaffee?« Schröck deutete mit den Händen eine große Tasse an, und der Kellner erkannte anscheinend die Dringlichkeit der Bestellung, denn er eilte in die Küche und kam gleich darauf mit einem Kännchen zurück, das ihm Schröck aus den Händen nahm, um sich selbst einzuschenken. Nach einem großen Schluck und einem befreienden Seufzer sah die Welt schon wieder anders aus und Schröck sich in der Lage zu sozialer Kommunikation. »Was ist denn da draußen los?«, fragte er, aber die Frage kam ihm nicht so beiläufig und freundlich über die Lippen, wie sie gedacht gewesen war.

»Hat Sie der Lärm etwa geweckt?«

Schröck nickte und schaute Manuel auffordernd an.

»Ein schrecklicher Unfall auf der Forststraße. Der Förster hat den Wagen gefunden. Er ist dreihundert Meter tief abgestürzt und im Bachbett gelandet. Beide Insassen sind tot.« Und bevor Schröck noch fragen konnte, um wen es sich bei den Toten handelte, fuhr Manuel auch schon fort: »Es sind unsere zwei Gäste aus Russland. Kein Mensch weiß, was sie da oben gemacht haben.«

»Sie meinen die beiden Männer, die einen Tag nach mir eingecheckt haben?«

»Genau die.«

»Ist der Unfallort weit von hier entfernt?«

»Nein, ganz in der Nähe. Nur drei oder vier Kilometer, wenn man in Richtung Kitz fährt. Es gibt da nur eine Abzweigung.«

Im selben Augenblick betrat der Hotelinhaber den Frühstücksraum, nickte Schröck verbindlich lächelnd zu, kontrollierte das Buffet und die gedeckten Tische und klopfte Manuel, der zu ihm geeilt war und respektvoll neben ihm Aufstellung genommen hatte, anerkennend auf die Schulter. »Vorbildlich.«

Manuel, der von der jovialen Haltung seines Chefs offensichtlich überrascht war, nutzte die Chance und flüsterte ihm etwas zu, was Thurnbacher mit einer entsetzten Miene quittierte, bevor er sofort den Raum verließ.

Schröck stand auf und ging zum Buffet, wo Manuel ihm einen Teller reichte. »Der Chef hat es noch gar nicht gewusst.«

»Das mit dem Unfall, meinen Sie?«

»Ja. Wahrscheinlich befürchtet er Unannehmlichkeiten. Aber so arg wird es schon nicht werden, die beiden waren ja erst einen Tag hier.«

Schröck pflichtete ihm bei und lud sich Schinken und Käse auf den Teller. »Sind die weich gekocht?«, fragte er und deutete auf die Eier, die in einem Bett aus heißem Sand in einer Schale lagen.

»Ja, sechs Minuten.« Manuel nahm ein Ei, setzte es in einen gläsernen Eierbecher und reichte es Schröck. »Jedenfalls war er heute wieder gut drauf. Das ist ja schon mal was. Möchte wissen, welche Laus ihm gestern über die Leber gelaufen ist.«

Schröck setzte sich wieder an den Tisch und köpfte sein Ei. War es Zufall, dass sich zwei russische Touristen in dunklen Anzügen auf Sommerfrische in ein Tiroler Dorf verirrten und bei einem Ausflug zu Tode kamen, kurz nachdem zwei ihrer Landsleute, die so wichtig waren, dass sogar der BND mobilisiert worden war, verschwunden waren? Schröck glaubte nicht an solche Zufälle. Es lag auf der Hand, dass der angebliche Unfall etwas mit den Fomins zu tun haben musste. Vielleicht fanden sich ja Hinweise darauf in ihrem Haus, er musste sich dringend dort umsehen. Kitzbühel lag nur wenige Kilometer von Andreasfurth entfernt, dort würde er alles bekommen, was er für seine Aktion benötigte. Zum Glück fiel es hier nicht weiter auf, wenn sich ein deutscher Tourist mit Bergsteigerutensilien eindeckte.

***

Nach dem Frühstück ging Schröck zurück auf sein Zimmer, rasierte sich und stellte sich unter die Dusche. Während er sich das heiße Wasser über den Nacken laufen ließ, musste er an sein Telefonat mit Silvia am Vorabend denken. Sie hatte erschöpft und gereizt geklungen, und je verständnisvoller er mit ihr gesprochen hatte, umso angriffslustiger war sie geworden. Um einer Konfrontation aus dem Weg zu gehen, hatte er die Unterhaltung auf sachliche Themen beschränkt, auf ihr Seminar und die Arbeit im Institut, aber bei ihren einsilbigen Antworten war ihm nach kurzer Zeit der Stoff für ein konfliktfreies Gespräch ausgegangen. Also hatte er ihr eine gute Nacht gewünscht, dann hatte sie für seinen Geschmack ein wenig zu schnell die Verbindung getrennt, und er war mit einem unguten Gefühl eingeschlafen. Er schnaubte verärgert. Die blümerant riechende Seife aus dem Spender in der Duschkabine brannte wie Feuer in seinen Augen. Als er endlich wieder sehen konnte, verdrängte er die Gedanken an Silvia, rubbelte sich die Haare trocken und kleidete sich an.

Wenige Minuten später war er auf dem Weg hinunter ins Parterre. Der Empfang war verwaist. Schröck ließ den Zimmerschlüssel am Ring des Anhängers um seinen Zeigefinger kreisen, spähte durch die halb offene Tür in das kleine Büro hinter dem Tresen und schlüpfte schnell unter der Klappe hindurch, die als Barriere zwischen Gast und Mitarbeiter fungierte. Der Computer lief, auf dem Bildschirm war der Kalender mit den Reservierungen geöffnet, aktuelles Datum. Schröck klickte einen Tag zurück. »Aseni Smirnow und Rastic Iwanov, Zimmer 13 und 14, Reservierung: Fa. Rosnet, Moskau.« Schröck prägte sich die Namen der beiden ein. Es war nicht allzu schwierig, jeder zweite Russe hieß so. Die Namen entsprachen in der Häufigkeit den deutschen Müller und Meier, es gab keinen Zweifel daran, dass die Männer Decknamen verwendet hatten. Auch der Firmenname war vermutlich erfunden. Schröck klickte den Kalender wieder einen Tag vor zu der Ansicht, die er vorgefunden hatte. Keine Minute zu früh. Das Mädchen vom Empfang kam verklärt lächelnd zurück. Als sie ihn hinter dem Tresen sah, runzelte sie die Stirn.

»Entschuldigen Sie bitte, aber Sie waren nicht da, und da dachte ich, ich hänge den Schlüssel selbst ans Bord. Ich wollte ihn nicht einfach so auf dem Tresen liegen lassen.«

Ihre Miene entspannte sich wieder, und sie nickte verständnisvoll. »Tut mir leid, ich war beim Chef.«

»Ein unangenehmer Termin?«

»Nein, überhaupt nicht. Er hat mich gelobt und gesagt, dass die Geschäfte überaus gut liefen und er mit meiner Arbeit sehr zufrieden sei.«

»Sehen Sie, und gestern haben Sie sich noch Sorgen gemacht.«

»Ich bin eben ein unverbesserlicher Angsthase.« Sie zog eine Grimasse. »Haben Sie übrigens schon vom Unfall unserer beiden Gäste gehört?«

»Ja, wirklich schrecklich. Ich hatte zwar keine Gelegenheit, mit ihnen zu sprechen, aber sie schienen nett zu sein«, sagte Schröck.

»Zwei sehr korrekte Herren. Der Unfall ist einfach nur tragisch. Herr Thurnbacher hat vorhin mit ihrem Arbeitgeber telefoniert. Er will sich um alles kümmern und übermorgen jemanden schicken, der ihr Gepäck abholt. Bis dahin sollen wir die Zimmer nicht verändern. Sie kommen sogar für die Kosten der zusätzlichen Nächte auf.«

»Sehr nobel«, meinte Schröck und beschloss, sich die beiden Zimmer später genauer anzusehen. Als er auf die Straße trat, schlenderten ein paar Touristen über den Platz, einer davon mit Reiseführer in der Hand. Vor dem Café saß eine Handvoll Leute, und Schröck meinte, die meisten von ihnen schon am Tag zuvor dort gesehen zu haben. Die Sonne brannte schon wieder vom wolkenlosen Himmel, es war jedoch noch heißer als an den Tagen zuvor. Vor dem Gasthof »Zum Hirschen« parkten ein Kommandowagen der Feuerwehr und ein Nissan Pathfinder mit Polizeilackierung. Daneben ein silberner E-Klasse-Mercedes-Benz, ein 5er-BMW, ein Volvo S80 und der Audi Q7 des Arztes mit dem Äskulapzeichen an der Windschutzscheibe. Das Aufgebot der teuren Luxuskutschen passte zu der rustikalen Kulisse von Andreasfurth wie die Prostituierte in Pretty Woman in eine Nobelboutique in Beverly Hills.

Schröck betrat die Gaststätte. Im weiß getünchten Gang mit der gewölbten Stuckdecke war es angenehm kühl. Es duftete nach Gebratenem und altem Haus, wenn auch der Steinboden aus unregelmäßigen Kalkplatten wie frisch aufpoliert glänzte. An den Wänden hingen wertvolle Kruzifixe und Ölbilder, von deren Verkaufsprovision sich ein findiger Antiquitätenhändler einen zweiwöchigen Urlaub auf den Malediven mit seiner zwanzig Jahre jüngeren Geliebten hätte leisten könnte. Schröck wusste das, weil er als junger Polizist zwei Jahre lang im Einbruchsdezernat mit einem Kollegen zusammengearbeitet hatte, der auf Antiquitätenraub spezialisiert gewesen war.

Er betrat das Gastzimmer. Hinter der kunstvoll geschnitzten Theke stand ein etwa sechzigjähriger Mann und trocknete Biergläser, die er aus dem noch dampfenden Gläserspüler holte. Er musterte den frühen Gast argwöhnisch, während er seinen Mund zu einem professionellen Lächeln verzog. »Grüß Gott. Wo immer Sie Platz nehmen wollen.« Er machte eine einladende Geste.

Der Raum mit seiner alten Holzvertäfelung an den Wänden und den mächtigen Balken an der Decke sah aus, als hätte der Restaurator eben erst seine Leiter in seinen Wagen geladen. Schröck steuerte einen Tisch im hinteren Bereich des Raumes an, gegenüber der halb offenen Tür, die zu einem Extrazimmer führte. Er setzte sich auf die Bank vor dem Fenster und bestellte eine Cola, als der Wirt kam. Durch den offenen Spalt konnte er zwei Männer an einem langen Tisch sehen. Der eine war ihm bisher unbekannt, aber der zweite war der Besitzer des Kaffeehauses am Platz. Beide schauten in dieselbe Richtung, jemand Drittes sprach, die anderen schwiegen, dann setzte ernstes Gemurmel ein. Den Inhalt des Gesprächs konnte Schröck leider nicht verstehen. Ein paar Augenblicke später rief jemand den Wirt herbei, der mit Kassablock und Bleistift in der Hand in das Nebenzimmer eilte, bevor ein Gast nach dem anderen den Raum verließ. Der Arzt ging mit einem zweiten Mann leise diskutierend an Schröcks Tisch vorbei, ohne ihn zu beachten, ihm folgte ein Mann in Polizeiuniform. Als der Besitzer vom »Lazarushof« auftauchte und Schröck bemerkte, kam er an seinen Tisch.

»Hallo, Herr Schröder. Na, wie geht's?«

»Sehr gut. Ich genieße das wunderbare Wetter und die gute Luft. Ich muss mich bei Ihnen für den Tipp mit der Masseurin bedanken. Ich werde sie von jetzt an regelmäßig aufsuchen, die Massage hat mir sehr gutgetan.«

»Das freut mich. Wir wollen doch, dass sich unsere Gäste bei uns wohlfühlen.«

»Großes Palaver?« Schröck deutete mit dem Kopf zum Extrazimmer.

Thurnbacher nickte. »Ja, der Gemeinderat hat sich von Exekutive und Feuerwehr über den tragischen Unfall am Forstweg informieren lassen. Es ging um die Bergung, die Kosten und so. Der ortsansässige Bauunternehmer hat zwar einen Kran, aber dennoch wird es keine leichte Aufgabe sein, das Wrack zu bergen. Eventuell müssen wir einen Experten anfordern. Der Wagen muss so schnell wie möglich aus dem Bach entfernt werden, sonst droht eine Umweltverschmutzung. Die Feuerwehr hat Benzin und Öl schon abgepumpt, aber Reste bleiben immer zurück. Das alles muss in den nächsten paar Tagen geschehen.«

»Weiß man denn schon etwas über den Unfallhergang?« Schröck bot Thurnbacher den Sessel neben sich an, aber der Hotelier schüttelte den Kopf.

»Nein danke, ich muss wieder zurück ins Hotel.« Er machte eine Pause und wiegte den Kopf hin und her. »Wahrscheinlich wird man nie erfahren, was sie da oben gemacht haben. Schon leichtsinnig, in der Dunkelheit da hinaufzufahren. Vermutlich sind sie zu nahe an den Abgrund geraten, und dann ist der Boden unter ihrem Gewicht weggebrochen. Die starken Regenfälle im Frühsommer haben den Forstweg stark unterschwemmt.«

»Sind da oben denn viele Leute unterwegs?«, fragte Schröck erstaunt.

»Nein, eigentlich kaum jemand, nur der Förster und im Winter die Waldarbeiter. Vielleicht noch ein paar Wanderer.«

»Weil Sie gerade ›in der Dunkelheit‹ sagten: Woher wissen Sie denn, dass der Unfall in der Nacht geschehen ist?«

»Das vermute ich nur«, sagte Thurnbacher und war dabei längst nicht mehr so freundlich wie zuvor. »Wie gesagt, ich muss jetzt ins

Hotel zurück. Genießen Sie noch Ihren Aufenthalt, und tun Sie etwas für Ihre Gesundheit.« Er verabschiedete sich, rief dem Gastwirt einen Gruß zu und verließ das Restaurant. Schröck machte sich derweil einen weiteren Eintrag auf seiner gedanklichen Liste. Er musste jetzt wirklich bald nach Kitzbühel. Die Dinge, die er zu besorgen hatte, hatten sich in den letzten Minuten um ein Bergsteigerseil vermehrt. Er wollte sich das Autowrack der Russen unbedingt mit eigenen Augen ansehen, bevor es geborgen und abtransportiert wurde.

10

Nach einem ausgedehnten Spaziergang war Schröck am späten Nachmittag wieder ins Hotel zurückgekehrt und hatte erneut versucht, Heinrich zu erreichen. Wieder vergeblich. Langsam machte er sich Sorgen. Aber auch irgendeine der anderen Nummern anzurufen, die er ihm gegeben hatte, machte keinen Sinn. Was hätte er denen denn auch sagen sollen? Der technische Dienst konnte Schröck genauso wenig weiterhelfen wie jemand von der internen Hotline: Niemand durfte ihm etwas über Heinrichs Verbleib sagen. Liba war ebenfalls nicht zu erreichen, und bei Silvia versuchte er es erst gar nicht. Sie war bestimmt mit ihrem Seminar beschäftigt, und Schröck hasste es, sich mit Anrufbeantwortern zu unterhalten.

Er setzte sich an den kleinen Schreibtisch in seinem Zimmer und schrieb eine Liste mit den Dingen, die er am morgigen Tag bei seinem Ausflug nach Kitzbühel besorgen würde. Im Fernsehen lief ein deutscher Kriminalfilm, in dem wie bei den meisten dieselben Schauspieler die immer gleichen Rollen spielten. Man hatte das Gefühl, alle Filme schon einmal gesehen zu haben. Schröck war kein großer Freund der Flimmerkiste, noch nie gewesen. Aber wenn er erschöpft zu Hause auf seinem Sofa lag und zu nichts anderem mehr in der Lage war, brauchte er nur den Fernseher einzuschalten und befand sich innerhalb von wenigen Minuten im Land der Träume.

Er ging ins Badezimmer und sammelte die Wäsche ein, die er zum Trocknen über die Stange des Duschvorhanges gehängt hatte. Das Hemd würde er morgen bügeln, für solche Fälle hatte er immer sein kleines praktisches Reisebügeleisen dabei. Heute musste er seinen Fernsehschlaf verschieben. Das Gerät diente sowieso nur als Alibi. Die Wände waren dünn, das Haus hellhörig, und wenn er das Geplärre der Nachbarn hörte, war anzunehmen, dass diese auch den Lärm aus seinem Zimmer mitbekamen. Jeder, der auf dem Gang vorbeilief, würde denken, dass er auf seinem Zimmer war.

Alles, was er für seine nächtliche Visite benötigte, hatte er unter seinen Hemden im Schrank verstaut. Schröck zog ein Etui in der Größe eines Maniküre-Sets heraus, öffnete den Reißverschluss und prüfte den Inhalt. Alles da. Das Einbrecherwerkzeug hatte er vor Jahren einem kleinen Ganoven in München abgenommen. Er hatte ihn wieder laufen lassen, weil das, was er in der Currywurstbude, die er aufgebrochen hatte, hatte mitgehen lassen, nicht einmal das Papier für den Bericht wert gewesen war. Der Mann hatte sich dankbar erwiesen und ihm später bei einigen Fällen als Informant gedient.

Schröck schaute auf die Uhr: halb eins. Er stellte den Fernseher auf lautlos und vergewisserte sich, dass es draußen auf dem Gang ruhig war. Dann drehte er den Ton wieder lauter und schlich sich hinaus. Wenn niemand zufällig aus einem der Zimmer kam, würde man ihn nicht bemerken, da in den Türen keine Spione eingebaut waren.

Die Zimmer dreizehn und vierzehn lagen am anderen Ende des Korridors. Der Bewegungsmelder hatte zwar die Deckenlampen aufflammen lassen, aber der Teppich schluckte seine Schritte. Schröck warf einen kurzen Blick auf das Türschloss. Ein billiger Profilzylinder, der gut einen halben Zentimeter über den Beschlag herausragte. Er holte sein Werkzeug aus der Hosentasche, entnahm ihm zwei kleine Picks aus Stahl, die am Ende gegabelt waren, schob sie an beiden Seiten ins Schloss, drehte, die Tür sprang auf, und er schlüpfte ins Zimmer. Drinnen war es stockdunkel. Schröck tastete sich vorsichtig zum Fenster und ließ leise die Fensterrollläden hinuntergleiten. Dann legte er zwei Kissen vor den Türspalt, knipste das Licht an und öffnete den Schrank im Durchgang. An der Kleiderstange hingen ein paar Hemden und zwei dunkle Anzüge. Der Safe war leer und stand offen. Das wäre auch der letzte Ort, an dem ich etwas verstecken würde, dachte Schröck und widmete sich eingehend dem Fach mit den Socken und der Unterwäsche. Jedes Stück hob er einzeln an. Alles Markenware, die man in jedem Geschäft der Welt kaufen konnte. Ein Plastikbeutel, der in einer Ecke auf dem Schrankboden lag, erregte da schon eher seine Aufmerksamkeit. Er drehte ihn um und schüttelte ein gebrauchtes Hemd, andere Schmutzwäsche und einen Gegenstand heraus, der mit einem dumpfen Geräusch zu Boden fiel. Mit spitzen Fingern zupfte Schröck Unterhosen und Socken weg und fand zwei mit Patronen gefüllte Pistolenmagazine und ein Päckchen Hundert-Euro-Scheine, die von einem Gummiband zusammengehalten wurden. Das gesamte Bündel schätzte er auf über hunderttausend Euro.

»Einfache Sommerfrischler seid ihr ganz bestimmt nicht gewesen«, murmelte er, zog ein Taschentuch aus seiner Tasche und verstaute mit ihm alles wieder im Beutel, ohne Fingerabdrücke zu hinterlassen. Dann nahm er sich das Badezimmer vor. Auf der Ablage standen Toilettenartikel, daneben lagen ein Kamm und eine Zahnbürste, beides so sauber, als hätte sie der Besitzer nach Gebrauch gereinigt und desinfiziert. Schröck ging in das Zimmer. Der Schreibtisch schien unangetastet, die Willkommensmappe des Hotels lag noch genau so da, wie auch Schröck sie in seinem Zimmer vorgefunden hatte. Klarer Fall, die beiden waren Profis gewesen, sie hatten nichts verändert. Der Koffer, der neben dem Tisch stand, war leer, und unter der Matratze war ebenfalls nichts versteckt. In dem Raum war nicht der leiseste Hinweis auf die Persönlichkeit seines Bewohners zu finden.

Die Durchgangstür war unverschlossen, und Schröck wiederholte die Prozedur im Zimmer des zweiten Russen. Vergeblich, auch hier fand er keinen Anhaltspunkt auf dessen Person.

Als Schröck das Zimmer schon verlassen wollte und beschlossen hatte, die Aktion als vergebene Liebesmüh abzuhaken, fiel sein Blick auf den schmalen Spalt zwischen Zimmerdecke und Einbauschrank. Er stieg auf den Schreibtischsessel, tastete die Oberseite des Möbels ab und stieß auf ein paar Kabel und einen flachen Gegenstand mit abgerundeten Ecken. Vorsichtig hob er ihn herunter und triumphierte: Er hielt einen modernen Tablet-PC in Händen. Als er vom Sessel stieg, wäre ihm beinahe das angesteckte Ladegerät zu Boden gefallen, doch er fing es im letzten Moment geschickt auf und legte alles zusammen auf das Bett. »Sieh mal einer an, was wir da haben.«

Schröck war beileibe kein Computerfreak, obwohl er einigermaßen mit seinem PC umzugehen wusste, aber den Nerds in der Zentrale würde es sicher gelingen, an eventuell auf dem Tablet vorhandene Daten heranzukommen.

Nachdem er alles wieder in seinen ursprünglichen Zustand versetzt hatte, klemmte er sich das Gerät unter den Arm und ging schnell zurück zu seinem Zimmer. Doch just, als er durch die Tür schlüpfen wollte, vernahm er hinter sich eine männliche Stimme. »Guten Abend, Herr Schröder.«

Geistesgegenwärtig ließ Schröck den Schlüssel fallen, zog noch im Bücken und geschützt durch seinen Körper das Tablet unter seinem Arm hervor und schob es über den Fußboden in sein Zimmer. Erst dann drehte er sich um. »Mein Gott, Manuel, Sie haben mich aber erschreckt!«

»Tut mir leid, ich wollte gerade nachsehen, ob noch Gläser auf dem Gang stehen. Manche Gäste haben die Gewohnheit, alles vor die Tür zu stellen. Und Sie? Was treibt Sie zu dieser späten Stunde noch heraus?«

Schröck hatte keine Ahnung, was er sagen sollte, und zuckte einfach mit den Schultern.

»Können Sie auch nicht schlafen? Das geht vielen Gästen so. Nach ein paar Tagen, wenn sie endlich realisiert haben, dass sie der alltäglichen Tretmühle entkommen sind, wird manchen die Ruhe zu viel. Es ist gar nicht so leicht, sich umzustellen. Aber vielleicht können Sie ja jetzt schlafen.«

»Vermutlich haben Sie recht. Ich muss mich erst daran gewöhnen, dass ich nicht den ganzen Tag über Akten und Belegen brüten muss.«

Manuel nickte ihm zufrieden zu, so wie ein Vater seinem zweifelnden Kind zunickt, wenn es ihm am Abend gelungen ist, es davon zu überzeugen, dass es besser sei, endlich das Licht auszumachen. Sie wünschten einander eine gute Nacht, und Schröck ging rasch ins Zimmer und atmete erleichtert auf.

Er legte seine elektronische Beute auf den Schreibtisch, aber irgendetwas stimmte nicht. Schröck hatte ein beunruhigendes Gefühl, obwohl eigentlich doch alles gut gegangen war und ihn der Kellner sicher nicht dabei beobachtet hatte, wie er aus dem fremden Zimmer gekommen war. Und dennoch, etwas an Manuel machte ihn nervös. Vielleicht der Ton seiner Stimme, der anders gewesen war als sonst, oder das wohlwollende Lächeln, das irgendwie aufgesetzt gewirkt hatte?

Du hörst nur die Läuse husten, tadelte er sich, aber die Gedanken ließen ihm keine Ruhe. Er ging zurück zur Zimmertür. Erst lauschte er nur daran, und als er nichts hörte, öffnete er sie einen Spalt weit und spähte in den Gang. Dort machte sich Manuel an der Tür des Zimmers Nummer dreizehn zu schaffen, öffnete sie und verschwand zu Schröcks Erstaunen darin.

11

Er hatte schon einiges über Kitzbühel gehört, ob er wollte oder nicht. Also hatte Schröck beschlossen, sich dort nur so lange wie unbedingt nötig aufzuhalten. Er hatte nichts übrig für den Rummel, die Reichen und die Schönen, die sich im Winter rund um das Hahnenkammrennen der Öffentlichkeit präsentierten, während sich die Skirennfahrer todesmutig über die berühmte Streif in die Tiefe stürzten. Den Wagen hatte er außerhalb des Ortes abgestellt, war dann an den bunten Häusern vorbei ins Zentrum geschlendert und überrascht gewesen, wie unverfälscht der Ort auf ihn wirkte. Natürlich waren viele Touristen auf den Straßen unterwegs, Familien mit Kindern, Pärchen jeden Alters, aber vom Trubel, den er befürchtet hatte, war nichts zu spüren.

Schröck nahm sich sogar Zeit, bis zu den beiden Kirchen zu wandern, die er von Weitem gesehen und die ihn wegen ihrer seltsamen Türme neugierig gemacht hatten. Zwei Gotteshäuser, eins wuchtig gotisch mit einem schmalen barockisierten Zwiebeltürmchen und nur wenige Meter daneben beim Friedhof ein vergleichsweise protziger Vierkantturm, an dessen Fuß ein viel zu kleines Kirchlein wie ein Fersensporn herauswuchs. Schröck spazierte ein paar Minuten im Schatten der beiden Gebäude herum, besann sich dann aber auf den eigentlichen Grund seines Besuches und ließ die Innenbesichtigung der Kirchen bedauernd ausfallen.

Während er zurück in den Ort schlenderte, kam ihm eine hagere in Schwarz gekleidete Frau mittleren Alters mit einer gelben Plastikgießkanne in der Hand entgegen, anscheinend auf dem Weg zum Friedhof. Als sie freundlich grüßte, nahm Schröck die Gelegenheit wahr, um sie nach dem nächstgelegenen Sportgeschäft für Kletterausrüstungen zu fragen.

Sie erklärte ihm ausführlich den Weg, meinte jedoch, dass es zu Fuß ziemlich weit sei, aber wenn er der Pass-Thurn-Straße folge, könne er den Laden nicht verfehlen.

Schröck war erleichtert, dass die Frau so umsichtig gewesen war, Hochdeutsch mit ihm zu sprechen. Der Tiroler Dialekt hatte es in sich, so viel hatte er schon gemerkt. Wenn die Einheimischen miteinander redeten, verstand er nicht einmal Bahnhof. Er bedankte sich, ging zu seinem Auto zurück und folgte der genannten Straße, die ihn ohne Umweg zu seinem Ziel führte.

Der Verkäufer des Sportgeschäfts war sehr zuvorkommend und beriet ihn fachmännisch. Vielleicht sogar ein wenig zu fachmännisch für Schröcks Geschmack, denn er hakte immer wieder nach. Schließlich griff Schröck zu einer Notlüge: Er selbst sei kein Bergsteiger, das Equipment wäre ein Geschenk für einen Freund, von dem er wisse, dass er fast alles besitze, was man für Hochtouren beziehungsweise Klettersteige benötige. Bei einem Gespräch hätte dieser Freund jedoch erwähnt, dass er sich demnächst zwei neue Strickleitern besorgen müsse, weil seine alten so abgenutzt seien, dass sie ein Risiko darstellten. Sozusagen als Draufgabe hätte er beschlossen, seinem Freund auch noch ein qualitativ hochwertiges Seil und einen ebensolchen Klettergurt zu schenken. Man werde schließlich nur ein Mal im Leben fünfzig, und das sollte ein Freund dem anderen doch wert sein. Der Verkäufer breitete alles vor ihm aus und lobte die Vorzüge des Kletterseils: Es sei Einfach-, Halb- und Zwillingsseil in einem und gehöre mit seinen gerade mal neun Millimetern Durchmesser zu den dünnsten Einfachseilen auf dem Markt. Als er Schröck schließlich die Rechnung präsentierte, war dieser davon überzeugt, dass dies Geschenke für den definitiv besten fiktiven Freund waren, den er je gehabt hatte. Zum Glück musste er die Ausgaben nicht selbst tragen.

Mit drei großen Plastiktüten beladen keuchte Schröck zu seinem Auto und verstaute sie im Kofferraum. Im Wageninneren kochte die Luft, also ließ er die Seitenfenster herunter, bevor er losfuhr und einen Plan fasste. Wenn er heute etwas früher zum Abendessen in den Speisesaal gehen würde, während sich die Gäste noch erschöpft von ihren Wanderungen auf ihren Zimmern ausruhten, könnte er Manuel vielleicht ungestört beobachten.

Schröck hatte schon mehrmals die Erfahrung gemacht, dass es in manchen Fällen ausreichte, Menschen genau dabei zuzusehen, wie sie sich bewegten und wie sie mit anderen redeten, um eine Ahnung davon zu bekommen, wie sie in Wirklichkeit gestrickt waren. Auch ihre Mimik konnte darüber Aufschluss geben. Nach dem nächtlichen Vorfall war der Kellner mehr als verdächtig. Es erschien Schröck unwahrscheinlich, dass Manuel in den Zimmern der beiden Russen nach schmutzigem Geschirr gesucht hatte. Vielmehr stellte sich die Frage, aus welchem Grund der Kellner, wenn das überhaupt seine wahre Profession war, den Russen nachspioniert hatte. Hatte er etwas mit dem Verschwinden der Fomins zu tun, oder war er genau wie Schröck mit der Suche nach ihnen beauftragt worden? Heinrich hatte davon gesprochen, dass auch andere Staaten an der Klärung der Angelegenheit interessiert waren, was Schröcks Aufgabe nicht gerade vereinfachte.

Die Rückfahrt nach Andreasfurth zog sich. Vor ihm zuckelten zwei Mercedes-Limousinen im Schneckentempo dahin. Deutsche Urlauber, die von der Landschaft begeistert immer wieder ihre Handys aus dem Fenster hielten und jeden Heuschober ablichteten. An Überholen war nicht zu denken. Es war Erntezeit, und auf der Gegenfahrbahn hatte sich hinter zwei Traktoren, die Anhänger mit riesigen Heuballen im Schlepptau hatten, ebenfalls eine lange Autoschlange gebildet.

Ein paar hundert Meter vor der Ortseinfahrt entdeckte Schröck in der Zufahrt zu einem Feld einen roten Wagen. Fahrer- und Beifahrertür standen offen. Ein roter Mazda3 Sport, wie ihn seine Masseurin fuhr. Ein Stück davon entfernt standen ein Mann und eine Frau. Als er näher kam, erkannte er in der Frau Evelyne. Der Mercedesfahrer vor ihm bremste einmal mehr, um ausgiebig das Bergpanorama zu bewundern, und Schröck sah sich gezwungen, einen Gang herunterzuschalten. Im Schritttempo fuhr er auf die beiden zu. Der Mann stand mit dem Rücken zur Straße, während Evelyne auf ihn einredete. Er hielt die Hände seitlich von sich weggestreckt, eine hilflose Geste, als hätte er dem, was sie zu ihm sagte, nichts entgegenzusetzen. Als Schröck an ihnen vorbeifuhr, drehte sich der Mann halb zur Straße, sodass Schröck sein Gesicht sehen konnte: Es war Manuel.

Im Rückspiegel verfolgte Schröck mit, wie er auf sie zuging und sie packen wollte, Evelyne ihm aber blitzschnell das Knie in den Unterleib rammte. Schröck sah gerade noch, wie Manuel zusammenklappte, dann musste er erneut scharf bremsen, weil sich der Fahrer vor ihm endlich dazu entschlossen hatte, kurz am

Straßenrand zu halten, um ihn vorbeizulassen. Schröck verzog das Gesicht, als er sich Manuels Schmerz vorstellte. Dass das keine nette Unterhaltung gewesen war, hätte selbst ein Blinder erkennen können, aber was die beiden miteinander zu tun hatten, das war ihm ein Rätsel.

***

Da sämtliche Parkplätze vor dem »Lazarushof« besetzt waren, stellte Schröck das Auto vor dem Gemeindeamt ab. Die brütende Nachmittagshitze hatte Andreasfurth einmal mehr in eine Geisterstadt verwandelt. Vor dem »Café Brünner« tanzten die verwaisten Tische in der flimmernden Luft, die Tür zur Touristeninformation wurde durch einen Holzkeil offen gehalten. Hinter dem Empfangspult saß Sonja, die Tochter des Kaffeehausbesitzers, und starrte nägelkauend Löcher in die Luft. Schröck rief ihr im Vorbeigehen einen Gruß zu, den sie entweder nicht hörte oder nicht hören wollte. Als er endlich die Empfangshalle des Hotels betrat, empfing ihn ein Schwall angenehm kühler Luft. Das Mädchen hinter dem Tresen hatte in einer Zeitschrift geblättert und nahm, als das elektronische Türsignal ertönte, Haltung an wie ein Matrose, wenn der Kapitän die Brücke betritt. Als sie Schröck erkannte, entspannte sie sich wieder und grüßte ihn wie einen alten Bekannten.

»Jemand hat für Sie angerufen.« Sie drehte sich um und reichte ihm dann den Zimmerschlüssel zusammen mit einem kleinen gelben Zettel, auf dem in krakeliger Schrift stand: »14:30 Uhr, Anruf v. Fr. Reuter f. Hrn. Schröck, Rückruf erbeten«.

Er bedankte sich, lief die Treppe hinauf und überlegte besorgt, warum Silvia ihn wohl um diese Zeit versucht hatte zu erreichen. Gewöhnlich war sie am Nachmittag im Institut und hatte es selbst nicht gerade gern, wenn man sie bei der Arbeit störte. Und warum hatte sie ihn nicht auf seinem Handy angerufen? Automatisch fuhr seine Hand zur Innentasche seiner Jacke: Sie war leer. Nach einer kurzen Schrecksekunde erinnerte er sich, dass er das Mobiltelefon vermutlich im Badezimmer auf die Ablage gelegt und dort vergessen hatte. Rasch sperrte er die Zimmertür auf, schaltete das Badezimmerlicht an und vergewisserte sich, dass das Telefon tatsächlich dort lag. Das Display meldete fünf versäumte Anrufe.

»Shit.« Er streifte die Schuhe ab, setzte sich aufs Bett und drückte die Rückruftaste. Nach drei Freizeichen war Silvia dran. »Hallo, ich bin's, tut mir leid, aber ich hatte mein Handy im Hotel vergessen. Ist alles in Ordnung mit dir?«

»Mit mir schon, aber Liba ist völlig aus dem Häuschen. Sie hat mich am Vormittag angerufen, hat geweint und war einfach nur fertig mit den Nerven. Ich bin gleich zu ihr rausgefahren.«

»Was ist mir ihr? Ist ihr etwas zugestoßen?«

»Das könnte man so sagen, auch wenn ich glaube, dass du ihren Zustand nicht als Notfall bezeichnen würdest«, sagte sie mit leicht vorwurfsvollem Unterton.

»Jetzt erzähl schon.«

»Deine Haushälterin hat Liebeskummer.«

Schröck atmete tief durch, ließ sich auf dem Bett nach hinten fallen und rückte sich ein Kissen zurecht. »Liebeskummer«, wiederholte er, als wollte er sich des Wortes vergewissern.

»Ja, aber ich sagte doch schon, dass du das nicht verstehen wirst. Frauen machen sich eben so ihre Gedanken.«

»Lass mich raten, es geht um diesen Kurt, den Charmeur mit der Luxuskarre?«

»Mach dich nur lustig darüber. Fakt ist, dass es Liba wirklich nicht gut geht.«

Kurz stellte sich Schröck Liba und ihren Liebsten schmusend auf einer Parkbank vor, zwei Siebzigjährige im Banne der Hormone. Er bekam eine Gänsehaut, schmunzelte aber dann. Vielleicht würde ein Zwanzigjähriger dasselbe über Silvia und ihn denken. »Was hat Kurt denn gesagt oder getan?«, fragte er ernst.

»Zuerst hat er ihr den Hof gemacht, und jetzt glaubt sie, dass er das Interesse an ihr verloren hat. Soll ja vorkommen.«

»Jetzt mach mal halblang, ich habe noch nie das Interesse an dir verloren«, sagte Schröck beleidigt.

»Na ja, du warst auch schon mal aufmerksamer. Aber darum geht's jetzt nicht. Kurt hat wohl immer weniger Zeit für sie und zwei Mal schon geplante gemeinsame Wochenendreisen abgesagt, weil er angeblich in Frankreich zu tun hätte. Und das, obwohl er offiziell doch Pensionär ist und genug Geld hat, um nicht mehr arbeiten zu müssen. Kurzum, Liba glaubt, dass er die Arbeit in Frankreich nur vorschiebt und in Wirklichkeit eine andere Frau im Spiel ist. Wenn sie sich unterhalten, lenkt er das Gespräch wohl auffallend häufig auf dich und deine Arbeit. Anfangs dachte Liba, dass er vielleicht auf dich eifersüchtig ist. Und als er nachgefragt hat, wo du dich gerade aufhältst und was du so machst, hat Liba, wie du es ihr aufgetragen hast, gesagt, dass sie nichts verraten darf. Jetzt ist sie völlig verunsichert, weil er daraufhin eingeschnappt war. Sie glaubt, dass er ihre Antwort als mangelndes Vertrauen wertet.«

»Mein Gott! Ich werde wirklich nie begreifen, dass es für euch Frauen zwar unvorstellbar ist, mit siebzig noch Freude an seiner Arbeit zu haben, dass ihr euch hingegen aber sehr gut vorstellen könnt, dass man in dem Alter noch eine zweite Geliebte hat.«

»Darüber werde ich mich jetzt nicht mit dir unterhalten. Du hast ja keinen blassen Schimmer.« Silvia klang belustigt.

»Mag sein. Was hat denn der Kurt früher gemacht, vielleicht interessiert er sich ja einfach nur für die Polizeiarbeit?«

»Er war bei irgendeiner großen Firma beschäftigt. Was Genaueres weiß Liba nicht. Aber wohl in leitender Position. Jedenfalls solltest du schnellstmöglich mit ihr reden. Am besten rufst du sie gleich an.«

»Ich weiß wirklich nicht, ob ich der Richtige für so etwas bin.«

»Wie du willst, aber ich muss jetzt wieder an meine Arbeit.«

Als sie sich verabschiedet hatten, blieb in Schröck ein wenig Wut auf Liba zurück. Silvia hatte zum Schluss ihres Gesprächs eingeschnappt geklungen. Wieder einmal. Was musste sich Liba in ihrem Alter auch noch in so einen Filou verknallen? Und er stand nun da, als wäre er das herzloseste Wesen auf der ganzen weiten Welt. Für heute hatte er jedenfalls genug von Beziehungskisten, das Gespräch mit Liba würde er auf morgen verschieben.

Schröck stand auf und rückte das Bett zur Seite. Das Tablet aus dem Russenzimmer hatte er hinter dem Kopfteil versteckt. Er löste die breiten Klebebandstreifen, mit denen er es am Holz befestigt hatte. Das breite Montageband hatte er seit einem Missgeschick, das einen geplatzten Kühlerschlauch beinhaltet hatte, noch im Kofferraum. Er drückte den Einschaltknopf, und nach ein paar Sekunden erschien ein Zahlenfeld auf dem Bildschirm, daneben die aktuelle Uhrzeit und der Tag und der Monat in kyrillischen Buchstaben. Er stöhnte auf. Selbst wenn er es schaffen sollte, den Zahlencode zu knacken, konnte er das, was er eventuell auf dem PC finden würde, nicht lesen. Er schaltete das Gerät aus, versteckte es wieder hinter dem Bett und schob alles an seinen Platz zurück. Wenigstens wusste er jetzt, dass es sich bei den Männern wirklich um Russen gehandelt hatte.

Er fuhr seinen eigenen Laptop hoch und öffnete sein Mail-Programm. Keine neuen Nachrichten, nur Werbung. Schröck musste unbedingt die Verbindung mit Heinrich herstellen, bevor er dem Haus der Fomins einen Besuch abstattete. Wie sonst sollte er erfahren, wonach er suchen sollte? Pro forma wählte er Heinrichs Nummer, erhielt aber wie erwartet nur eine Abwesenheitsmitteilung. Genervt trennte er die Verbindung, angelte sich seine Brieftasche, die er auf das Nachtkästchen gelegt hatte, und holte einen kleinen Zettel hervor, den ihm Heinrich für Notfälle gegeben hatte. Schröck gab die achtstellige Nummer ein, die mit dem Klammeraffen und dem Kürzel eines Allerweltsproviders eine E-Mail-Adresse bildete. Dann tippte er den lächerlichen Text ein, den sie vereinbart hatten: »Hallo, Mutti, bitte melde dich dringend bei mir, dein Sohn Marcus«, und schickte die Nachricht ab.

Schröcks Armbanduhr zeigte zehn vor sieben. Er musste sich sputen, wollte er noch vor dem Ansturm der Touristenmeute im Speisesaal sein. Nachdem er den Laptop runtergefahren hatte, zog er sein Sakko an und steckte Handy und Brieftasche ein. Seit er Manuel in das Zimmer der Russen hatte gehen sehen, war er vorsichtig geworden. Er klemmte ein kleines Stück Serviette zwischen Türblatt und Zarge und sperrte ab. Würde sich jemand während seiner Abwesenheit in sein Zimmer schleichen, würde es zu Boden fallen.

***

Schröck setzte sich an einen Tisch in der hinteren linken Ecke, von wo aus man den gesamten Speisesaal überblicken konnte. Eine Küchenhilfe schleppte Wärmeplatten aus der Küche und zündete die Kerzen unter den Edelstahlbehältern an. Sie nickte Schröck freundlich zu und verschwand wieder durch die Schwingtür. Wenig später tauchte auch Manuel auf, der damit beschäftigt war, seine ärmellose Trachtenjacke zuzuknöpfen. Als er Schöck bemerkte, grüßte er und bedeutete ihm, dass er gleich bei ihm sein würde, dann verschwand auch er in der Küche. Evelynes Attacke schien keine bleibenden Schäden hinterlassen zu haben. Nachdem Manuel mit einem Korb voller frischem Brot zurückgekommen war und ihn auf der Anrichte abgestellt hatte, kam er zu Schröck an den Tisch. »Guten Abend, Herr Schröder, was darf's denn zum Trinken sein?«

Schröck bestellte ein Glas Bier, Manuel entfernte sich wieder und machte sich am Zapfhahn zu schaffen. Als er bemerkte, dass Schröck ihn dabei beobachtete, lächelte er ihm zu und formte mit den Lippen: »Kommt sofort.« Äußerlich wirkte er so unbekümmert wie an den Tagen zuvor. Das bisschen Schaum, das über den Rand gelaufen war, wischte er gekonnt mit einem Tuch ab. Jede seiner Bewegungen wirkte professionell und jahrelang einstudiert.

Langsam begann sich der Raum zu füllen, die Gäste bestellten, der Lärmpegel stieg an. Manuel servierte Getränke, räumte die Tische ab. Schröck hatte sich noch nie zuvor dafür interessiert, wie Kellner das Geschirr trugen, bewunderte aber jetzt die Leichtigkeit, mit der es Manuel tat. Den ersten Teller nahm er zwischen Daumen und Zeigefinger der linken Hand, stellte den zweiten auf seinen Mittelfinger und stützte ihn mit dem anderen Teller so ab, dass er waagerecht lag. Dann winkelte er den Arm an und stellte den dritten Teller so darauf ab, dass er ihn wiederum mit seinem ausgestreckten Daumen abstützen konnte.

Wenn der Mann kein Kellner war, dann hatte er zuvor mindestens einige Monate in der Geheimdienstkantine für diesen Einsatz trainiert. Vollzeit. Seine Bewegungen, seine Mimik und die dienstbeflissene Freundlichkeit mit einem kaum merklichen Anflug von Missmut, wenn ihm etwa die Hamburger Landsleutesammlerin in ihrer überschwänglichen Hilfsbereitschaft fast das Geschirr vom Arm stieß, alles zusammengenommen ließ Schröck den Gedanken an Agentenkonkurrenz wieder verwerfen. Blieb nur noch die Frage, was Manuel dann im Zimmer der toten Russen gesucht hatte.

Schröck hatte eindeutig zu viel gegessen. Er bestellte einen klaren Schnaps und einen Espresso und trank beides in einem Zug aus, bevor er wieder auf sein Zimmer ging.

Noch immer keine Nachricht von Heinrich. Die Zeit drängte. Schon bald würden die Kollegen der beiden Toten eintreffen, und Schröck glaubte nicht daran, dass sie nur die Zimmer räumen und dann wieder abreisen würden. Stattdessen würden sie den Auftrag der beiden Verunglückten weiterführen und sich sehr wahrscheinlich auch für den Unfallhergang interessieren. Schröck musste ihnen zuvorkommen. Nicht zuletzt würden sie vermutlich auch nach dem Tablet-PC suchen. Die Zeit, die ihm noch zur Verfügung stand, war knapp.

Als er unter der Dusche stand und sich die Haare einschäumte, klingelte das Handy. Schröck griff sich ein Badehandtuch und stürzte mit kleinen Schaumbergen auf dem Kopf zum Schreibtisch. Es war Heinrich. Endlich!

Ungeduldig beantwortete Schröck die Fragen nach Wetter und Unterkunft. Heinrich hatte einen lockeren Plauderton angeschlagen und verlor kein Wort darüber, wo er gesteckt und warum er sich nicht zurückgemeldet hatte. Erst als ihm Schröck vom Tod der Russen berichtete, wurde er ernst.

»Das ist natürlich saublöd, obwohl es sich auch wirklich um einen Unfall handeln könnte. Das musst du so schnell wie möglich herausfinden. Wenn die beiden umgebracht wurden, dann stecken wir womöglich mitten in einem schwerwiegenden Interessenkonflikt. Sind dir sonst noch Fremde aufgefallen?«

Schröck antwortete, dass sich bis auf eine Handvoll Einheimischer praktisch ausschließlich Fremde in Andreasfurth aufhielten und es schwierig sei, dies bei der Menge festzustellen. Heinrich ignorierte seinen gereizten Unterton und versprach, sofort jemanden zu schicken, der den Tablet-PC abholen würde. Als ihm Schröck von Manuel erzählte, bat ihn Heinrich um ein Foto. Er würde ihn überprüfen.

»Ich werde dem Haus der Fomins morgen Nacht einen Besuch abstatten. Kannst du mir vielleicht einen Tipp geben, wonach ich suchen soll?«

»Schau dich einfach um. Wenn Sie abgehauen sind, gehe ich

davon aus, dass sie alles, was für uns wichtig gewesen wäre, ohnehin mitgenommen haben. Hat sie jemand entführt oder um die Ecke gebracht, dann schaut die Sache natürlich anders aus.«

Schröck wurde ungeduldig. »Klaus, so geht das nicht. Wenn das hier was werden soll, musst du mir erzählen, worum es wirklich geht.«

Eine kurze Pause entstand. Schließlich atmete Heinrich tief durch. »Also gut. Nikolai Fomin ist damals zwar nach Tirol gezogen, um das idyllische Landleben zu genießen, seine Geschäfte hat er von dort aus aber weitergeführt. Er ist einer der heimlichen Hauptaktionäre der geplanten Gaspipeline, die durch Russland, Georgien, Bulgarien, Serbien, Ungarn und Österreich bis nach Norditalien führen soll. Offiziell treibt die Firma Petrolnatsional das Projekt voran, sogar ein Deutscher, ein ehemaliger Stadtpolitiker, ist als Aufsichtsratsvorsitzender mit an Bord. Aber die Visionen von Nikolai Fomin gingen noch weiter. Er wollte eine Ausweitung des Projekts bis nach Frankreich und ein Vermögen in das Vorhaben stecken. Jetzt ist er verschwunden, und ohne ihn und sein Geld wird aus dem gesamten Projekt nichts werden.«

»Ich verstehe. Und wem hat Nikolai Fomin nicht in den Kram gepasst?«

»Die Liste ist ebenso lang wie die derer, die sich davon einen Wahnsinnsprofit versprochen haben.«

Schröck versicherte, Heinrich laufend über Neuigkeiten zu informieren, und dieser bat ihn, ihm am besten eine verschlüsselte E-Mail zukommen zu lassen, die ihn erreichen würde, egal wo er sich aufhalte. Gäbe es Schwierigkeiten oder benötige er Hilfe, dann reiche ein Satz, und er würde sich sofort bei Schröck melden. Als sie sich verabschiedet hatten, schickte Schröck noch eine SMS an Silvia, überlegte dann sogar kurz, Liba anzurufen, verwarf den Gedanken aber und beschloss stattdessen, den Fernseher anzustellen und sich ein wenig hinzulegen. Er brauchte Schlaf.

12

Es war angenehm kühl, und die Sonne stand noch tief, als Schröck in Jeans und T-Shirt gemächlich zu seinem Auto schlenderte. Die Touristen schliefen noch, nur ein paar Einheimische waren so früh am Morgen schon auf den Beinen. Es war fünf vor sechs, in zehn Minuten würde er auf der Forststraße sein, und wenn er sich beeilte und es keine Komplikationen gab, würde er um neun schon wieder seelenruhig im Hotel zum Frühstück erscheinen können, als wäre er eben erst aufgestanden. Rasch stieg er in seinen Wagen und rollte langsam durch den Ort. Unbeachtet erreichte er die Bundesstraße. Ein paar Kilometer weiter stieß er auf die Zufahrt zum Forstweg, vergewisserte sich, dass niemand ihm folgte, und bog ab. Der unbefestigte Weg führte steil bergauf und wurde immer schmäler. An einem Holzlagerplatz war die Erde aufgefahren, und tiefe Reifenspuren hatten sich in den Waldboden gegraben. Schröck stellte den Wagen an der Seite ab und stieg aus. Hier musste es sein. Große Fichtenzweige lagen am Boden, und an einem Baum nahe dem Abgrund leuchtete das blanke Holz hell dort auf, wo die Rinde in bizarren Bahnen abgeschabt worden war. Schröck hörte das Rauschen von Wasser und warf einen Blick in die Schlucht. Durch das Grün des Unterholzes fiel morgendliches Sonnenlicht, in dem das Wasser glitzerte. Mitten im Flussbett entdeckte er einen schwarzen Klumpen, den man nur, wenn man genau hinsah, noch als Fahrzeug identifizieren konnte. Schröck holte den Klettergurt und das Bergsteigerseil aus dem Kofferraum und verknotete Letzteres an einer dicken Fichte. Nachdem er sicher war, dass es halten würde, warf er das andere Ende des Seiles in die Schlucht hinunter, ordnete die Riemen des Gurtes und schlüpfte hinein. Er zog die Verschlüsse stramm, fädelte das Seil durch den Gurt, warf es sich über die Schulter, suchte Halt auf dem glitschigen Waldboden, stemmte sich gegen den schräg abfallenden Abbruch und seilte sich schließlich Schritt für Schritt rückwärts ab. Nach etwa zehn Metern passierte er eine besonders steile Stelle. Er fasste das Seil fester und ließ sich in den Gurt fallen.

Langsam glitt er nach unten. Ein paarmal musste er sich vom Fels abstoßen und sein Gewicht verlagern, um sich nicht um die eigene Achse zu drehen, hatte aber nach einigen kritischen Momenten bald wieder festen Boden unter den Füßen. Das Rauschen des Gebirgsflusses war zu einem tosenden Gebrüll angeschwollen. Schröck balancierte über ein paar Bretter, die die Retter wohl bei der Bergung der Toten ausgelegt hatten, und erreichte so das Fahrzeug. Wo einmal die Beifahrertür gewesen war, klaffte jetzt ein Loch. Es wirkte, als sei es mit Riesenhänden aufgerissen worden, und gab den Blick ins Wageninnere frei. Anscheinend hatte man die Leichen mit Bergescheren herausgeschnitten, das Dach des Wagens war völlig eingedrückt, und der Motorblock hatte sich fast bis ans Armaturenbrett geschoben. Eine Menge hellrotes Blut, verdünnt vom ständigen Sprühregen der Stromschnellen des Flusses, hatte sich auf den Sitzen und dem Boden verteilt, die Räder hingen an der linken Seite in der Luft. Schröck sprang von einem großen Felsstück, das aus dem Wasser ragte, zum anderen, gelangte so auf die andere Seite des Autos und stemmte sich mit aller Kraft dagegen. Mit einem Ruck gab das Fahrzeug nach. Er fluchte, fast hätte er dabei das Gleichgewicht verloren. Das hätte ihm gerade noch gefehlt, dass er völlig durchnässt ins Hotel hätte zurückkehren müssen. An der rechten Seite befanden sich auf Höhe der hinteren Tür eine tiefe Delle und ein paar lange Schrammen. Als er den Lack näher untersuchte, stieß er auf Spuren von grüner Farbe. Schröck zog sein Handy aus der Gesäßtasche und machte ein paar Bilder, bevor er mit seinem Taschenmesser die grünen Lackspuren abschabte und sie auf ein Papiertaschentuch streute, das er anschließend sorgfältig zusammenfaltete und in seine Hosentasche steckte. Es gab keinen Zweifel daran, dass der Tod der beiden Russen kein Unfall gewesen war. Man hatte sie von der Straße gedrängt. Den Spuren nach zu urteilen, musste das Fahrzeug der Täter ziemlich groß und schwer gewesen sein.

***

Der Aufstieg war schweißtreibend gewesen. Wieder auf der Straße verstaute Schröck schwer atmend seine Ausrüstung im Kofferraum und wendete den Wagen. Bevor der Forstweg auf die Bundesstraße traf, hielt er noch einmal an, kämmte sich das Haar und wischte seine Schuhe am hohen Gras ab. Dann fuhr er zurück nach Andreasfurth, nahm dabei die Nebenstraße, die über Land führte, und parkte den Wagen außer Sichtweite des Hotels auf einem Feldweg. Er würde ihn später holen und vor dem Hotel abstellen.

Das Mädchen am Empfang wünschte ihm einen guten Morgen, sicher dachte sie, er hätte vor dem Frühstück einen kleinen Spaziergang gemacht.

Schröck ging direkt in den Speisesaal und setzte sich auf seinen gewohnten Platz. Manuel schien blendend gelaunt zu sein. Er pfiff vor sich hin und strahlte übers ganze Gesicht, als er Schröck den Kaffee an den Tisch brachte. Auch Thurnbacher machte lächelnd seine Runde, er winkte Schröck kurz zu, dann erkundigte er sich bei den übrigen Gästen nach ihrem Befinden. Als eine ältere Dame ihn in Beschlag nahm, wechselte der Hotelinhaber höflich ein paar Worte mit ihr, entschuldigte sich dann aber nach einer Weile, es warte viel Arbeit auf ihn. Sichtlich erleichtert, der redseligen Dame entkommen zu sein, machte er sich schnell davon. Schröck hörte noch, wie er Manuel im Vorübergehen zurief, dass sich die Leute der russischen Firma für den späten Nachmittag angekündigt hätten. Schröck trank seinen Kaffee aus und ging zurück auf sein Zimmer. Er wollte sich schnell umziehen und dann zur Masseurin fahren, um seine Tarnung als Kurgast aufrechtzuerhalten. Außerdem spürte er von seiner morgendlichen Kletterpartie jetzt tatsächlich Schmerzen in seiner linken Schulter. Als er oben auf dem Gang an den Zimmern der toten Russen vorbeikam, wurde ihm bewusst, dass dies vermutlich die letzte Gelegenheit war, sich noch einmal darin umzusehen. Und wenn Manuel nicht wie ein Profi vorgegangen war, würde sich vielleicht sogar ein Hinweis darauf finden, wonach er gesucht hatte.

Schröck holte schnell sein Einbrecherwerkzeug aus seinem Zimmer, und nachdem er sich vergewisserte hatte, dass außer ihm niemand auf dem Flur war, verschaffte er sich ein weiteres Mal Zutritt zu Zimmer dreizehn. Auf den ersten Blick hatte sich seit seinem letzten Besuch nichts verändert. Der Schreibtischsessel stand an seinem Platz, und als er ihn anhob, waren tiefe Eindrücke im Teppichboden zu sehen. Auch das Bett war nicht verschoben worden. Dann aber fiel sein Blick auf den Schrank. Der Schlüssel der linken Tür stand waagerecht. Silvia machte sich oft über Schröcks Pedanterie lustig, und insgeheim fragte er sich, ob sie nicht recht hatte, wenn sie ihn damit hänselte, dass Männer ab einem gewissen Alter dazu tendierten, in jedem Raum das Licht auszuknipsen, wenn sie nur für ein paar Minuten hinausgingen, Bilder und Teppiche zurechtzurücken oder die Schrankschlüssel senkrecht auszurichten. Doch dank dieses Ticks wusste er jetzt immerhin, dass sich jemand am Schrank zu schaffen gemacht hatte.

Schröck sperrte ihn auf. Die Wäsche war aus den Fächern gezogen und hastig wieder zurückgestopft worden. Er angelte den Schmutzwäschebeutel heraus. Die Pistolenmagazine waren noch immer zwischen der Wäsche versteckt, aber das Bündel Geld war verschwunden. Danach hast du also gesucht, dachte Schröck. Irgendwie musste Manuel herausgefunden haben, dass die Russen Bargeld in ihrem Zimmer aufbewahrt hatten. Aber das war im Moment unwichtig und kam Schröck sogar gelegen. Wenn es dem Kellner nur ums Geld gegangen war, hatte er vermutlich keinerlei Interesse an ihm und schied somit als Konkurrent bei der Suche nach den Fomins aus.

Er ging in sein Zimmer zurück, um sich etwas Bequemes für die Massage anzuziehen, als es an der Tür klopfte. Rasch zog Schröck ein T-Shirt über und öffnete. Auf dem Gang stand Manuel.

»Darf ich reinkommen?«, fragte er ernst. Als Schröck nicht sofort reagierte, drückte er einfach die Tür auf und ging an ihm vorbei ins Zimmer.

»Was gibt es denn?«, fragte Schröck schließlich, noch immer um einen freundlichen Ton bemüht.

»Lass uns nicht um den heißen Brei herumreden, ich will wissen, was du im Zimmer der Russen zu suchen hattest.«

Also doch. Der Kellner hatte ihn gesehen. Schröck ignorierte den aggressiven Ton und das vertrauliche Du und verzog seinen Mund zu einem unsicheren Grinsen. »Was meinen Sie?«

»Du bist eben ins Nebenzimmer eingebrochen. Was hattest du dort zu suchen?«

Schröck war erleichtert. Manuel schien ihn nicht dabei beobachtet zu haben, wie er den Tablet-PC an sich genommen hatte. »Ich habe mich nur ein wenig umgesehen.«

»Hast du was gesucht?« Manuel tippte nervös mit den Fuß auf den Boden.

»Na, jedenfalls nicht das Geld, das du geklaut hast.«

»Woher wissen Sie von dem Geld?« Manuel schaute ihn entsetzt an und wechselte automatisch wieder zum Sie.

»Hör zu, mein Freund, das alles interessiert mich nicht, solange du nichts aus meinem Zimmer mitgehen lässt.« Jetzt war es an Schröck, den Kellner zu duzen. »Aber wenn man dich dabei erwischt, dass du den Gästen Geld klaust, und das wird früher oder später mit Sicherheit passieren, dann wanderst du ab in den Knast. Und jetzt hau ab, bevor ich dich auffliegen lasse.«

Manuel war gut einen halben Kopf größer, etwa fünfzehn Jahre jünger als Schröck und mit mehr als genug Stresshormonen vollgepumpt. Schröcks Drohung wirkte auf ihn wie ein Signal, um endgültig zu explodieren. Mit einem dumpfen Schrei stürzte Manuel sich auf ihn, doch Schröck machte einen schnellen Schritt zur Seite, und als Manuel auf seiner Höhe war, fasste er ihn am Handgelenk und versetzte ihm einen Schlag mit dem Fuß gegen seine Kniekehle. Manuel schrie auf und fiel mit dem Gesicht voran aufs Bett, Schröck rammte ihm sein Knie ins Kreuz, zog seinen Arm nach hinten, dann entspannten sich die Muskeln des Kellners. Ein Zeichen dafür, dass er aufgegeben hatte.

»Wer sind Sie?« Manuels Stimme klang verzweifelt.

»Tja, jedenfalls nicht der, für den du mich hältst. Wenn du so etwas noch einmal versuchst, bin ich leider gezwungen, dir etwas zu brechen. Benimmst du dich jetzt?«

Manuel nickte, und Schröck gab ihn frei. Der Kellner setzte sich auf und massierte mit gequältem Gesichtsausdruck sein Kniegelenk. »Was werden Sie jetzt machen? Rufen Sie die Polizei?«

Schröck zog sich den Schreibtischstuhl ans Bett und setzte sich vor Manuel hin. »Das kommt ganz auf dich an. Erst wirst du mir ein paar Fragen beantworten, und dann sehen wir weiter.« Manuel nickte. »Woher wusstest du von dem Geld?«

»Marianna, das Zimmermädchen, hat es mir erzählt. Sie hat das Bündel gesehen, als sie im Schrank Staub gewischt hat. Aber

Marianna darf keine Schwierigkeiten bekommen, sie hat nur mehr ein Jahr bis zu ihrer Pensionierung.«

»Du bist also ein Dieb mit einer sozialen Ader?«

»Ich bin kein Dieb.«

»Natürlich nicht, die beiden Russen haben dich bestimmt in ihrem Testament bedacht.«

»Ich habe noch nie jemandem etwas gestohlen. Das war das erste Mal«, sagte Manuel kleinlaut. »Die beiden sind doch tot und waren außerdem selbst nicht ganz astrein. Neben dem Geld lagen Pistolenmagazine. Die haben die Kohle sicher selbst irgendwem geklaut, und da dachte ich –«

»Und dass ihre Kollegen sofort nach ihrer Ankunft nach dem verschwundenen Geld suchen werden, das ist dir nicht in den Sinn gekommen?«

»Auf mich wäre sicher kein Verdacht gefallen, wieso auch? Das Geld hätte jeder mitnehmen können. Außerdem war ich in einer Notlage.«

»Wegen Evelyne.«

»Woher wissen Sie das denn jetzt schon wieder?«

»Ich habe euch dabei beobachtet, wie ihr eure kleine Meinungsverschiedenheit am Straßenrand ausdiskutiert habt. Muss ganz schön wehgetan haben.«

Manuel nickte betreten. »Ein Teil des Geldes war für sie, mit dem Rest habe ich meine Schulden beglichen.«

»Hast du dir etwa eine Wohnung in Kitzbühel gekauft?«

Der Kellner schüttelte den Kopf. »Nein, ich hab ein anderes Problem.«

»Ich würde sagen, du hast einige davon. Was ist das größte?«

»Ich spiele.«

»Im Casino?«

»Ja, in Kitz. Zurzeit läuft es nicht so gut.«

»Hat dir die Masseurin Geld geliehen? Aber warum?«

»Ich hatte mal was mit ihr, aber nur kurz.«

»Und wie viel bist du ihr schuldig?«

»Jetzt nichts mehr, ich habe ihr alles mit Zinsen zurückbezahlt. Rund fünfzigtausend Euro.«

»Nicht schlecht.«

Manuel senkte den Blick und räusperte sich. »Ich hatte Evelyne versprochen, ihr das Geld binnen zwei Wochen zurückzuzahlen. Erst wollte sie mir nichts leihen, aber als ich ihr damit gedroht hab, allen von ihr und dem Doktor zu erzählen, hat sie schließlich eingewilligt.«

»Auch noch Erpressung, na toll. Die beiden haben also ein Verhältnis?«

»Hatten. Er ist verheiratet und hat vier Kinder. Außerdem ist er im Ort hoch angesehen. Er kann es sich nicht leisten, dass das rauskommt und er seinen Ruf verliert.«

»Und woher weißt du davon?«

»Evelyne hat es mir erzählt, als wir noch zusammen waren. Er hat sie bedrängt. Na ja, er hat ihr schließlich die Räume für ihr Massageinstitut überlassen. Die Miete, die man normalerweise dafür zahlt, konnte sie sich nicht leisten.«

»Das gesamte Geld der Russen ist also weg?«

»Ja, bis auf wenige tausend Euro.« Manuels Stimme drohte zu brechen. Er hatte Angst. »Was werden Sie jetzt tun?«

»Ich? Gar nichts. Viel eher wirst du etwas tun. Und zwar für mich.«

Der Kellner schaute Schröck an, als suche er nach dem Kleingedruckten in einem Vertrag. »Sie sind Bulle, nicht wahr?«

»So was Ähnliches, aber das hat dich nicht zu interessieren.«

»Aber ich mache nichts Illegales«, sagte Manuel entrüstet.

Schröck lachte. »Keine Sorge. Außerdem würde ich sagen, dass du für dieses Jahr dein Soll an Illegalem schon erfüllt hast.« Er rückte seinen Sessel näher ans Bett heran und lehnte sich Manuel entgegen. »Ich möchte, dass du mir alles erzählst, was du über die Leute hier weißt, und dich für mich ein wenig umhörst.«

»Welche Leute meinen Sie, und worauf soll ich achten?«

Schröck überlegte kurz, ob er Manuel einweihen sollte. Natürlich konnte er ihm nicht alles auf die Nase binden, aber sein Instinkt sagte ihm, dass der junge Mann im Grunde kein schlechter Kerl war und den Mund halten würde. Zumal musste er nun die Polizei wie auch die russischen Agenten fürchten. Also erzählte er ihm von seiner Suche nach den Fomins, erwähnte jedoch nicht, in wessen Auftrag er arbeitete. Schröck fühlte sich in seiner Meinung über Manuel bestätigt, als dieser sofort nachfragte, ob Schröck den beiden, wenn er sie denn fände, schaden wolle. Sie wären nämlich immer nett zu ihm gewesen und hätten ihn trotz ihres offensichtlichen Reichtums nie von oben herab behandelt.

Schröck beruhigte ihn, das Gegenteil sei der Fall. »So, für den Moment ist es jetzt genug. Geh wieder an deine Arbeit und pass auf, dass dich niemand aus meinem Zimmer kommen sieht. Ich sage dir beim Abendessen, wann und wo wir uns treffen, um uns noch einmal ausführlicher zu unterhalten.«

Manuel stand auf, zog seine Kellnerjacke zurecht und strich sich durch die Haare. An der Tür blieb er noch einmal stehen und drehte sich um. »Und was, wenn die beiden Russen wirklich nach dem Geld suchen werden?«

»Lass das mal meine Sorge sein. Wenn du tust, was ich dir sage, dürftest du nichts zu befürchten haben. Wie heißt du eigentlich mit Nachnamen?«

»Gstöttner, warum?«

»Na, für den unwahrscheinlichen Fall, dass ich dich identifizieren muss. Dann weiß ich wenigstens deinen vollen Namen.«

Manuel verzog das Gesicht zu einer Grimasse, öffnete die Tür, spähte auf den Gang hinaus und verließ dann hastig das Zimmer.

13

Der Regen und die paar hundert Meter vom Hotel bis zum Auto reichten aus, um Schröck bis zum Einstieg völlig zu durchnässen. In der Nacht war ein schweres Gewitter niedergegangen, und seitdem schüttete es wie aus Kübeln. Die Berge hatten sich hinter einer Nebelwand versteckt, trotzdem waren auf der Straße radfahrende Touristen unterwegs, die in ihren spitzköpfigen Regenpelerinen wie Karawanen von Kreuzrittern immer wieder aus dem Dunst auftauchten.

Schröck fuhr nach Kitzbühel und stellte seinen Wagen in der Kirchgasse ab. Er war sicher, dass er bei seiner Rückkehr einen Strafzettel unter dem Scheibenwischer vorfinden würde. Es würde vermutlich länger dauern, und das Gebührenparken war dort nur für neunzig Minuten erlaubt. Aber auch diese Kosten würde sein Auftraggeber übernehmen. Manuel hatte beim Abendessen eine Café-Bar in der Nähe des Rathausplatzes als Treffpunkt vorgeschlagen. Als Zeit hatten sie vierzehn Uhr vereinbart. Das Lokal sei bis ein Uhr früh geöffnet, aber am frühen Nachmittag wären kaum Gäste dort, hatte Manuel gesagt und Schröck den Weg dorthin beschrieben.

Die Café-Bar war leicht zu finden. Schröck setzte sich an einen Tisch gegenüber der Eingangstür. In der Luft hing der Geruch nach süßem Parfum und Toast. Die Kellnerin kam zu ihm und fragte ihn nach der Bestellung. Unter einer Maske von zu schnell und zu viel aufgetragenem Make-up schauten zwei kleine müde Augen hervor. »Einen großen Kaffee und ein Mineralwasser«, wiederholte sie Schröcks Bestellung heiser.

Außer ihm waren nur noch zwei junge Frauen im Lokal. Sie hatten einen Tisch auf der anderen Seite besetzt, sprachen Italienisch und beugten sich kichernd und tuschelnd über ihre Handys.

Manuel traf um Punkt zwei ein, deutete mit der Hand einen Gruß an und setzte sich zu ihm. Er nahm ein kleines Bier und fragte nach der üblichen Einleitung, ob Schröck lang nach dem Lokal hätte suchen müssen und wie mies doch das Wetter sei, fast ungeduldig, was für Aufträge der Herr Schröder denn für ihn hätte. Er betonte den Namen auffällig und zog seine Mundwinkel hoch, als wollte er deutlich machen, dass er über seinen Decknamen im Klaren war. Im Vergleich zum vergangenen Tag wirkte er nicht im Geringsten eingeschüchtert. Ganz im Gegenteil, Schröck hatte den Eindruck, als könne Manuel es gar nicht mehr erwarten, Anweisungen von ihm entgegenzunehmen.

Schröck spülte den trockenen Keks, der neben der Kaffeetasse gelegen hatte, mit einem Schluck Mineralwasser hinunter und begann: »Fangen wir einfach damit an, dass du mir erzählst, was du über die Fomins weißt.«

Manuel nickte und rückte sich den Stuhl zurück. »Als ich das erste Mal in Andreasfurth gearbeitet habe, haben sie noch nicht dort gewohnt. Dem Hotel ging es schlecht, es war nicht viel zu tun. Aber schon im nächsten Jahr war alles anders. Als ich angekommen bin, habe ich kaum meinen Augen getraut. Das Hotel war während des Sommers total modernisiert worden. Ich habe natürlich nachgefragt, und Thurnbacher hat stolz erzählt, er hätte einen Investor gefunden, der das Potenzial von Andreasfurth erkannt hätte. Und auch die anderen Betriebe expandierten nach und nach. Die Häuser wurden renoviert, der Felber, der Baumeister von Andreasfurth, hat sogar Leute einstellen müssen, damit er die vielen Aufträge überhaupt erfüllen konnte, und die deutsche Marketingfirma, die die Gemeinde engagiert hat, hat dafür gesorgt, dass wir schon im März für die Wintersaison ausgebucht waren. Seitdem geht es mit dem Ort steil bergauf.«

»Und du meinst, die Entwicklung hat etwas mit den Fomins zu tun?«

»Klar, Nikolai Fomin hat wie eine Privatbank agiert. Er ist praktisch an jedem Betrieb im Ort beteiligt.«

»Haben sich die Fomins denn auch in die Dorfgemeinschaft integriert oder eher in ihrem Haus verschanzt?«

»Nein, die waren überall mit dabei. Ich habe sie oft im Ort gesehen, der Nikolai war beim Stammtisch und die Lara bei den Kirchenfrauen. Allerdings hat er nie über die Fremden mit den dicken Autos gesprochen, die sie manchmal besucht haben.«

»Was waren das für Leute?«

»Das weiß niemand. Manche haben gemunkelt, dass Fomin krumme Geschäfte mache. Na ja, vertrauenswürdig haben einige von diesen Typen wirklich nicht ausgesehen. Vor allem die mit den Autos mit russischen Autokennzeichen.«

»Und woher kamen die noch, außer aus Russland?«

»Von überall her, aus Deutschland, Frankreich und Italien. Bei den Treffen muss es hoch hergegangen sein. Der Getränkehändler im Ort hat sich eine goldene Nase verdient.« Manuel lachte. »Alle haben davon profitiert. Der Fomin war nicht knausrig. Nur das Beste wurde da gesoffen, und nicht zu knapp. Einmal musste sogar die Polizei ausrücken. Da hatten sich ein paar Gäste im Haus geprügelt, aber Fomin hat die Beamten beruhigt, es wäre nur ein Streit im Suff gewesen.«

In der Akte, die Heinrich Schröck geschickt hatte, war ein Hinweis darauf gewesen, dass nicht alle über Fomins Geschäfte glücklich gewesen waren. Womöglich waren ja einige dieser mysteriösen Gäste dafür verantwortlich, dass das Ehepaar von der Bildfläche verschwunden war. »Wie haben die Menschen im Ort reagiert, als sie bemerkten, dass die beiden plötzlich weg waren?«

Manuel schüttelte verständnislos den Kopf. »Das ist doch Blödsinn! Die sind nicht einfach so verschwunden. Ich weiß von den Gerüchten, aber ich habe keine Ahnung, wer die in die Welt gesetzt hat. Vermutlich sind sie nur dadurch entstanden, weil die Fomins nachts abgereist sind. Aber wenn sie ein Flugzeug am frühen Morgen genommen haben, ist das doch nicht ungewöhnlich.«

»Deiner Meinung nach sind sie also nicht abgetaucht?« Schröck war verblüfft.

»Ach was. Ich war an dem Abend selbst drüben beim ›Hirschen‹. Nikolai Fomin hat im Extrazimmer eine Art Abschiedsrede gehalten. Ich bin draußen gesessen und habe nur wenig mitbekommen. Allerdings weiß ich, dass es um Andreasfurth und auch um Geschäfte ging. Sehr glücklich hat Fomin jedenfalls nicht auf mich gewirkt, als er dann gegangen ist.«

»Hat er denn jemandem gesagt, wohin sie wollten?«

»Anscheinend nicht. Alle im Dorf rätseln noch immer herum, wohin sie gezogen sein könnten. Die meisten tippen auf Russland.«

Die neuen Informationen ließen die Sache in einem ganz neuen

Licht erscheinen. Fomin hatte sich also offiziell verabschiedet, war aber in Moskau laut Heinrich nicht wieder aufgetaucht. Andererseits mussten er und seine Frau im Ort doch auch engere Bekannte gehabt haben, wenn sie so beliebt gewesen waren. Vielleicht hatten sie ja jemanden in ihre Pläne eingeweiht. »Weißt du, ob Fomin oder seine Frau richtige Freunde im Dorf hatten?«

Manuel zuckte mit den Schultern. »Keine Ahnung.«

»Könntest du das für mich herausfinden?«

»Schon möglich«, sagte der junge Mann mit leicht hängendem Unterkiefer.

Schröck verkniff sich ein Grinsen. Manuel hatte wieder sein Geheimagentengesicht aufgesetzt. »Dann mach dich an die Arbeit. Aber lass dir nicht allzu viel Zeit.« Schröck griff in seine Hosentasche, holte ein Taschentuch heraus, faltete es auf und legte es vor Manuel auf den Tisch. »Und vielleicht kannst du dich auch noch darum kümmern.«

»Was ist das?«, fragte Manuel verwundert.

»Lackspuren, die ich am Wagen der verunglückten Russen gefunden habe. Ich glaube an keinen Unfall. Jemand hat sie von der Straße gedrängt.«

»Sie waren in der Schlucht?«

Schröck nickte. »Vielleicht kannst du dich ein wenig nach einem grünen Auto umsehen, das beschädigt ist.«

»Geht klar«, sagte der Kellner und steckte das Taschentuch ein. Dann trank er sein Bier aus und warf einen Blick auf die Uhr über der Tür. »Ich muss jetzt los, um fünf fängt mein Dienst an. Aber ich werde meine Quellen anzapfen, versprochen.«

Schröck nickte und zwinkerte ihm zu.

»Sollen wir getrennt rausgehen?«

»Unbedingt«, erwiderte Schröck gespielt ernst und winkte der Kellnerin. »Und das Bier geht auf mich.«

Manuel bedankte sich und stand auf. Schröck tat ihm den Gefallen und blieb noch ein paar Minuten sitzen, dann machte auch er sich auf den Weg zurück zu seinem Auto.

Das Sonnenlicht brach durch die Dunstschwaden, die nach dem Regen von den Feldern aufstiegen, und zeichnete dunkelgrüne Schatten auf die Wiesen unterhalb der Berge, sodass die Hügel aus der Ferne wie eine 3-D-Aufnahme einer Landkarte aussahen. Doch hinter den Gipfeln türmten sich schon wieder neue dunkle Wolken auf. Sie kündigten das nächste Gewitter an, das sich schon bald über der Stadt entladen würde.

14

Schröck erwachte jäh aus einem unruhigen und traumschweren Schlaf. Am Vorabend hatte er versucht, sich mit einem Buch aus der Stellage in der Lobby abzulenken. Silvia hatte ihn vor langer Zeit damit aufzogen, dass er nur Kriminalromane lese und das bei seinem Beruf nicht gerade gut für ihn sei. Er solle sich lieber entspannen und sich der Welt der Klassiker öffnen. Also hatte er gestern Abend widerstrebend »Krieg und Frieden« aus dem Regal gezogen, ein schönes altes Buch, dessen Seiten ab dem ersten Drittel seltsam unbenutzt aussahen, und war damit auf sein Zimmer gegangen. In Ermangelung besserer Gesellschaft hatte er sich schließlich mit Tolstoi zu Bett begeben. Doch schon kurz nachdem die verschnupfte Anna Pawlowna Scherer den glatzköpfigen Fürsten Wassily in ihrem Salon empfangen, den Österreichern Kriegsverdrossenheit vorgeworfen und das Postulat aufgestellt hatte, dass allein die Russen die Retter Europas zu sein hätten, war Schröck eingeschlafen.

Sich die Augen reibend tastete er auf dem Nachttisch nach seiner Uhr, fand sie, konnte aber wegen der Dunkelheit nicht erkennen, wie spät es war. Erst langsam wurde ihm bewusst, was ihn geweckt hatte. Von draußen drang Lärm herein. Es hörte sich an, als hätte man binnen weniger Stunden einen Vergnügungspark direkt vor seinem Zimmer errichtet. Lautes Gerede und das kurze Aufheulen einer Sirene verstärkten noch den Eindruck. Schröck suchte nach dem Schalter für seine Nachttischlampe, aber der hatte sich irgendwo hinter dem Kopf seines Bettes verkrochen. Also erhob er sich, wankte mit der Uhr in der Hand schlaftrunken zum Fenster und zog den Rollladen ein kleines Stück nach oben. Zehn vor sechs, der Tag war angebrochen. »Die sind wohl irrsinnig geworden«, murmelte er, zog am Rollladenband, bis er hinausschauen konnte, und riss schließlich das Fenster auf. Statt des erwarteten Jahrmarkts sah er etwa zwanzig bis dreißig Leute vor dem »Café Brünner« stehen, neben ihnen eine Ambulanz und ein Polizeiauto. Bevor er noch realisieren konnte, was sich vor seinem Fenster abspielte, schrie eine Frau auf, zwei Männer mit einer Trage bahnten sich einen Weg durch die Menge, hievten die Trage in den Rettungswagen und rasten mit Blaulicht und Einsatzhorn davon.

Fünf Minuten später war auch Schröck auf der Straße. Ein paar Hotelgäste, die er vom Frühstück her kannte, waren schneller als er gewesen und standen unbewegt vor dem Kaffeehaus, als würden sie auf weitere Attraktionen warten. Unweit von ihm stand eine attraktive blonde Frau in etwa seinem Alter, die er morgens schon ein paarmal mit ihrer Freundin gesehen hatte, immer in zünftiger Wanderkleidung. Ein anderes Mal war sie ihm aufgefallen, weil sie über eine Stunde lang unbewegt mit erhobenem Kopf und geschlossenen Augen in der prallen Sonne vor dem Café gesessen hatte. »Wissen Sie, was passiert ist?«, sprach er sie jetzt an.

Nach ein paar langen Augenblicken, in denen er schon dachte, sie hätte ihn vielleicht nicht gehört, drehte sie ihm den Kopf zu. »Die Sanitäter haben ein Mädchen aus dem Haus getragen«, sagte sie gedehnt, schenkte ihm ein trauriges Lächeln und ging weiter.

Schröck wollte sich schon Richtung Café in Bewegung setzen, als der Kaffeehausbesitzer, gefolgt von seiner älteren Tochter, der Kellnerin Romy, aus dem Haus stürmte. Beide sprangen in einen silbergrauen Mercedes-Benz und fuhren mit quietschenden Reifen davon.

Unwillkürlich schaute Schröck zum Informationsbüro hinüber. Natürlich war es um diese Zeit noch geschlossen. Jetzt hat sie sich also doch etwas angetan, dachte er und sah das Bild des jungen Mädchens mit den geröteten Augen und den zerschnittenen und bandagierten Unterarmen vor sich.

***

Schröck war nervös, als er sich am frühen Nachmittag am Empfang nach dem nächsten Krankenhaus erkundigte. Er gab vor, sich einer zusätzlichen Untersuchung unterziehen zu müssen, und als ihm das Mädchen an der Rezeption das Bezirkskrankenhaus St. Johann nannte, brachte er das Gespräch geschickt auf den Vorfall am Morgen.

»Ach, die Sonja. Ja, ich kenne sie, allerdings nicht sehr gut. Sie geht ja kaum unter Leute. Ich glaube, das war jetzt schon ihr Dritter.«

Schröck schaute sie fragend an.

»Ihr dritter Selbstmordversuch. Seit ihre Mutter gestorben ist, leidet sie unter Depressionen, so jedenfalls sind die Gerüchte. Aber sie hat es ja auch diesmal überlebt, gottlob.«

»Furchtbar, das arme Mädchen«, sagte Schröck, bedankte sich für die Information und verließ das Hotel. Draußen setzte er sich ins Auto und schaltete das Navigationsgerät ein. Von Andreasfurth waren es nur knapp dreißig Minuten nach St. Johann. Er zog sein Handy aus der Tasche und suchte im Internet nach der Seite des Krankenhauses. »Besuchszeit 15:00 Uhr–19:30 Uhr«. Jetzt war es kurz nach zwei. Er zuckte mit den Schultern und fuhr los, ohne den Grund dafür zu wissen. Es war nur so ein Gefühl.

***

Der Himmel hatte die Farbe von stumpfem Blau, ein aufdringlicher Föhnwind blies ihm durch die heruntergelassene Seitenscheibe ins Gesicht und verlieh den kleinen Ansiedlungen und Höfen, die er passierte, scharfe Konturen. Als sich hinter Kitzbühel der Stau, den der Bau eines neuen Kreisverkehrs verursacht hatte, endlich aufgelöst hatte, verdrängte Schröck den Gedanken an die Kopfschmerzen, die ihm das Wetter bescherte, und konzentrierte sich auf die seltsamen Ortsnamen auf den Wegweisern: Wiesenschwang, Weiberndorf und Apfeldorf.

Bald schon näherte er sich St. Johann. Die Häuser standen dichter, und die Burger-Kette, die an der rechten Seite für sich warb, würde wohl kaum eine Filiale mitten in die Felder bauen.

Ein paar Kilometer weiter befahl sein Navigationsgerät, an der nächsten Kreuzung nach rechts abzubiegen. Die Männerstimme, mit der er die der Frau ersetzt hatte, weil er den Eindruck nicht losgeworden war, dass sie immer sauer reagierte, wenn er ihre Anweisungen nicht befolgte, war kein bisschen besser. Sie klang so, als würde sich der Sprecher in dem schwarzen Kästchen keinen Deut dafür interessieren, ob Schröck sein Ziel erreichte oder nicht.

Schließlich bog er in die Bahnhofstraße ein und sah direkt vor sich den weißen Eingangsbereich des Bezirkskrankenhauses. Ein Wegweiser zeigte zum Krankenhausparkplatz. Auf der schattenlosen Asphaltfläche parkten nur wenige Autos. Er stellte den Wagen in der Nähe der Ausfahrt ab, stieg aus und folgte den Schildern zum Haupteingang.

Über dem modernen Gebäude thronte die Bergkette vom Wilden Kaiser, und Schröck, dem die allgegenwärtige Präsenz der Berge langsam Unbehagen bereitete, sehnte sich mit einem Mal nach einer Strandliege und der Weite des Meeres.

Die Eingangshalle war hell, groß und in freundlichem Grün-Weiß gehalten. Ein paar Patienten standen in Pyjama und Morgenmantel herum, daneben ihre besorgt dreinschauenden Besucher.

Schröck ging zum Empfang und erkundigte sich bei einer goldblond gefärbten Portierfrau, die ihn über ihre Halbbrille mit nach oben gedrehten Augäpfeln ansah, als würde sie ihn gleich danach fragen, ob sie vielleicht verwandt wären, nach Sonja Brünner, erhielt aber ohne Weiteres ihre Zimmernummer.

Während er auf den Aufzug wartete, auf dem für ihn unverständlich Tiroler Dialektworte in Lautschrift standen, fragte er sich einmal mehr, was er von dem Mädchen eigentlich wollte. Im richtigen Stockwerk angekommen, fand er das Krankenzimmer sofort. Er klopfte, und als von drinnen keine Antwort kam, trat er einfach ein.

Sonja lag wie eine bleiche Puppe im Bett. Ihre Augen waren geschlossen, neben ihr hing an einem Infusionsständer ein halb leerer Beutel. Der Raum war kahl, der einzige Schmuck ein schlichtes Holzkreuz über dem Eingang. Schröck räusperte sich. »Hallo«, sagte er leise, als sie die Augen öffnete.

Sie schaute ihn überrascht an.

Schröck trat behutsam ans Bett heran. »Wie geht es Ihnen?«

Sie wiegte schwach den Kopf.

»Sie können sich sicher nicht mehr an mich erinnern. Ich, ich bin –«

»Doch, Sie waren vor einigen Tagen bei mir in der Touristeninformation«, sagte sie leise.

»Das stimmt. Ich habe von Ihrem …«, er stockte, »ich habe

davon gehört, was passiert ist. Sie müssen wissen, ich habe auch eine Tochter. Ich meine … Warum haben Sie das nur getan?«

»Ich mag nicht mehr«, sagte sie und schloss wieder die Augen.

»Aber das kann man doch in Ihrem Alter nicht so einfach sagen, Sie haben noch das ganze Leben vor sich.« Im selben Moment verfluchte er sich auch schon für die platte Floskel.

»Der Christa geht es jetzt schon gut.«

»Wer ist Christa? Hat sie Ihnen den Freund ausgespannt?«

Sonja lächelte. »Nein, ich habe doch keinen Freund. Sie war die Frau von Baumeister Felber, sie hat es richtig gemacht, nicht so wie ich. Ich bin einfach zu feige oder zu ungeschickt.«

»Was hat sie richtig gemacht? Hat sie sich umgebracht?«

»Ja, und jetzt hat sie ihren Frieden.« Sonja sah ihn an, als wäre er durchsichtig. »Wissen Sie, die Christa ist einfach vom Balkon gesprungen, aber ich habe Höhenangst.«

Schröck lief ein Schauder über den Rücken. »Wieso hat sie das gemacht?«

»Weil sie die verlogene Brut hier genauso satthatte wie ich. Das ständige Gerede über alle und jeden, die Intrigen und die heile Welt, die sie allen vorspielen.«

»Aber das ist doch überall so. Da müsste sich doch fast die gesamte Menschheit umbringen«, sagte Schröck resigniert.

»Eigentlich ist das auch noch auszuhalten. Ich bin es ja von klein auf gewöhnt. Aber mit dem, was sie jetzt getan haben, damit kann ich nicht mehr leben.«

»Was haben *sie* denn getan?« Er starrte auf Sonjas Mund und auf ihre blassen Jungmädchenlippen, die sich langsam öffneten. Dann aber ging die Tür auf, Sonjas Augen weiteten sich, und als Schröck sich umwandte, standen vier Personen im Zimmer.

Angeführt wurde die Gruppe von einem untersetzten grauhaarigen Mann in hellem Sommeranzug, den er zuvor noch nicht gesehen hatte, hinter ihm stand Dr. Winkler und daneben Sonjas Vater mit der Masseurin Evelyne, die Schröck entgeistert anschaute und wie zum Schutz einen Wiesenblumenstrauß vor ihre Brust hielt.

Als die Männer ihn misstrauisch beäugten, machte Schröck ein ahnungsloses Gesicht und grüßte freundlich. Brünner ging zu seiner Tochter ans Bett und gab ihr einen Kuss auf die Stirn, bevor er ihr etwas ins Ohr flüsterte, woraufhin das Mädchen den Kopf schüttelte.

»Herr Schröder, was machen Sie denn hier?«, brach Evelyne die Stille.

Er lächelte sie liebenswürdig an, runzelte aber sofort wieder besorgt die Stirn und seufzte tief. »Nun, ich habe von dem Unglück … na ja, von der Sache gehört. Ich bin selbst Vater einer Tochter, und da dachte ich mir, ich besuche Sonja. Sie war sehr nett zu mir, als ich bei ihr in der Touristinfo war.«

Ein Blick in die Gesichter der Männer genügte, um zu erkennen, dass sie ihm nichts davon glaubten.

»Ich denke, ich werde jetzt wieder gehen. So viel Besuch ist bestimmt zu anstrengend für sie.« Er drehte sich wieder zum Bett um. »Also, dann bis bald. Und werden Sie schnell wieder gesund.«

Sonja hob schwach die Hand und winkte mit den Fingern. Sie war noch blasser geworden.

Der Arzt stand stocksteif da und machte keine Anstalten, ihm Platz zu machen, also zwängte sich Schröck zwischen ihm und der Masseurin hindurch und beeilte sich, das Zimmer zu verlassen. Draußen lief er verstimmt den Flur entlang. Warum mussten die auch genau dann auftauchen, wenn er da war?

Mittlerweile hatte sich der Parkplatz gefüllt, und Schröck hatte einige Mühe, seinen Wagen aus der Lücke zu manövrieren. Die Hitze war noch drückender geworden, das Licht ließ seine Sicht verschwimmen. Schröck lenkte den Wagen auf die Hauptstraße zurück. Die Bergkette des Kaisergebirges erstreckte sich jetzt vor einem schmutzig orange verfärbten Himmel.

***

In der Eingangshalle des Hotels wurde er sofort freudig von der Rezeptionistin begrüßt.

»Ah, Herr Schröder, Manuel hat schon ein paarmal nach Ihnen gefragt. Ich soll ihn sofort anrufen, wenn ich Sie sehe.«

Schröck reagierte übertrieben verwundert und sagte, er würde auf Manuel in der Stube warten und einen Kaffee trinken. Er war erleichtert, dass sich niemand sonst im kleinen Tagescafé aufhielt, und wählte einen Tisch in der Nähe des Eingangs. Sein Kopf drohte zu platzen, und eigentlich hatte er vorgehabt, sofort auf sein Zimmer zu gehen und sich mit einer Tablette ins Bett zu legen. Tirol war vermutlich der letzte Ort, wo sich migränegeplagte Menschen aufhalten sollten, war die Alpengegend doch berühmt für ihren warmen und trockenen Fallwind. Schröck versuchte, das schmerzhafte Pochen über seinem rechten Auge zu ignorieren, bestellte einen Espresso und trank ihn ungesüßt in zwei Zügen leer.

Gleich darauf erschien Manuel. Lässig zog er einen Stuhl zur sich heran, setzte sich Schröck gegenüber und wippte nervös mit dem rechten Fuß. Dann aber interpretierte er Schröcks wegen der Kopfschmerzen gequälten Gesichtsausdruck falsch, sodass er sein exaltiertes Verhalten schnell wieder ablegte. »Entschuldigen Sie, ich wollte Sie nicht bei irgendetwas Wichtigem stören. Keine Ahnung, was Sie so zu tun haben, aber Sie sagten doch, ich solle Sie sofort darüber informieren, wenn ich etwas erfahren habe.«

»Es hat dich auch nicht zu interessieren, was ich sonst so tue, wie du dich auszudrücken pflegst. Es reicht vollkommen, wenn du das tust, was ich dir sage«, spielte Schröck seine Rolle. Nein, mit ihm war nicht zu spaßen. »Jetzt rede schon. Was hast du herausgefunden?«

Manuel schaute ihn trotzig an. »Vielleicht ist es ja auch unwichtig, aber die neuen Russen interessieren sich für so einen alten Typen, einen Franzosen. Er hat gerade erst eingecheckt und stellt auffallend viele Fragen.«

»Wie alt?«

»Laut Pass ist er dreiundsiebzig.«

Schröck verzog das Gesicht. »Der scheint mir wirklich sehr gefährlich zu sein. Aber was ist mit den neuen Russen, wie du sie bezeichnest? Stellen sie auch Fragen, schnüffeln sie herum?«

»Nein, die nicht, nur der Alte«, sagte Manuel noch immer beleidigt.

»Und was für Fragen stellt er genau?«

»Er hat sich zum Beispiel nach Ihnen erkundigt.«

»Nach mir?«

Manuel genoss Schröcks Überraschung und wartete eine Weile, bevor er weitersprach. »Er hat Sie der Burgi jedenfalls genau beschrieben.«

»Und wer ist nun schon wieder diese Burgi?«

»Na, unsere Rezeptionistin. Die kennen Sie doch.«

Schröck nickte und bemerkte erst jetzt, dass er noch nicht nach dem Namen der liebenswürdigen jungen Frau gefragt hatte. »Und was wollte er über mich wissen?«

»Wie gesagt, er hat Sie genau beschrieben, gefragt, seit wann Sie hier sind, und vorgegeben, sich nicht mehr an Ihren Familiennamen erinnern zu können. Ihren Vornamen wusste er aber.« Manuel grinste ihn triumphierend an, und Schröck nahm sich vor, in Zukunft darauf zu achten, während seiner Ermittlungen auch den Vornamen zu ändern.

»Was weiter?«

»Nichts weiter. Ich dachte, es interessiert Sie vielleicht, und weil auch die beiden Russen hinter dem Alten her sind, wollte ich –«

»Schon okay«, unterbrach ihn Schröck. »Hattest du Gelegenheit, dich um die Lackspuren zu kümmern?«

»Nein, noch nicht, aber meine Schicht ist bald zu Ende. Ich habe schon eine Idee.«

»Gut, sobald du etwas weißt, meldest du dich bei mir. Ist das klar? Denk daran, wenn die Russen von dem gestohlenen Geld erfahren, bist du geliefert.«

Bei dem Ausdruck, den Manuels Gesicht jetzt annahm, musste Schröck sich beherrschen, um nicht laut loszulachen. Der Kellner stand auf, rückte den Sessel zurecht und verließ betreten das Tagescafé. Schröck dachte nicht im Entferntesten daran, jemanden von dem Geld zu erzählen. Sollte sich Manuel ruhig ein wenig ängstigen. Die Migräne wurde stärker, er schloss die Augen. Angeblich gab es zwölf Genregionen, die für die Entstehung der Krankheit mitverantwortlich waren. Anscheinend ähnelte die Migräne darin der Spielsucht, auch diese hing stark von den Erbanlagen ab. Schröck ließ den Espresso aufschreiben und ging in sein Zimmer. Das Stofftaschentuch, das er Liba zuliebe anstatt der praktischen Papiertaschentücher immer in seiner Hosentasche trug, fiel ihm samt Schlüssel aus der Tasche. Als er sich bückte, entdeckte er das kleine Papierstückchen, das er vor seinem Ausflug nach St. Johann in die Tür geklemmt hatte. Jemand war in seinem Zimmer gewesen. Die Reinemachefrau konnte es nicht gewesen sein, sie hatte gleich nach dem Frühstück geputzt, er hatte sie noch angetroffen. Schröck hob den Schlüssel auf, steckte ihn vorsichtig ins Schloss und öffnete leise die Tür. Nur das Brummen des Kühlschranks der Minibar war zu hören. Er drückte die Tür ganz auf, schaltete das Licht an und warf einen Blick ins Schlafzimmer, aber auch dort war niemand. Er schloss die Zimmertür von innen, legte die Türkette vor, zog sein Jackett aus und warf es über den Schreibtischsessel. Im Bad kramte er aus der Seitentasche seines Kosmetikbeutels eine Schachtel Schmerzmittel heraus und spülte zwei Tabletten mit einem Schluck Leitungswasser hinunter. Zurück im Zimmer ließ er sich aufs Bett fallen, schloss die Augen und hoffte, dass die Tabletten das schmerzhafte Pochen in seinem Schädel bald verstummen lassen würden. An Schlafen war zwar nicht zu denken, aber nach einer halben Stunde stellte sich endlich das wohlbekannte dumpfe Gefühl ein. Er war noch ein wenig zittrig, als er sich im Bett aufsetzte. Wenn er einen Migräneschub hatte, war seiner Nase zwar nicht zu trauen, dennoch glaubte er, den herben Geruch von Sandelholz wahrzunehmen. Schröck stand auf und rückte das Bett zur Seite. Der Tablet-Computer klebte noch immer unverändert an Ort und Stelle. Erst als er seinen Schrank in Augenschein nahm, wurde ihm klar, dass jemand sein Zimmer durchsucht hatte. Die winzigen Papierfusseln, die er unter die Haken der Kleiderbügel gesteckt hatte, lagen am Schrankboden verteilt, und auch die Hautcremetupfer, die er mit einem Q-tip sorgfältig auf den Griff seiner Aktentasche aufgetragen hatte, waren verschmiert.

Schröck öffnete die Tasche und entnahm ihr einen Schokoriegel. Vorsichtig öffnete er die Verpackung und zog beide Enden der klebrigen Süßigkeit auseinander. Er hatte den Riegel gleich nach seiner Ankunft mit einem angewärmten Federmesser in der Mitte durchgeschnitten, ausgehöhlt und dort den kleinen Speicherstick versteckt, auf dem sich die Akte Fomin befand. Schröck atmete auf, der Stick war noch da.

Er fühlte sich noch nicht wieder in Topform, als er sich an den

Tisch setzte und versuchte, sich so gut es ging zu konzentrieren. Heinrich hatte gemeint, dass sie alle am gleichen Strang ziehen würden, und dazu gehörte wohl auch, dass man die Zimmer der Kollegen inspizierte. Schröck selbst hatte es ja nicht anders gemacht. Profis hätten jedoch das Gerät hinter dem Bett mit Sicherheit entdeckt. Oder hatten sie es bewusst zurückgelassen, weil sie ohnehin wussten, dass auf dem Tablet nichts Wichtiges gespeichert war? Außer diesen neu eingetroffenen Russen, die er bisher noch nicht einmal zu Gesicht bekommen hatte, konnte es doch niemanden geben, der wie er an der Sache dran war. Oder etwa doch? Was war mit dem ominösen älteren Herrn, den Manuel erwähnt hatte? Schröck nahm sich vor, sich morgen um ihn zu kümmern.

***

Er fuhr aus dem Schlaf hoch und brauchte einige Augenblicke, bis er realisierte, dass die Melodie nicht Teil seines wirren Traumes war, dessen Inhalt er augenblicklich wieder vergessen hatte, sondern das Klingelzeichen seines Handys auf dem Nachttisch neben ihm. Schlaftrunken und keines klaren Gedankens mächtig, tastete er nach dem Telefon und versuchte, die Zeichen auf dem Display zu entziffern, was ihm jedoch nicht sofort gelingen wollte. Die zwei Tabletten, die er sich vor dem Einschlafen noch eingeworfen hatte, hatten zwar den Kopfschmerz vollends vertrieben, aber auch seine übrigen Sinne benebelt. Endlich erkannte er Silvias kleines Bild, das neben der Schrift auf dem Display leuchtete, und konnte auch lesen, dass es halb ein Uhr nachts war.

Er brachte nur ein Krächzen zustande, wodurch er sich eine kurze Verschnaufpause verschaffte. Silvia schwieg, dann fragte sie unsicher nach, ob sie auch richtig verbunden sei. Als er dies bestätigte, fragte sie gut gelaunt und spöttisch, ob sie ihn etwa geweckt hätte. Schröck fiel nichts Besseres ein, als mit dem langbärtigen Spruch zu antworten, dass es schon okay sei, er hätte sowieso aufstehen müssen, weil ja das Telefon geläutet hatte. Das fand sie allerdings übertrieben witzig, was er sich dadurch erklärte, dass sie mit ihren – jüngeren? – Seminarteilnehmern in einer Kneipe saß, um den Abschluss ihrer Veranstaltung über entomologische Analysen bei der Untersuchung von Leichen zu feiern. Schröck fand es nach all den Jahren noch immer ziemlich unerfreulich, wenn er in die Münchner Gerichtsmedizin musste, obwohl ihn mit dem Leiter und Silvias Chef, Professor Streinz, mittlerweile eine sachleidenschaftliche Freundschaft verband: Sie liebten dieselben schweren Rotweine und teilten die Begeisterung für feine Kochkunst, der sie sich bei ihren seltenen, aber wenn, dann intensiven Treffen ausgedehnt hingaben. Schröck hatte sich ausgedungen, dass Streinz während ihrer Schlemmertreffen nicht über seine Arbeit sprach, was er dennoch mit voller Hingabe zu tun pflegte. Stets bedurfte es einiger Ordnungsrufe von Schröcks Seite, wenn etwa der Anblick einer zarten Entenleber beim Professor die Assoziation mit einem menschlichen Untersuchungssubjekt hervorrief, das durch übermäßigen Alkoholgenuss sein Organ auf Guinnessbuchrekordverdächtige Größe gezüchtet hatte.

Während Schröck in Gedanken war, erzählte Silvia ihm von den Abschlussklausuren. Bis auf eine Studentin hätten alle die Prüfung geschafft, und übrigens sei der Wein ausgezeichnet. Ihren Schmollmund konnte Schröck geradezu vor sich sehen, als sie hinzufügte, dass es nun doch langsam wieder Zeit wurde, dass er nach Hause kam, denn in gewisser Weise fehle er ihr doch, auch wenn sie den offensichtlichen Fehler gemacht hatte, sich einen integren Beamten anzulachen, der so romantisch sei wie ein toter Goldfisch im Glas. Für Schröck war das nichts Neues, er hatte es aufgegeben, sich zu verteidigen. Doch nach einigen seiner kurzen Jas wurde sie aufmerksam und fragte ernsthaft besorgt nach, was los sei. Als er ihr von seiner Migräne erzählte, ging Silvia in der Art eines Flugkapitäns beim Landecheck alle Pharmazeutika durch, die er hoffentlich dabeihätte und die ihm schon bei früheren Kopfschmerzen geholfen hätten. Erst als Schröck ihr das eingenommene Präparat und dessen Dosis genannt und bestätigt hatte, dass es wirkte, schien sie zufrieden zu sein. Ob er schon mit Liba telefoniert hätte, fragte sie dann, zeigte sich aber verständnisvoll, als er sich mit seiner Indisponiertheit herausredete und versprach, es sofort zu tun, wenn er wieder im Vollbesitz seiner Sinne war. Sie riet ihm, erst einmal weiterzuschlafen und sich zu erholen. Sie selbst würde wohl noch ein wenig bleiben, es sei gerade so lustig. Vielleicht gingen sie später noch in eine Bar, aber er solle sich keine Sorgen machen, die hübschen Männer wären sicher nicht an ihr interessiert, dafür seien zu viele knackige Studentinnen dabei. »Ich freue mich schon darauf, wenn du wieder zu Hause bist«, hauchte sie zum Abschied ins Telefon. Schröcks »Ich auch« ging wohl im Lärm der Kneipe unter, denn sie legte einfach auf.

Mit halb geschlossenen Augen schleppte er sich auf die Toilette, wo er schon mal wach war, und dann wieder zurück ins Bett, wo er kurz darauf eindämmerte.

15

Während Schröck noch ein wenig wackelig die Treppen hinunterstieg, verrieb er mit dem Zeigefinger ein wenig Spucke auf seiner Wange und hoffte, dass der Schnitt oder besser die Schnitte des Nassrasierers, die er sich vorhin im Bad zugezogen hatte, zu bluten aufhörten.

Der Empfangstresen war unbesetzt. Im Frühstücksraum herrschte angenehme Ruhe, niemand redete, nur die üblichen Geräusche, die die Gäste beim Hantieren mit dem Besteck machten, waren zu hören. Es roch nach frischem Kaffee, von dem er nach der Chemiebombe in Form von Tabletten reichlich brauchen würde. Erst als er seinen Platz in der Ecke gegenüber dem Buffet eingenommen hatte, fiel ihm das Grüppchen vor der Schwingtür zur Küche auf. Thurnbacher, zwei weiß gekleidete Frauen in Küchenschürzen, Burgi, die Rezeptionistin, und die kleine korpulente Köchin, die sich in kurzen Abständen mit einem Taschentuch übers Gesicht wischte, hatten einen Kreis gebildet. Alle machten ernste Gesichter und sprachen so leise, dass Schröck zu weit entfernt war, um sie zu verstehen. Dann löste sich die Versammlung auf, und eine große kräftige Frau mittleren Alters, die ihr Haar zu einem grauen Dutt gewunden hatte und knöchellange Tracht trug, kam zu ihm an den Tisch und fragte in schwerem Dialekt, ob er Tee oder Kaffee wünsche. Schröck hatte sie bisher im Hotel noch nicht gesehen. Wortlos und ohne eine Regung im Gesicht nahm sie seine Bitte nach einer großen Kanne Kaffee zur Kenntnis, ging in die Küche und kam kurz darauf mit dem Bestellten zurück.

»Ich habe Sie hier bisher noch nicht gesehen, sind Sie neu?«, fragte Schröck, während sie ein paar Falten aus dem Tischtuch strich.

»Ich helfe nur ab und zu, wenn jemand ausfällt«, sagte sie einsilbig.

»Ist denn jemand krank geworden?«

»Nein, das nicht.« Sie drehte sich um und ging zu einem anderen Tisch, bevor Schröck noch weitere Fragen stellen konnte.

Während er seinen Kaffee trank, beobachtete er den Hotelchef, der mit dem Telefon am Ohr hektisch zwischen Küche und Speisesaal hin- und herlief. Als auch noch Burgi wie von der Tarantel gestochen in die Küche stürmte, erhob sich Schröck langsam und postierte sich am Buffet, um sie abzufangen, wenn sie wieder herauskäme. Keine Minute verging, bis sie wieder auftauchte.

»Guten Morgen, Fräulein Burgi«, sprach Schröck sie an. »Ist etwas passiert, dass alle so hektisch sind?«

Als sie stehen blieb, bemerkte Schröck, dass sie vom Weinen gerötete Augen hatte. »Der Chef hat zwar gesagt, dass wir niemandem davon erzählen sollen, aber Sie kannten den Manuel doch auch. Sie haben doch sogar schon einmal zusammen im Kaffeehaus gesessen.«

»Kannten?«

»Der Manuel hat sich umgebracht.«

»Was hat er?«, fragte Schröck entsetzt.

Sie biss sich auf die Unterlippe, um nicht sofort loszuheulen. »Er hat sich gestern Nacht draußen bei der Kapelle an der Bundesstraße erhängt.«

»Um Himmels willen!«

»Ich muss wieder …« Sie lief aus dem Saal.

»Ja, ja, gehen Sie nur«, murmelte Schröck leise. Eben noch war er im Begriff gewesen, sich am Frühstücksbuffet zu bedienen, aber jetzt war ihm der Appetit vergangen. Er legte den leeren Teller zurück, ging zu seinem Tisch, leerte im Stehen seine Tasse Kaffee und trat dann durch die Terrassentür hinaus auf den gepflasterten Innenhof des Hotels. Er angelte sich eine der leeren Mineralwasserkisten, die an der Wand aufgestapelt standen, holte seine Notfallpackung Zigaretten aus der Tasche, setzte sich und zündete sich eine an. Er blickte zum Himmel. Ein dunkler Schwarm lärmender Vögel zog dicht unter den Morgenwolken dahin. Vermutlich waren sie auf dem Weg zu den abgeernteten Weizenfeldern, um sich eine Mahlzeit zu besorgen. Manuel war also tot. Schröck hatte schon einige Menschen sterben sehen: Menschen, die ihm nahegestanden hatten, Opfer von Verbrechen und Kollegen in Ausübung ihres Dienstes, die eines gewaltsamen Todes gestorben waren. Als Polizist hatte er gelernt, damit umzugehen, das Unfassbare zu kanalisieren.

Zorn und Betriebsamkeit waren dabei wertvolle Helfer. Aber der Selbstmord dieses jungen Mannes ging ihm gewaltig an die Nieren. Wenn es denn Selbstmord gewesen war.

»Herr Schröder?«, piepste es nach ein paar Minuten hinter ihm. Burgi sah noch verweinter aus als gerade eben. Die Rezeptionistin hockte sich neben ihn, steckte sich ebenfalls eine Zigarette zwischen die Lippen und bat ihn wortlos um Feuer.

»Na, wie geht es Ihnen?«

Burgi schaute ihn verzweifelt an. »Ich kann es einfach nicht glauben, dass Manuel nicht mehr lebt. Warum hat er das gemacht?«

Schröck schwieg. Einerseits weil es auf so eine Frage eigentlich keine Antwort gab, andererseits weil sich in seinem Innersten etwas mit Vehemenz gegen die naheliegende Antwort sträubte. »Wie hat er es getan?«, fragte er nach einer Weile.

»Er hat sich erhängt.«

Stimmt, das hatte sie ihm gerade eben bereits gesagt. »Und wo?«

»Draußen an der Abzweigung zum Fuchsloch. Bei der alten Kapelle.«

Die Bezeichnung hatte Schröck schon einmal bei den Einheimischen aufgeschnappt, und auch Heinrich hatte den Namen am Telefon bereits erwähnt und darüber gewitzelt, dass sich die Fomins in einen Fuchsbau am Fuchsloch zurückgezogen hätten. »Ist das nicht die Abzweigung, von der aus man zum Haus dieses russischen Ehepaares gelangt?«

Burgi nickte und verzog das Gesicht, als würde sie jeden Moment wieder zu weinen beginnen, beherrschte sich aber. »Man sagt, er hätte es spätnachts getan.«

»Hatte er Probleme?«

Sie wiegte den Kopf. »Na ja, er hat in Kitz im Casino gespielt, aber er hat alles zurückgezahlt.«

»Hatte er sich von Ihnen auch Geld geliehen?«

»Schon vor zwei Monaten, aber vor ein paar Tagen hat er seine Schulden bei mir beglichen und sogar darauf bestanden, sie mir mit Zinsen zurückzuzahlen. Es war nicht besonders viel, sechshundert Euro. Er meinte, die letzten Tage seien so gut gelaufen, dass er sogar etwas auf die hohe Kante legen könne. Das Casino würde er für einige Zeit nicht mehr betreten. Ich verstehe nicht, warum er es gerade jetzt getan hat. Es schien ihm doch gut zu gehen.«

»Frauen?«, fragte Schröck pro forma, obwohl er ahnte, dass Manuels Tod am allerwenigsten mit dem anderen Geschlecht zu tun hatte.

Sie zuckte mit den Schultern. »Keine Ahnung. Er hatte schon den Ruf, dass er jedem Frauenkittel hinterhersteigt. Angeblich hatte er eine Saison lang sogar etwas mit der Masseurin Evelyne, aber zu mir war er immer freundschaftlich nett und hat mich auch nie angemacht.« Letzteres klang fast nach Bedauern.

»Aber was könnte ihn sonst dazu getrieben haben?«, fragte Schröck und blies langsam den Rauch seiner Zigarette aus.

»Vielleicht steckte er zu Hause in Wien in Schwierigkeiten. Über Privates hat er nie wirklich geredet.«

Klar, dachte Schröck, wenn er von seiner reiselustigen Freundin erzählt hätte, hätte ihm das vermutlich die Tour bei den einheimischen Mädchen vermasselt. Er erhob sich und stellte die Kiste auf den Stapel zurück. »Ich muss jetzt. Manuel war ein netter Mensch, es tut mir wirklich leid um ihn.« Er konnte nicht anders, er musste dem Mädchen im Vorbeigehen einfach tröstend über die Schulter streichen.

***

In seinem Zimmer schaltete er seinen Laptop an und schickte Heinrich eine verschlüsselte Botschaft, er möge sich dringend bei ihm melden. Fünf Minuten später klingelte das Telefon.

»Hallo, Klaus! Danke, dass du so schnell anrufst.«

»Na, was tut sich Spannendes in den Bergen?«

Schröck erzählte ihm zuerst von Manuels Tod, dann davon, dass er ihn beim Geldstehlen ertappt, ihn damit erpresst und zu seinem Informanten gemacht hatte. Auch von dem Auftrag, den Manuel für ihn hatte ausführen sollen, erzählte er ihm. Heinrich lobte seine professionelle Arbeit und einmal mehr sich selbst, weil er einen so guten Riecher gehabt und ihn rekrutiert hatte. Während Heinrich sprach, wuchs der Kloß in Schröcks Hals. Er hätte Manuel nicht in die Sache hineinziehen dürfen. Vielleicht war ja der ideale

Agent der, der sein Gewissen nach Belieben aus- und einschalten konnte, Schröck jedenfalls fühlte sich in diesem Moment einmal mehr meilenweit davon entfernt.

»Und hat dein Informant vor seinem angeblichen Freitod noch etwas über den Unfall herausgefunden?«

Von wegen professionelle Arbeit, dachte Schröck. Er hatte noch nicht einmal die Mobilbox seines Handys gecheckt, das er nach Silvias Anruf auf lautlos gestellt hatte. Er nahm sein Telefon vorsichtig vom Ohr, hoffte, nichts zu verpassen, was Heinrich sagte, schaltete auf Lautsprecher um und rief seine Nachrichten auf. »Ein Anruf in Abwesenheit.«

»Du, Michael, ich muss jetzt wieder. Wir reden morgen oder übermorgen weiter, ja? Und wenn es etwas Wichtiges gibt, kannst du mich ja per Mail erreichen.«

Schröck war froh darüber, dass Heinrich Schluss machen musste, so würde er seine Mobilbox abhören können. Nachdem Heinrich hastig die Verbindung getrennt hatte, rief er die Sprachmitteilungen auf.

Erst rauschte es im Lautsprecher, dann aber hörte er wie von Weitem Manuels Stimme. »Hallo, ich bin es, Manuel, scheiß Mobilbox, ich erreiche Sie leider nicht. Es ist jetzt drei. Ich war draußen am Höllererhof und weiß jetzt, wem der Wagen gehört.« Dann war kurz nur noch lautes Rauschen zu hören. »An meiner Stoßstange klebt so ein Irrer mit aufgeblendeten Scheinwerfern. Ich muss jetzt auflegen, aber ich melde mich gleich morgen früh bei Ihnen.«

Höllerer? Hieß so nicht der alte Mann, den er am Haus der Fomins getroffen hatte? Und fuhr der nicht auch einen grünen Land Rover? Schröck hätte sich in den Hintern dafür beißen können, dass er sein Telefon abgestellt hatte. Manuels Informationen hätten ihm sicher weiterhelfen und vielleicht auch dessen Tod vermeiden können.

Er warf einen Blick auf die Uhr: kurz vor zehn. Für elf hatte er einen Termin bei der Masseurin ausgemacht.

Vor dem Hotel zündete sich Schröck erneut eine Zigarette an und ließ seinen Blick über den Platz schweifen. Wie immer um diese Zeit waren dieselben Leute unterwegs, wenige Einheimische, dafür umso mehr Touristen, als sei über den Ort eine Quarantäne verhängt worden. Eine Weile stand er vor den Buchsbaumkübeln, die den Eingang bewachten, und blinzelte in die Morgensonne, als ihm ein gut gekleideter, mittelgroßer älterer Mann mit schlohweißem Haar auffiel, der ihm den Rücken zuwandte und telefonierte. Erst maß er ihm keine besondere Bedeutung bei, aber dann erinnerte er sich an den älteren Mann, den Manuel ihm beschrieben hatte. Alles passte. Schröck machte ein paar scheinbar ziellose Schritte auf ihn zu, bis er einige Gesprächsfetzen aufschnappen konnte. Der Mann telefonierte offenbar mit einer Frau, er nannte sie *»ma chère«* und säuselte wie ein verliebter Spund in sein Handy. Aufmerksam wurde Schröck aber erst, als der Weißhaarige etwas lauter und in geschäftsmäßigem Ton sagte: »Ich habe morgen noch etwas in Lyon zu erledigen, aber dann komme ich sofort zu dir, das verspreche ich.«

Mit der Ehrlichkeit des Mannes war es also nicht weit her. Das Gespräch schien sich dem Ende zuzuneigen, und Schröck wollte sich schon wieder entfernen, als ihm plötzlich heiß wurde. Entweder spielte ihm sein noch immer angeschlagener Kopf einen Streich, oder aber der Mann hatte sich eben wirklich von einer gewissen Liba verabschiedet. Und wenn dem so war, dann zweifelte er auch keinen Augenblick daran, dass es sich dabei um *seine* Liba handeln musste.

Schröck ging zu seinem Auto und ließ sich auf den Fahrersitz fallen. Mein Gott, was, wenn der Mann sich nur an Liba herangemacht hatte, um ihn zu bespitzeln? Das Alter spielte in seiner Branche keine Rolle. Von Heinrich wusste er, dass die Geheimdienste Agenten jeden Alters beschäftigten, von denen man vielen auf den ersten Blick nicht mehr zutrauen würde, noch im Dienst zu stehen.

Oder war der Mann etwa hochgradig paranoid, sodass ihn seine Eifersucht dazu trieb, Schröck zu verfolgen. Liba hatte das ja selbst nicht ausgeschlossen und vermutet, dass sich ihr Kurt deswegen so stark für Schröck interessierte, weil er dachte, dass sie etwas mit ihm hätte. Zwei Dinge waren zu klären: Handelte es sich bei dem Mann wirklich um Libas Freund, und wenn ja, was trieb ihn dazu, Schröck nachzuspionieren? Er holte sein Handy aus der Tasche und wählte Silvias Nummer im Institut. Es meldete sich die Sekretärin, mit der Schröck schon einige Male geplaudert hatte, als er Streinz dienstlich besucht oder Silva abgeholt hatte. Sie war immer sehr freundlich gewesen. Es passe gerade gut, sagte sie, Frau Dr. Reuter habe gerade eine Pause zwischen zwei Terminen. Sie würde ihn sofort zu ihr durchstellen.

Silvia war über seinen Anruf überrascht, erkannte jedoch an seinem Tonfall sofort, dass etwas nicht stimmte.

»Ich kann dir jetzt nicht alles im Detail erklären, aber du musst mir helfen. Kannst du noch einmal zu Liba rausfahren und sie nach einem Foto von ihrem Kurt fragen. Und falls sie eins hat, scann es bitte ein oder fotografier es mit deinem Handy ab und schick es mir so schnell wie möglich an meine Mailadresse.«

»Willst du mir nicht sagen, was los ist?« Sie klang besorgt.

»Ist halb so wild«, versuchte er sie zu beruhigen, »aber schick mir bitte das Bild, so rasch es geht. Es ist wirklich wichtig.«

Silvia versprach, gleich nach Dienstschluss zu Liba nach Schönbergmoos zu fahren, und fragte nicht weiter nach. Eine der Eigenschaften, die Schröck so an ihr schätzte. Er bedankte sich, gab dem Handymikrofon einen Kuss und trennte die Verbindung. Es war schon fast halb elf, als er den Wagen startete.

***

Evelyne Grabner empfing ihn wie schon beim ersten Mal mit einer sachlich distanzierten Freundlichkeit, die für Ärzte und Krankenhauspersonal typisch ist. Sie bat ihn, sich in der Kabine auszuziehen, und fügte hinzu, dass er jetzt ja schon wisse, wo die Laken lägen. Schröck suchte in ihrem Gesicht nach Anzeichen von Unsicherheit wegen ihres Zusammentreffens im Krankenhaus, bei dem sie verwirrt und fast ängstlich gewirkt hatte, fand jedoch nichts dergleichen und tat, was sie gesagt hatte. Als er aus der Kabine kam, deutete sie auf die Behandlungsliege, Schröck schwang sich hinauf, legte sich auf den Bauch und sein Gesicht in das gepolsterte Loch am Kopfende. Evelyne deckte seine Rückenpartie mit einem Laken ab, zog ihm das Tuch darunter weg und entblößte seine Beine, dann verteilte sie handwarmes, nach Mandel und Zitrone riechendes Öl auf seinen Beinen, begann mit immer stärker werdendem Druck seine Fesseln zu kneten und strich anschließend über die Waden und Knickehlen bis zum Ansatz seiner Oberschenkel. Er schloss die Augen und stieß ungewollt ein wohliges Brummen aus. Er wollte die Massage noch ein wenig genießen und sich erst später dem eigentlichen Grund seines Besuches widmen. Evelyne strich seine Beinmuskeln aus, zog das Tuch bis zum Rückenansatz hinunter und begann nun vorsichtig, seinen Latissimus zu lockern, bevor sie mit dem Handballen in zackigen Schlangenlinien bis zu seinem Nacken hinauffuhr. Wenn sie auf eine Verhärtung stieß, zuckte Schröck zusammen, und sie arbeitete danach das Umfeld der Verspannung ab. Die Schmerzen, die er dabei empfand, waren Grund genug für Schröck, endlich mit der Unterhaltung zu beginnen.

»Waren Sie noch lange bei Sonja im Krankenhaus?«

»Nein, wir sind nur eine Viertelstunde geblieben, ihr Vater natürlich länger, aber wir wollten nicht stören.«

»Herrn Brünner und den Arzt kannte ich, aber wer war der dritte Besucher?«

Schröck spürte, wie sie kurz innehielt, dann aber kräftig weitermassierte und, wie ihm vorkam, betont beiläufig antwortete. »Das war Herr Felber. Kein Wunder, dass Sie ihn noch nie im Ort gesehen haben, er ist viel unterwegs. Ihm gehört die größte Baufirma in Andreasfurth.«

»Hat er dieses Haus hier auch gebaut?«

»Ja, wie die meisten im Ort.«

»Schön, dass er sich die Zeit genommen hat, Sonja zu besuchen.«

»Fand ich auch nett.«

Sie schwiegen wieder, und Evelyne bearbeitete seinen Nacken. »Ein traurige Sache, das mit dem Kellner vom ›Lazarushof‹«, sagte Schröck nach einer Weile.

»Ja, wirklich furchtbar.«

»Kannten Sie ihn näher?«

»Wie man sich halt so kennt«, erwiderte Evelyne, ohne dass sich ihr Tonfall geändert hätte.

»Was einen so jungen und gut aussehenden Mann wie ihn wohl dazu gebracht hat, sich das Leben zu nehmen?«

»Keine Ahnung.«

»Aber die Leute werden doch sicher etwas vermuten?«

»Na ja, man sagt, dass er Spielschulden hatte.«

»Aber bei wem? Ich meine, man bringt sich doch nicht so einfach um. Es sei denn, man wird unter Druck gesetzt.«

Sie lachte auf. Eine Spur zu künstlich, wie Schröck fand.

»Aber möglich wäre es doch.«

»Sie sehen wohl zu viele Krimis im Fernsehen.«

»Eher nicht. Eigentlich sehe ich kaum fern. Hatte er denn auch bei den Leuten im Dorf Schulden?«

»Sie stellen ja Fragen wie ein Polizist.«

»Oder wie ein Finanzbeamter.«

»Stimmt, oder wie ein Finanzbeamter.«

»Und Sie haben meine Frage nicht beantwortet.«

»Keine Ahnung, ob er bei den Leuten Schulden hatte, aber ich kann mir das schon vorstellen«, sagte sie leicht genervt.

»Bei Ihnen auch?«

»Was?«

»Hatte er bei Ihnen auch Schulden?«

Sie hielt kurz darin inne, seine Schultern zu bearbeiten. »Wenn Sie es genau wissen wollen, ja, er hat auch mich um Geld angepumpt.«

»Und Sie haben ihm etwas gegeben?«

»Ja, das habe ich. Es war nicht viel, aber ich habe keinen Cent davon wiedergesehen. Trotzdem habe ich ihn nicht unter Druck gesetzt, wegen mir hat er sich also ganz sicher nicht umgebracht.«

Schröck schwieg, konnte aber die Massage nicht mehr genießen. Evelyne log. Manuel hatte ihm aus freien Stücken erzählt, dass er ihr das geliehene Geld zurückbezahlt hatte, sogar mit Zinsen. Und er hatte die Wahrheit gesagt. Auch Burgi hatte ihr Geld sofort am Tag nach dem Klau wiederbekommen. Aus welchem Grund gab Evelyne nun vor, dass sie leer ausgegangen war? Und fünfzigtausend Euro waren auch beileibe keine Kleinigkeit gewesen. Schröck bekam das unbehagliche Gefühl, das er nur zu gut kannte, wenn ihm etwas sauer aufstieß. Er versuchte, es nach Kräften zu unterdrücken, aber die Tatsache, dass ihm die Frau die Unwahrheit sagte und er sich sicher war, dass so einiges mit ihr nicht stimmte, machte ihn ärgerlich und vor allem ungeduldig. Er würde ihr auf den Zahn fühlen müssen. Aber je tougher sich die Leute gaben, desto schneller brachen sie zusammen, wenn man ihnen auf die Schliche kam. Die Erfahrung hatte er über die Jahre sogar mit den ausgefuchstesten Gaunern gemacht.

»Ja, die Leute reden viel«, unterbrach er unvermittelt sein Schweigen.

»Was reden sie denn so?«, murmelte Evelyne, die sich gerade einer hartnäckigen Verhärtung unter seinem Schulterblatt widmete.

»Nun, sie reden, dass Sie und Manuel ein Verhältnis hatten.«

Der schmerzhafte Druck ließ sofort nach. »Was geht Sie das alles eigentlich an?«

Schröck fasste das Laken, zog es um die Hüften und setzte sich auf. Evelyne war ein Stück zurückgetreten, stand unbewegt da, hatte die Hände in die Hüften gestützt, gab sich empört und kampfbereit. Er ließ die Beine von der Liege baumeln und verknotete seelenruhig die Zipfel des Tuches vor seinem Bauch.

»Manuel hat es mir erzählt, wir haben uns gut verstanden.«

»Dieser …«, zischte sie. »Was hat er sonst noch gesagt?«

»So einiges.«

»Und zwar?«

»Zum Beispiel, dass Sie und der Doktor …« Schröck machte eine Pause und schaute sie mit dem Anflug eines Grinsens an.

Ihr sportlich brauner Teint wurde um einige Nuancen heller. Ihre Mundwinkel zitterten. »Das hat er Ihnen erzählt?« Sie war außer sich.

»Ich verstehe Sie. Was hätten Sie denn auch tun sollen? Die Miete in so einer Luxushütte ist schließlich nicht gerade billig.«

»Diese Räume habe ich einzig und allein meiner Freundin Lara zu verdanken«, sagte Evelyne trotzig.

»Sie meinen Frau Fomin?«

»Ja. Die Räume waren frei, sie hat mit dem Doktor geredet, und dann haben wir den Vertrag gemacht.«

»Und der Preis?«

»Er ist angemessen.«

»Der Lage oder Ihrem Geldbeutel?« Es war Zeit, Klartext zu

reden. »Jetzt reden Sie mal keinen Unsinn. Ich habe keine Ahnung, wie viel eine Heilmasseurin verdient, aber um eine, wie Sie sagen, angemessene Miete bezahlen zu können, müssten Sie sehr wohlhabende Kunden haben. Fünfzigtausend Euro sind kein Pappenstiel. Ersparnisse? Oder hat Ihnen jemand unter die Arme gegriffen, damit Manuel die saubere Weste des guten Herrn Doktors nicht befleckt? Vielleicht haben Sie ja auch etwas mit Manuels Tod zu tun? Wer weiß das schon? Mit seinem angeblichen Selbstmord kann auch niemand mehr etwas über Ihr geheimes Verhältnis ausplaudern.«

»Herr Schröder, wenn das überhaupt Ihr richtiger Name ist, Sie sollten jetzt wirklich gehen und brauchen auch nicht mehr wiederzukommen.«

Schröck grinste sie an und nickte. Dann stand er auf, ging langsam Richtung Umkleidekabine und öffnete die Tür. Als er sich noch einmal umdrehte, schaute Evelyne ungeduldig zum Telefon hinüber, das auf dem Schreibtisch stand. »Wen wollen Sie anrufen? Ihr Arzt kann es nicht sein. Um ihn zu sprechen, bräuchten Sie doch nur hinauf in die Praxis zu laufen, nicht wahr?« Ohne ihre Antwort abzuwarten, ging er in die Kabine und schloss die Tür. Als er fertig angekleidet war, hatte Evelyne hinter ihrem Schreibtisch Platz genommen. Schröck ertappte sie dabei, wie sie mit in die Hände gestütztem Kopf dasaß und auf die Glasplatte starrte. »Ich an Ihrer Stelle würde mir gut überlegen, was ich jetzt tue«, sagte er.

Sie hob den Kopf und schaute ihn fast flehend an.

»Wenn Sie mir etwas erzählen wollen, wissen Sie ja, wo ich zu erreichen bin. Ich wünsche Ihnen noch einen guten Tag.« Damit verließ er die kleine Praxis und ging zu seinem Auto. Zu schade, dass er nicht mithören konnte, was sie mit der Person, die sie gleich anrufen würde, zu bereden hatte.

16

Da Schröck keine Lust auf Gesellschaft hatte, beschloss er, das Abendessen im »Lazarushof« ausfallen zu lassen. Vor einem Lebensmittelladen kurz nach der Einfahrt von Andreasfurth hielt er an und streifte ziellos durch die Regalreihen. Er griff sich eine Flasche trockenen Weißwein und ging weiter zur Wursttheke, reihte sich in die Schlange ein und wartete darauf, bedient zu werden. Die zwei mittelalterlichen Verkäuferinnen arbeiteten die Bestellungen ernsthaft wie Bankbeamtinnen ab und stellten immer dieselben Fragen: Seien hundertzehn Gramm auch in Ordnung, und dürfe es außerdem noch etwas sein? Stereotypisches Verhalten, Dienen und Funktionieren, beides mit stoischer Hingabe gelebt und auf einen Wortschatz von wenigen Sätze reduziert. Schröck faszinierte seine Beobachtung einmal mehr. Er inspizierte die Vitrinen mit den verschiedenen Arten von Wurst: aufgeschnitten oder in Stangen, harte und weiche und daneben schwarz glänzender Speck. In einer Schale lagen neben ein paar knusprigen Schweinshaxen zwei verkrümmte Hühnchen, die anscheinend zu nahe ans Feuer gekommen waren, sie waren runzelig und ausgelaufen. Obwohl Schröck dem hysterischen Trend zur veganen Ernährung nur wenig abgewinnen konnte und die These vertrat, dass die Spezies Mensch zur Gruppe der Allesfresser gehörte und sich wenigstens in dieser Beziehung nicht intellektuell geißeln sollte, bereiteten ihm derartig barbarische Tier- und Gaumenquälereien dennoch Seelenschmerzen. Wenn ein Tier schon zu Ernährungszwecken getötet werden musste, dann sollte man ihm zumindest die Ehre erweisen, es bestmöglich und schmackhaft zu verarbeiten. Schröck wandte sich ab und einem Wärmeofen mit zwei Lagen Fleischkäse zu.

»Der ist gut, den sollten Sie nehmen«, hörte er plötzlich eine Männerstimme.

Er drehte sich um. Hinter ihm stand ein älterer weißhaariger Mann, der ihn freundlich anlächelte. Das war doch der Kerl aus dem Hotel, Libas vermeintlicher Kurt, dessen Verhalten Manuel so verdächtig erschienen war! Sofort nahm Schröck den penetranten Geruch nach Altmännerrasierwasser wahr, den er noch nie hatte leiden können.

»Entschuldigung, ich wollte Sie nicht erschrecken«, sagte der Mann, der Schröcks erstaunten Gesichtsausdruck missdeutete. »Aber ich habe diesen Leberkäse, der eigentlich gar keine Leber enthält, schon ein paarmal gegessen, und er schmeckt einfach nur köstlich. Und wenn Sie mir einen weiteren Tipp erlauben: Mit ein paar dünn geschnittenen Gürkchen darauf ist er geradezu deliziös.«

Schröck verzog den Mund zu einem aufgesetzten Lächeln und nickte dem Mann zu.

»Ich habe Sie im Hotel gesehen. Sind Sie beruflich hier oder nur zum Vergnügen?«, ging der Ältere in die Offensive.

»Ich bin auf Kur.«

Der Mann, der einen blauen Blazer über einem makellosen weißen Hemd trug, nickte bedächtig. »Ich weiß, wovon Sie reden. Ab einem gewissen Alter geht es leider einfach los mit den Wehwehchen.«

Da trennen uns aber noch zwei Jahrzehnte, dachte Schröck und machte ein säuerliches Gesicht. »Und was führt Sie nach Andreasfurth?«

»Alte Gewohnheiten. Als meine Frau noch lebte, haben wir unseren gemeinsamen Urlaub oft in Kitzbühel verbracht. Später, als der Rummel dort zunahm, sind wir in die umliegenden Dörfer ausgewichen. Jetzt komme ich schon seit einiger Zeit allein her. Nicht dass ich keine Frauenbekanntschaften mehr hätte, aber im Urlaub bin ich gern allein.«

Die Verkäuferin sprach Schröck an, da er nun an der Reihe war.

»Entschuldigen Sie, aber …« Er machte eine hilflose Geste.

»Ja, ja, nur zu.«

Schröck folgte trotz allem dem Ratschlag des Mannes und nahm zwei Semmeln mit warmem Leberkäse und Gürkchen, verabschiedete sich von seiner Wursthekenbekanntschaft, bezahlte an der Kassa und ging hinaus zum Auto, wo er sein Päckchen achtlos auf den Beifahrersitz legte. Ihn plagten Gewissensbisse. Was, wenn er den älteren Herrn zu Unrecht verdächtigt hatte? Vielleicht stimmte es ja, dass er Liba nur nicht auf die Nase binden wollte, dass er auf Nostalgieurlaub in Gedenken an seine verstorbene Frau war?

Schröck fuhr die wenigen Meter zum Hotel und stellte den Wagen ab. Am Empfangspult händigte ihm Burgi den Schlüssel aus und wünschte ihm mit trauriger Stimme einen schönen Abend. Ihre Augen waren noch immer rot und verquollen, sie schniefte beim Sprechen.

***

Schröck öffnete den Wein. Zum Glück hatte die Flasche einen Glaskorken, sonst hätte er nach einem Korkenzieher fragen müssen, und ihm war jetzt nicht nach Reden, sondern nur nach Denken zumute.

Während er eine der Leberkäsesemmeln auspackte und hineinbiss – sie schmeckte wirklich ausgezeichnet –, fuhr er den Laptop hoch und öffnete sein Postfach. Silvia hatte ihr Versprechen gehalten und ihm eine Nachricht geschickt, die eine Datei namens »Kurt.jpg« enthielt.

Er klickte die Datei an und musste einige Sekunden warten, bis das Bild angezeigt wurde. Kein Zweifel, es war derselbe Mann. Das Foto musste neueren Datums sein, denn der gute Kurt trug den blauen Blazer, den Schröck bereits kannte.

Vielleicht hatte Schröck sich ja doch nur von Manuel beeinflussen lassen. Vielleicht war der Kellner allzu erpicht darauf gewesen, Detektiv zu spielen, sodass er womöglich falsche Schlüsse gezogen hatte.

Schröck glaubte nicht mehr an die Theorie des Agenten im Rentenalter, schickte das Bild aber zur Sicherheit doch an den Erkennungsdienst des BND weiter. Dann verfasste er einen kurzen Bericht an Heinrich und schloss die Nachricht mit der Bitte, er möge ihm, wenn möglich, die Ergebnisse der Polizei im Suizidfall Manuel Gstöttner besorgen.

***

Nach den Nachrichten im Fernsehen, die er auf dem Bett liegend angesehen hatte, befand er, dass er noch zu wach sei, um schon zu schlafen, außerdem hatte er fürchterlichen Durst. Also machte er sich frisch und zog ein bequemes T-Shirt über. Irgendwo hatte er gelesen, dass das Hotel auch eine Bar haben sollte. Der Empfang war verwaist, aber am Eingang entdeckte Schröck ein Schild, das ihm den Weg in den Keller wies.

Neben der offen stehenden Tür hing ein Schaukasten mit Fotos: Sie zeigten Thurnbacher mit einem blonden Mann mit einem Mikrofon in der Hand, Thurnbacher umringt von hübschen Mädchen in Tracht und Thurnbacher neben einem dicklichen Elvis-Imitator, der in seinem weißen Anzug in Schröck Assoziationen an die heimatliche Weißwurstwerbung hervorrief.

Er betrat die Bar. Das Licht war gedämpft, an den Wänden hingen in regelmäßigen Abständen Bilder von grünen Almen und weißen Bergen. Weiter hinten konnte er auch ein paar freizügigere Fotos von jungen Frauen und Männern ausmachen, die ihn an die Jungbauernkalender erinnerten, die seit einiger Zeit Trend waren. Die Bar zog sich über die gesamte Längsseite des Raumes, an der hinteren Wand standen ein paar bequeme Sitzgruppen und davor ein paar runde Vierertische. Die Wände waren mit dunkelrot glänzendem Stoff tapeziert, die wohl eine laszive Atmosphäre verbreiten sollten, aber der Tresen, die Sessel und Tische waren aus dunkel gebeiztem Fichtenholz gefertigt, und so glich die Lokalität insgesamt dann doch eher einer Skihütte als einem Nachtclub. Über der Szenerie schwebte leise Klaviermusik, und hinter der Theke schwang ein hemdsärmeliger junger Mann in Trachtenlederhose einen Shaker, als wollte er ihm die Seele aus seinem glänzenden Bauch schütteln.

Schröck ging an die Bar, setzte sich auf einen mit braunem Kuhfell überzogenen Hocker und bestellte ein großes Bier. Nachdem er mit einigen Schlucken den ersten Durst gestillt hatte, schaute er sich um. Fast alle Hotelgäste, die ihm jeden Morgen im Frühstückssaal begegneten, waren anwesend und hatten sich bei der Wahl ihrer Kleidung mächtig ins Zeug gelegt. Zwei Tische weiter saß Libas Kurt mit zwei großen kräftigen Männern in schwarzen Anzügen zusammen. Als er Schröck erblickte, winkte er ihm zu, widmete sich dann aber wieder seinen Gegenübern. Schröck atmete erleichtert auf. Er hatte schon befürchtet, Kurt würde ihn an den Tisch einladen, aber nach Small Talk war ihm an diesem Abend noch immer nicht zumute.

Als zwischen zwei Musikstücken eine längere Pause entstand, schnappte Schröck ein paar russische Wortfetzen auf und drehte sich um. Verblüfft stellte er fest, dass Kurt mit den zwei Hünen auf Russisch plauderte, als hätte er nie eine andere Sprache gesprochen. Die beiden grinsten und klopften ihm abwechselnd auf die Schulter. Wieder hatte Kurt Schröck beim Anstarren ertappt, und wieder nickte er ihm freundlich zu.

Nachdem er das Bier getrunken hatte, bat Schröck den Barmann um ein Glas Rotwein. Dienstbeflissen spulte dieser das gesamte Sortiment herunter, Schröck wählte einen französischen Merlot, und als er ihm serviert wurde, erkundigte er sich nach den beiden schrankartigen Männern. Die Antwort bestätigte ihn in seiner Vermutung: Es handelte sich um die neu eingetroffenen Russen. Nach einer weiteren Viertelstunde verließ Kurt zusammen mit den beiden die Bar, jedoch nicht, ohne vorher an Schröck heranzutreten und ihm eine gute Nacht zu wünschen. Schröck blieb noch bis fast ein Uhr und starrte gedankenverloren die Flaschen hinter der Bar an. Dann war er endlich müde vom Wein, der Musik und dem Gemurmel der letzten Gäste, sodass er gähnend auf sein Zimmer ging.

17

Sergej Wolkow oder, wie er sich selbst nannte, Wolkow, der Wolf, hing mit vornübergebeugtem Oberkörper in seinen Fesseln. Das Erste, was er spürte, war ein brennender Schmerz im Magen und aufsteigende Übelkeit. Er kämpfte dagegen an, wollte tief Luft holen, aber das Klebeband über seinem Mund war undurchlässig. Keine Luft. Ganz langsam kam er zurück in die Gegenwart, aber die war schwarz wie die Nacht und roch nach Bodenreiniger und abgestandener Luft. Nur sein Ein- und Ausatmen durch die Nase war zu hören. Er schwitzte so stark, dass seine Haare am Schädel klebten, nur der Sack, der eng um seinen Kopf gewunden war, verhinderte, dass ihm der Schweiß in die Augen rann. Er versuchte die Fesseln zu lösen, die seine Hände und Oberarme an einem Sessel fixierten, aber der Strick war zu dick. Was war überhaupt passiert? Michail und er hatten zusammen mit dem Alten, der so gut russische Witze erzählen konnte und sich, wie es schien, in Moskau wie in seiner Westentasche auskannte, die Bar verlassen. Aber hatten sie sich noch verabschiedet, oder waren sie sofort auf ihr Zimmer gegangen? Sergej wusste es nicht mehr, genauso wenig hatte er eine Ahnung davon, wo er sich jetzt befand und wo Michail war. Er hatte keine Schmerzen, wie es etwa bei einem Schlag auf den Kopf oder in den Nacken der Fall gewesen wäre. Keine Frage, er war betäubt worden. Er spannte und entspannte abwechselnd seine Muskeln, um das Gift, das man ihm vermutlich eingeflößt hatte, aus dem Körper zu pumpen.

Nach einer Weile bemerkte er, wie sich neben ihm etwas bewegte. Sergej wollte sich bemerkbar machen, brachte aber nur ein unverständliches Grunzen zustande, das sofort von einem ebensolchen beantwortet wurde. Er war also nicht allein. Dem Ton nach war es Michail, der ihm hier Gesellschaft leistete. Als ihm plötzlich der Sack vom Kopf gerissen wurde, zeichnete sich vor seinen geblendeten und halb zusammengekniffenen Augen das Bild eines weißhaarigen grinsenden Mannes im dunkelblauen Blazer ab.

Sergej warf einen Blick auf Michail, dessen Brustkorb sich hob und senkte, als würde er in Kürze explodieren. Dann sah er die professionell geknoteten Fesseln und wusste, dass sie es hier mit keinem Laien zu tun hatten.

»*Privet!* Nun, meinen Herren, haben Sie wohlgeruht?«, fragte der Mann, der sich als Kurt vorgestellt hatte, auf Russisch. Er zog einen Hocker unter einem Bord, auf dem Wäsche gestapelt war, hervor und nahm vor ihnen Platz.

»Bevor ich Sie von Ihren Knebeln befreie, möchte ich Ihnen noch erklären, welche Möglichkeiten Sie haben. Ich bin durch und durch Demokrat und der Meinung, dass jeder seines Glückes Schmied ist. Demnach können Sie den Ausgang unseres Stelldicheins selbst bestimmen. Aber glauben Sie mir, es ist mir völlig einerlei, ob Sie diesen Raum lebend oder in einem Plastiksack verlassen.«

Er räusperte sich und beugte sich zu Michail vor, der wie ein wütender Stier die Luft durch die Nase ausstieß und dessen Kopf hochrot angelaufen war. »Wenn ich Ihnen eine Empfehlung geben darf, junger Mann, dann beruhigen Sie sich erst mal. Wenn Sie mit zugeklebtem Mund noch länger hyperventilieren, werden Sie in nur wenigen Minuten in Ohnmacht fallen und erleben den Ausgang unserer zwanglosen Unterhaltung vielleicht nicht mehr mit, und das wäre doch wirklich schade. Lassen Sie mich also resümieren, was ich bis jetzt über Sie weiß. Einverstanden? Ich werde Ihr Schweigen jetzt einfach mal als Zustimmung werten.«

Kurt schien die Szene zu genießen. Zwei hilflose Männer, beide nur halb so alt wie er, die ihm nicht entkommen konnten. »Sie gehören keinem Geheimdienst an, genauso wenig wie Ihre Vorgänger. Ich darf Ihnen aber versichern, dass ich mit deren Ableben nichts zu tun habe. Sollten Sie jetzt vielleicht denken, dass ich Sie in diese unschickliche Situation gebracht habe, um Sie nach Ihren Auftraggebern zu fragen, dann liegen Sie mit dieser Vermutung falsch. Die kenne ich bereits. Mir geht es einzig und allein darum, zu erfahren, was mit Nikolai Fomin und seiner entzückenden Gattin geschehen ist und welche Rolle Ihre Leute dabei gespielt haben.«

Er stand auf, verschränkte die Hände hinter dem Rücken und

begann wie ein Oberlehrer vor den beiden auf und ab zu gehen. »Ach ja, und Sie werden mir auch darüber Auskunft geben, welche Fortschritte Sie dabei gemacht haben, die Unterlagen für das russische Konsortium zu besorgen, das den Bau der Erdgaspipeline auf keinen Fall bis nach Frankreich ausdehnen will.«

Er blieb stehen und lächelte Sergej an. »Ich werde Ihnen das Klebeband nun entfernen. Da ich davon ausgehe, dass Sie alles versuchen werden, um Aufmerksamkeit zu erregen, ist es jedoch meine Pflicht, Sie darauf hinzuweisen, dass dies unweigerlich zu Ihrem Tod führen wird. Ich weiß nicht, ob es Ihnen entgangen ist, dass in Ihrer Halsschlagader eine Infusionsnadel steckt, die mit einem kleinen Schlauch mit einem ebenso kleinen akkubetriebenen Apparat verbunden ist, in dem wiederum eine Spritze steckt. Ein regelrechtes Wunderwerk der Medizintechnik.« Er holte eine zündholzschachtelgroße Fernbedienung aus der Tasche seines Blazers und hielt sie erst Michail, dann Sergej vors Gesicht.

»Die Eins ist für Sie, die Zwei für Sie, mein aufgebrachter Freund«, sagte er zu Michail. »Früher waren Situationen wie diese weit unbequemer. Ich erinnere mich noch an meine Anfangszeiten, wenn bei Verhören literweise Blut floss, Zähne angebohrt und Gliedmaßen gebrochen und verstümmelt wurden. Schrecklich unappetitlich war das. Dann haben wir von den Amerikanern kurzzeitig die Sache mit dem Strom übernommen, aber das ging viel zu oft schief wie das meiste, was die Exil-Engländer sich ausdenken. Die Verhörten starben nicht selten an Herzversagen, bevor sie überhaupt plaudern konnten. Wissen Sie, man muss mit der Zeit gehen, egal wie alt man ist. Ich liebe diese neuen Spielereien. Sie erleichtern das Leben ungemein. Und dieses winzige Gerät ist der beste Beweis dafür. Es ist auf dreißig Meter fernsteuerbar, eine perfekte Symbiose aus Mechanik und Elektronik. Drücke ich diesen kleinen Knopf, dann fährt der Kolben langsam in die Spritze, die geruch- und farblose Flüssigkeit läuft über den Schlauch in Ihre Halsschlagader, Ihr Herzschlag verlangsamt sich, Sie werden müde, schlafen ein und werden nie mehr aufwachen. Sie glauben mir nicht? Dann erlauben Sie mir, Ihnen eine kleine Kostprobe zu geben. Ich weiß, dass Leute wie Sie nicht gerade zimperlich sind. Wie sagt man bei Ihnen so schön? *Klin klinom vyshibajut*, einen

Keil schlägt man mit einem Keil heraus.« Er schaute erst zu Sergej, dann zu Michail, der die Fäuste ballte, sodass seine Fingerknöchel weiß hervortraten, und zog eine Augenbraue hoch.

»Ich denke, ich werde Sie für meine Kostprobe auswählen. Sie erscheinen mir ein wenig unbeherrscht, junger Mann. Sicherlich würden Sie sofort losbrüllen, wenn ich Ihnen den Knebel entferne.«

Michails Augen weiteten sich, er zog so stark an den Fesseln, dass er seitlich mitsamt dem Sessel umstürzte. »Das funktioniert natürlich auch im Liegen«, sagte Kurt ruhig und drückte die Fernbedienung. Ein leises Surren ertönte, die Maschine arbeitete, und langsam verflachte sich Michails Atmung. Sergej starrte gebannt abwechselnd seinen Kumpel und Kurt an, der nach einigen Sekunden wieder die Fernbedienung betätigte und sich ihm zuwandte.

»So, das reicht jetzt, wir wollen ihn ja nicht gleich umbringen. Aber so entspannt redet es sich gleich viel leichter, nicht wahr? Wenn ich Ihnen jetzt das Klebeband entferne, werden Sie schön ruhig bleiben. Sie haben ja gesehen, wie schnell das Gift wirkt. Sollten Sie also versuchen, sich bemerkbar zu machen, müsste ich mich entfernen, aber vorher wäre ich gezwungen, Sie beide für immer zum Schweigen zu bringen. Sind wir uns darin einig?«

Sergej nickte, und Kurt riss ihm das Klebeband vom Mund. »Also, mein Freund, wo sind die Fomins? Und bitte ersparen Sie sich jede Art der Beleidigung, in meinem Alter reagiert man auf Unflätigkeiten dieser Art äußerst sensibel.«

»Wie sind wir hierhergekommen?«

»Nun, getragen habe ich Sie ganz sicher nicht. Sie sind schon beide bereitwillig mit mir gekommen und fanden es sogar noch sehr amüsant, als ich Sie bat, sich fesseln zu lassen. Nun ja, die Pharmazie macht's möglich.«

»Sie haben uns etwas in die Drinks geschüttet?«

»So ist es, aber das tut jetzt nichts mehr zur Sache, mein scharfsinniger Freund. Beantworten Sie lieber meine Frage: Wo ist Nikolai Fomin?«

»Ich weiß es nicht«, stieß Sergej aus.

»Sind Sie sich da ganz sicher?«

»*Proklyatiye*, ja! Wir sollten doch nach ihm und seiner Frau suchen. Wir haben mit ihrem Verschwinden nichts zu tun.«

»Und wenn Sie sie gefunden hätten? Was hätten Sie mit ihnen gemacht?«

Sergej wand sich in seinem Sessel. »Wir hätten Fomin dazu bringen sollen, seine Unterlagen herauszurücken, und hätten ihn dann hinterher beseitigt.«

»Sehen Sie, mit einer Lüge kommen Sie durch die Welt, aber nicht mehr zurück. So aber sind Sie auf dem besten Weg, das hier zu überleben. Nächste Frage: Wo sind Fomins Akten?«

»Ich habe keine Ahnung. Wir sind ja erst ein paar Tage hier und hatten den Auftrag, uns erst um den Tod unserer beiden Vorgänger zu kümmern.«

Kurt wiegte den Kopf und begann wieder auf und ab zu laufen. »Und was ist mit denen? Habt ihr etwas über ihren Tod herausgefunden? Oder in ihrem Zimmer irgendeinen Hinweis auf die Täter gefunden?«

»Nein, gar nichts. Auffällig war nur, dass ihr Tablet, mit dem sie kommuniziert haben, nicht mehr auffindbar war.«

»Der PC ist weg? Auch nicht im Wagen?«

»Nein, wir haben alles durchsucht. Wir waren sogar bei der Polizei, die Beamten haben uns alles übergeben, was sie bei ihnen gefunden haben.«

»Das ist allerdings sehr merkwürdig. Sie können mir also nicht weiterhelfen? Keine Spur, nicht einmal ein kleiner Hinweis, von dem Sie mir erzählen wollen.«

»Ich sagte doch schon, dass wir erst damit begonnen haben, uns umzusehen. Und wenn die Leute, die uns geschickt haben, mehr wüssten, dann wären wir ganz bestimmt nicht hier.« Sergej biss den Ober- und Unterkiefer zusammen, dass seine kräftigen Backenmuskeln zuckten.

Kurt umkreiste Sergej, und als er sich zu ihm hinunterbeugte, stieß dieser mit dem Kopf nach ihm, doch Kurt wich ihm geschickt aus und versetzte ihm mit seiner Linken einen Haken. Der Siegelring an seinem Finger traf Sergejs Schläfe, Haut platzte auf, und binnen Sekunden lief dem Russen das Blut über Gesicht und Nacken und tropfte auf sein blütenweißes Hemd.

»Ich habe dich gewarnt«, zischte ihn Kurt an und wechselte zum Du. »Hast du gedacht, dass du einen alten Mann so leicht überwältigen kannst? Du hast dich getäuscht! Entscheide dich: Willst du weiterleben?«

Er packte Sergej unterhalb des Kinns und drückte seine Speicheldrüsen schmerzhaft zusammen. »Ich sage dir, was jetzt passiert. Du siehst dich weiter um, aber ich werde als Erster erfahren, wenn ihr etwas herausfindet. Und sollte mir etwas zustoßen, ist euer Leben keinen Pfifferling mehr wert. Ich arbeite für den DGSE. Sagt dir das was?«

Sergej schüttelte den Kopf und versuchte sich aus Kurts schmerzhaftem Griff zu befreien, aber der Ältere ließ ihn von sich aus los und stellte sich breitbeinig vor ihn hin. »Das ist die Directione Générale de la Sécurité Extéreuere, der französische Geheimdienst, du Dummkopf. Du bist noch so jung, ich würde es mir an deiner Stelle zweimal überlegen, was du jetzt antwortest. Verstehst du, was ich will? Ist das ein Deal?«

Sergej nickte.

»Und was verbindet dich mit dem Kerl da?« Kurt deutete auf Michail, der noch immer bewusstlos auf dem Boden lag.

Sergej zuckte mit den Schultern. »Nichts, wir haben erst ein einziges Mal zusammengearbeitet.«

»Dann ist gut. Damit du siehst, dass ich es mit allem ernst meine, was ich sage, wird dein Kumpel jetzt leider dran glauben müssen.«

Sergej wandte sich ab, aber er hätte ohnehin nicht viel gesehen, weil sein linkes Auge von Kurts Schlag längst zugeschwollen war. Das leise Klicken der Fernbedienung ertönte, dann folgte das Surren der Infusionsmaschine, und Michail war Geschichte. Erst als sich plötzlich seine Fesseln lockerten, bemerkte er, dass Kurt hinter ihn getreten war. Sein Zeigefinger lag noch immer auf der kleinen Fernbedienung.

»Ich gehe jetzt. Wenn ich weg bin, wirst du noch ein paar Minuten warten, bis du die Nadel entfernst. Was du mit der Leiche machst, ist deine Sache, aber sie muss von hier verschwinden. Dann machst du wie geplant weiter. Und denk daran, dass ich alles, was du herausfindest, zuerst erfahre. Verschwende keinen einzigen Gedanken daran, mich auszuschalten, denn selbst wenn es dir gelänge, würdest du keine ruhige Minute mehr haben. Meine Firma ist ziemlich nachtragend, wenn es um Schädigung ihrer Mitarbeiter geht. Du kannst sicher sein, dass sie dich fänden, egal wo du dich verkriechen würdest. *Paká*, tschüss!«, rief Kurt ihm zur Verabschiedung zu, glättete eine nicht sichtbare Falte seines Blazers und ließ Sergej allein.

An der Treppe zum Kellerausgang stand Marianna, die Reinemachefrau, und rauchte. Kurt schenkte ihr ein liebenswürdiges Lächeln. »Ich danke Ihnen, dass Sie es mir ermöglicht haben, mit meinen Freunden ungestört zu sprechen. Ich denke, dass es gut wäre, wenn Sie sich heute freinähmen. Vielleicht fühlen Sie sich auch nicht wohl und müssen das Bett hüten?« Er zog seine Brieftasche heraus, zählte fünf Hundert-Euro-Scheine ab und steckte das Geld der kleinen dünnen Frau in die Tasche ihres Arbeitskittels. Marianna, die nur wenige Jahre jünger war als ihr Wohltäter, nickte ernst und verließ wortlos den Keller. Sie hatte verstanden.

18

Schröck hatte verschlafen. Er gab dem vielen Alkohol und vor allem dem bodenständigen Abendessen die Schuld daran, dass ihn ab vier Uhr früh Bauchgrimmen durch seine wirren Träume begleitet hatte. Erst kurz vor elf war er im Frühstücksraum erschienen, als das Personal bereits mit dem Aufräumen beschäftigt war. Er hatte ein Kännchen Kaffee und etwas Brot und Wurst erbeten, was ihm nach demonstrativer Missachtung ob der Verschwendung des herrlichen Tages sogar gewährt worden war. Er hatte sich mit dem Essen beeilt und war schließlich vor dem Lärm des chromglänzenden Industriestaubsaugers geflüchtet, der sich, geführt von einer schwitzenden korpulenten Frau, ausschließlich in seiner unmittelbaren Nähe aufzuhalten schien.

Noch etwas benommen schaltete er sein Mobiltelefon ein und sah, dass er eine Kurznachricht erhalten hatte. Heinrich hatte geschrieben, er solle dringend seine Post durchsehen. Schröck fuhr den Laptop hoch.

Er entschlüsselte Heinrichs Mail, die zwei Anhänge und eine Warnung enthielt: »Lieber Michael, ich schicke dir alles, worum du gebeten hast, auch die Ermittlungsergebnisse, die den angeblichen Suizid betreffen. Sei vorsichtig, der ältere Herr ist mit allen Wassern gewaschen und schreckt vor nichts zurück. Halt die Ohren steif, Klaus«.

Was für ein Narr du doch bist, tadelte sich Schröck. Er hatte sich vom äußeren Erscheinungsbild und vom Alter des Mannes täuschen lassen. Ein Fehler, der ihm eigentlich nicht hätte unterlaufen dürfen. Auch ein alter Wolf wird schließlich grau, was ihn jedoch nicht weniger gefährlich macht. Er öffnete eines der angefügten Dokumente. Unter einer Reihe von drei Bildern, die Kurt als jungen, als mittelalten Mann und im aktuellen Alter zeigten, waren die wichtigsten Informationen über ihn aufgeführt.

Kurts richtiger Name lautete Claude Meyen. Er stand im aktiven Dienst des französischen Geheimdienstes und war 1940 als Sohn eines Lastwagenfahrers im Departement Bas-Rhin, nahe Straßburg, zur Welt gekommen. Nach Abschluss seiner schulischen Ausbildung ging er zur Polizei, wechselte später zur Kripo und war mit sechsundzwanzig vom Geheimdienst angeheuert worden. Er galt als loyal, brutal und teilte die Ideen seines Idols Charles de Gaulle, der die Dominanz der Supermächte, egal ob USA oder damalige UdSSR, kategorisch abgelehnt und der *grande nation* wieder zu ihrem angestammten Stellenwert hatte verhelfen wollen. Claude Meyen, alias Kurt, war Antikommunist und kein Freund der Briten. Nach de Gaulles Rücktritt im Jahr 1969, als dieser am Referendum der Regionalverwaltung und des Senats gescheitert war, da er seinen Plan ohne Befassung der Nationalversammlung hatte durchsetzen wollen, war über Meyen einige Zeit lang nichts bekannt. Man vermutete, dass er als bekennender Gaullist eine Hierarchieebene zurückgestuft worden war. Erst als im Jahr 2000 ein Diplomat und langjähriger Leiter der Verwaltung der Geheimdienstzentrale Chef des DGSE wurde, war der damals sechzigjährige Meyen wieder aus der Versenkung erschienen. In den folgenden Jahren sollte er maßgeblich an der Vorbereitung einer gezielten Tötungsaktion in Spanien beteiligt gewesen sein sowie mit der Rekrutierung und Ausbildung von Agenten zu tun gehabt haben, die trainiert wurden, um andere Menschen zu töten. Das Projekt, das der französische Auslandsnachrichtendienst unter dem Decknamen »HOMO« laufen ließ, erschien Meyen so wesentlich, dass er dem damaligen Verteidigungsminister Alain Richard in einem persönlichen Brief vorschlug, sich nach den Angriffen vom 11. September 2001 zusammen mit der CIA an gezielten Ermordungen zu beteiligen.

Schröck ging zum Fenster, öffnete es und zündete sich eine Zigarette an. Er blies den Rauch langsam aus. Nicht etwa die Skrupellosigkeit des Alten, der offenbar gewohnt war, über Leichen zu gehen, machte ihm Sorgen, sondern die Tatsache, dass er, Schröck, für Liba der Überbringer der schlechten Nachricht sein würde. Seine Haushälterin war seinetwegen in diese Lage gekommen, und das machte ihn wütend. Meyen hatte sie missbraucht, um an Schröck heranzukommen, hatte alle Register gezogen, und Liba war auf ihn hereingefallen. Wie ein Teenager war sie der Hoffnung verfallen, endlich wieder einen Gefährten an ihrer Seite zu haben, den sie seit dem Tod ihres geliebten Josefs, dem sie als junges Mädchen aus

Tschechien nach Deutschland gefolgt war, so vermisste. Oft erzählte sie mit Wehmut von dem zwar anfangs harten, aber dennoch wunderschönen Leben, das sie mit ihrem Mann geführt hatte. Schröck beschloss, sich Meyen vorzunehmen, befreundeter Geheimdienst hin oder her. Er schnippte die Kippe in einen Blumenkasten voller Geranien, der vor seinem Fenster hing, und ging wieder zum Schreibtisch zurück.

Dokument Nummer zwei enthielt Manuels Obduktionsbericht. Alle Anzeichen deuteten auf Selbstmord hin – jedenfalls bei oberflächlicher Betrachtung. Den Ausführungen nach hatte es sich um ein atypisches Erhängen gehandelt, die Blutzufuhr sei noch für gewisse Zeit erhalten geblieben, sodass Manuels Gesicht aufgequollen war und sich Petechien an den Lidern gebildet hatten. An Kehlkopf und Zungenbein hatte man Verletzungen dokumentiert, an den Wirbelscheiben der Lendenwirbelsäule war es zu Blutungen gekommen. An den Beinen und den Oberarmen hatte der Pathologe Fissuren der Haut und leichte Blutergüsse festgestellt. Die Stellen waren gelb markiert worden, und am Rand hatte jemand handschriftlich vermerkt, dass die Österreicher vermuteten, dass die Verletzungen beim Erklettern der Fichte, an der Manuel sich erhängt hatte, entstanden waren. Die Bemerkungen stammten vermutlich von Heinrich.

Als Schröck auf die zweite Seite blätterte, stieß er auf einen Absatz eines deutschen Experten, dem Heinrich den Bericht zur Analyse vorgelegt hatte. In ihm wurde der Selbstmordtheorie widersprochen. Vielmehr ging der Experte davon aus, dass Manuel an den Armen festgehalten und bis zur Bewusstlosigkeit mit einem Strick gewürgt worden war. Wahrscheinlich hatte er noch gelebt, als man ihn mit demselben Strick aufgehängt hatte. Das würde auch die beschriebene Blauverfärbung des Gesichts und die Staublutungen erklären. Hatte man ihn an den Beinen hochgehoben, so konnte dies der Grund für die Abschürfungen an den Waden sein. Trotzdem sei nicht zweifelsfrei erwiesen, dass es sich um Fremdeinwirkungen handelte, deshalb hätten die Österreicher das Verfahren wohl abgeschlossen.

Schröck bezweifelte nicht, dass Manuel umgebracht worden war. Kurt schied als Täter aus, er arbeitete allein und hätte Manuel nicht gleichzeitig fixieren und würgen können. Blieben nur mehr die beiden Russen. Waren sie ihm vielleicht wegen des Geldes auf die

Spur gekommen und dachten, er hätte auch den Tablet-PC gestohlen? Schröck überflog noch einmal den Bericht. Es hatten sich keine Chemikalien im Blut und auch keine Reste von Alkohol gefunden. Hätten die Täter etwas von Manuel erpressen wollen, hätten sie ihn doch gefoltert, oder? Aber Anzeichen darauf waren auch nicht festgestellt worden. Schröck seufzte. Das passte doch alles nicht zusammen.

Er ging ins Badezimmer und seifte sich das Gesicht ein. Er hatte gerade zwei Bahnen mit dem Nassrasierer in den Schaum gezogen, als das Zimmertelefon läutete. Hastig wischte er sich Mund und Wange frei, lief mit dem Handtuch in der Hand aus dem Bad, warf sich aufs Bett und angelte sich den Hörer vom Nachttisch. »Ja, bitte!«

Ein paar Sekunden war am anderen Ende nichts zu hören, dann meldete sich leise eine weibliche Stimme: »Herr Schröder?«

»Ja, am Apparat, mit wem spreche ich?«

»Ich bin's, Romy.«

Schröck musste kurz überlegen. »Vom Kaffeehaus? Wie geht es Ihnen, wie geht es Ihrer Schwester? Ist schon wieder etwas passiert?«, fragte er besorgt.

»Nein, mit Sonja ist so weit alles in Ordnung. Sie ist auf dem Weg der Besserung und wird in ein paar Tagen wieder entlassen. Aber deswegen rufe ich nicht an.« Wieder entstand eine Pause.

»Sondern?«

»Manuel war am Tag vor seinem Tod noch bei mir. Er hat mir alles erzählt.«

»Was?«

»Na, alles über Ihren Auftrag und dass er Ihnen dabei helfen würde.«

Manuel hatte seine Klappe also nicht halten können. »Hm.«

»Ich weiß, er hätte nichts davon sagen sollen«, sagte sie mit weinerlicher Stimme, »aber irgendwie sind wir auf die Fomins zu sprechen gekommen und wie sie dem Dorf wieder auf die Beine geholfen haben. Und dann hat er gesagt, dass er sich für Sie wegen ihres Verschwindens umhören soll.«

»Und was, wenn es so gewesen wäre?«

»Manuel ist tot!«, rief sie in den Hörer und schluchzte auf. »Und er hat sich ganz bestimmt nicht umgebracht. Warum denn auch?«

»Das glaube ich allerdings auch«, sagte Schröck.

»Ich muss mit Ihnen reden«, sagte sie entschlossen. Und als Schröck nicht sofort reagierte, fuhr sie fort: »Er hat Sie in der Nacht angerufen, in der es passiert ist. Er hat mir erzählt, dass er Sie nicht erreicht hätte, und mir aufgetragen, Sie zu informieren, falls ihm etwas zustoßen sollte. Er sagte, er würde verfolgt. Ich habe ihm zuerst nicht geglaubt. Manuel hat oft Unsinn geredet und ziemlich angegeben, aber als ich am nächsten Tag erfahren habe, dass er tot ist, da habe ich mir Vorwürfe gemacht und …« Sie stockte, schluchzte, bekam keine Luft. »Die Sonja hat den Anruf mitgehört und nachgefragt. Dann habe ich ihr alles erzählt.«

»Jetzt beruhigen Sie sich erst einmal. Ich danke Ihnen, dass Sie mich angerufen haben. Und ja, Manuel war mir eine große Hilfe bei meinen Ermittlungen. Ich bedaure seinen Tod sehr«, sagte Schröck. Offenbar war die Beziehung der beiden doch ernsthafterer Natur gewesen, als er gedacht hatte, jedenfalls von Romys Seite aus. »Was hat er Ihnen sonst noch erzählt?«

»Können wir uns treffen?«

»Natürlich. Wann und wo? Soll ich zu Ihnen ins Kaffeehaus kommen?«

»Das wäre keine gute Idee. Kennen Sie das Fuchsloch?«

»Wo die Fomins wohnten?«

»Genau. Dort sind wir ungestört, und ich kann Ihnen etwas zeigen.«

»Einverstanden. Und wann?«

»Ich muss heute Nachmittag arbeiten, aber gegen sechs sollte meine Ablösung kommen. Manchmal verspätet sie sich allerdings.«

»Okay, dann werde ich ab halb sieben unterhalb des Anwesens auf Sie warten. Sie kommen, wenn Sie fertig sind.«

»Danke«, sagte sie erleichtert. Sie schien unter starkem Druck zu stehen und froh zu sein, dass sie ihr Wissen bald mit ihm teilen konnte. »Wenn ich nicht rechtzeitig wegkomme, können Sie sich in der Zwischenzeit den Zaun auf Höhe des Swimmingpools ansehen. Manuel hat gesagt, dass er da etwas entdeckt hätte. Er war total in Panik.«

Schröck bedankte sich und legte den Hörer auf. Dann ging er zurück ins Bad und vollendete seine Rasur.

19

Schröck lag angezogen auf seinem Bett und beobachtete eine Schnake, die sich zum Verdauen ihrer nächtlichen Mahlzeit in den Schatten des Kleiderschranks zurückgezogen hatte. Sein Arm juckte, das blöde Vieh hatte ihn am Unterarm und am Ballen der rechten Hand erwischt. Die Luft im Zimmer war trotz offenem Fenster stickig. Schröck schätzte die Temperatur auf um die dreißig Grad. Er schaute auf seine Armbanduhr, die er auf das Nachtkästchen gelegt hatte: Es war fast vier. Manuel hatte also sein Wissen mit Romy geteilt. Das war einerseits gut, andererseits brachte das die junge Frau vielleicht ebenso in Gefahr. Er warf sich auf die andere Seite des Bettes, sprang dann auf und blinzelte vom Fenster aus ins helle Sonnenlicht Richtung Kaffeehaus. Ein paar Rücken und Beine waren zu sehen, der Rest der Gäste wurde von ausladenden Sonnenschirmen verdeckt. Eine Zeit lang stand er da, als endlich Romys nach Irokesenart nach oben gekämmter schwarzblauer Schopf auftauchte. Mit einem Tablett in der Hand räumte sie einen Tisch am Rand des Gastgartens ab. Beruhigt warf er sich zurück aufs Bett. Solange sie unter Leuten war, sollte sie sicher sein.

Ein Klopfen an seiner Zimmertür riss ihn aus seinen Gedanken. Er stand auf.

»Paketdienst«, kam es gedämpft durch die Tür.

Paketdienst? Schröck hatte nichts bestellt. Die Szene kannte selbst er aus Filmen. Jemand klopfte an die Zimmertür, gab sich als Zimmerservice oder dergleichen aus, und ehe man sich versah, war man auch schon ein toter Mann.

Leise öffnete er den Schrank, griff, ohne die Zimmertür aus den Augen zu lassen, unter seinen Unterwäschestapel und holte die Pistole hervor. Als er sie in Anschlag bringen wollte, fiel ihm ein, dass kein Magazin in der Waffe war. Wie es sich für einen aufrechten Polizeibeamten gehörte, bewahrte auch Schröck Waffe und Magazin getrennt auf. Er schüttelte den Kopf, schließlich war er jetzt kein Polizist mehr, sondern ein Agent. Er schob das

Magazin in die Pistole, postierte sich seitlich neben dem Türstock, drehte den Schlüssel um und riss die Tür auf, die Waffe mit dem Lauf nach unten auf Oberschenkelhöhe.

Draußen stand ein Mann um die vierzig in einer blauen Jacke und mit einem Käppi auf dem Kopf. Er hielt ein Paket in der Hand und schaute grinsend den Gang entlang. »Die brauchen Sie nicht«, sagte er und deutete mit dem Kopf auf die Waffe. »Die Firma schickt mich, beste Grüße von Herrn Heinrich soll ich ausrichten. Sie sollen etwas für mich haben. Darf ich hereinkommen?«

Noch immer wachsam trat Schröck zur Seite und ließ den Mann eintreten. Er stellte das Paket auf dem Schreibtisch ab, zog seine Jacke hoch und fuhr mit der Hand zu seiner Gesäßtasche. Reflexartig brachte Schröck die Waffe in Anschlag, was den Mann dazu veranlasste, ihm seine Handflächen entgegenzustrecken. »Bitte erschießen Sie mich nicht. Ich wollte Ihnen nur meinen Ausweis zeigen. Darf ich?«

Schröck nickte.

Der Bote hielt ihm seinen Ausweis hin. Schröck prüfte ihn, gab ihn zurück und schob die Waffe wieder unter den Stapel seiner Unterhosen.

»Da ist Massageöl drin.« Der Mann zeigte auf die Schachtel, die er mitgebracht hatte. »Sie haben eine Allergie gegen herkömmliche Öle, deshalb haben Sie sich bei einem Online-Shop verträgliches bestellt. Würden Sie mir bitte jetzt den Tablet-PC aushändigen, Herr Schröck?«

»Natürlich«, sagte Schröck erleichtert. »Er ist hinter dem Bett. Wenn Sie vielleicht kurz Platz nehmen wollen?«

»Danke, aber ich stehe lieber. Außerdem wäre es nett, wenn Sie sich beeilen würden. Ich muss gleich wieder, ich stehe mit meinem Wagen vor dem Eingang.«

Der Mann half dabei, das Bett zur Seite zu rücken, dann löste Schröck die Klebebänder vom Holz und übergab ihm das Gerät, das der Bote unter seine Jacke schob.

»Das Ergebnis bekommen Sie, sobald wir den PC untersucht haben.« Er ging zur Zimmertür, öffnete sie und rief im besten Tirolerisch: »Auf Wiedersehen, und danke für das Trinkgeld, vergelt's Ihnen Gott!«

Schröck öffnete das Paket. Es enthielt zwei braune Plastikflaschen, Avocado- und Mandelöl, Letzteres bevorzugt zur Hautstraffung zu verwenden, wie er dem Etikett entnahm. Er verzog das Gesicht. Beide Flaschen hatten ein Fassungsvermögen von je einem Liter. Damit könnte er sich monatelang massieren lassen. Er stellte den Karton unter den Schreibtisch.

Halb sechs. Bis zum Haus der Fomins waren es nur knapp fünfzehn Minuten. Er hatte also noch Zeit, sich zu vergewissern, dass drüben im Café alles in Ordnung war.

Er warf einen schnellen Blick auf den Platz, konnte aber Romy nicht entdecken. Nachdem er das Fenster geschlossen und die Vorhänge vorgezogen hatte, war er schon an der Tür, als er noch einmal zurückging und einen verstohlenen Blick Richtung Kleiderschrank warf. Langsam nahm er ein Kissen vom Bett und schleuderte es dann mit großer Wucht auf die Schnake. An der Stelle, wo das Insekt gewesen war, befand sich jetzt ein dunkelroter Blutfleck. Zufrieden hob Schröck das Kissen vom Boden auf und legte es wieder aufs Bett zurück.

***

Fast wäre er auf dem Korridor mit einer kleinen hageren Frau im beigen Putzkittel zusammengestoßen. Als er ihr auswich, entschuldigte er sich höflich. Sie murmelte etwas als Antwort und zog den Kopf ein. Unsicher, was er tun sollte, nickte Schröck ihr noch einmal zu und ging weiter. Dann aber überlegte er es sich anders und drehte sich um. »Entschuldigen Sie!«

Sie war gerade dabei, mit einem kleinen Staubsauger im Schlepptau in einem Zimmer zu verschwinden, hielt aber inne. »Meinen Sie mich?«

»Ja.« Schröck ging auf sie zu. Als er bei ihr war, fragte er leise: »Sie kannten doch den Manuel?«

»Natürlich, den kannte hier doch jeder.«

»Mein Name ist Schröder, ich wohne in Zimmer zehn.«

»Ich weiß«, sagte sie gedehnt.

»Und ich weiß, dass Sie Manuel den Tipp mit dem Geld im Zimmer der beiden toten Russen gegeben haben.«

Es war ein Schuss ins Blaue, aber Schröck hatte ins Schwarze getroffen. Die Augen der Frau wurden groß, sie begann zu zittern.

»Ich bin ganz zufällig darauf gestoßen, als ich den Schrank ausgewischt habe. So viel Geld, ich habe es ihm halt erzählt.«

»War ja nicht umsonst, nicht wahr?«

»Er hätt mir nichts abgeben müssen«, sagte sie trotzig.

»Das mit dem Geld ist mir egal. Aber was mich interessiert, ist, was Sie in meinem Zimmer gesucht haben.« Er erwartete, dass sie seine Behauptung abstreiten würde, aber da hatte er sich geirrt.

»Ihr habt doch eh alle so viel. Euch ist es doch vollkommen egal, wie wir kleinen Leute über die Runden kommen.«

»Und da haben Sie einfach die Liga zur Umverteilung gegründet?«

»Lassen Sie mich in Frieden, ihr kommt doch sowieso alle in die Hölle!«, keifte sie. »Der Manuel war ein guter Bub, aber er hat sterben müssen, weil niemand den Hals voll genug kriegt. Ein Schaden seid ihr, ihr Fremden, die ihr unser Dorf verderbt. Die Geldgier ist doch die Wurzel alles Bösen. Alle, die sich ihr hingegeben haben, sind vom Glauben abgefallen und haben sich selbst viel Schmerz zugefügt, so steht es in Timotheus 6,10.« Beschwörend fuchtelte sie mit ihrem knochigen Zeigefinger herum.

Spätestens jetzt war Schröck klar, dass die Frau nicht richtig tickte. Fehlte nur noch, dass sie ein Kreuz aus ihrem Kittel holte und es ihm vor die Nase hielt.

»Der Manuel war ein guter Bub, nicht so wie mein eigener. Der hat sich vom rechten Weg abgewandt. Dabei haben wir immer darauf geschaut, dass er eine ordentliche Ausbildung kriegt. Und was ist aus ihm geworden? Was ist aus ihm geworden?«

»Ich habe keine Ahnung«, sagte Schröck und drehte sich zum Gehen um. Die arme Frau ereiferte sich so stark, dass er befürchtete, sie würde noch einen Herzinfarkt erleiden, wenn sie so weitermachte. »Also dann, ich wünsche Ihnen noch einen schönen Tag, Frau …«

»Ich bin die Marianna! Nur damit du es weißt, wenn du dich über mich beschweren gehst!«, rief sie ihm nach.

In der Lobby grüßte ihn Burgi und fragte bei seinem Anblick besorgt, was los sei.

»Eigentlich nichts, ich bin nur der Reinemachefrau über den Weg gelaufen, Sie ist ein wenig … Keine Ahnung, wie ich das ausdrücken soll.«

»Ich versteh schon. Hat sie Sie belästigt? Gewöhnlich hält sie sich zurück.«

»Ist schon okay. Ihr fehlt der Manuel wohl sehr, nicht wahr?«

»Hat sie das gesagt?« Ein Anflug von Traurigkeit huschte über das Gesicht des Mädchens. »Sie hat ihn sehr gemocht, er war fast wie ein Sohn für sie, und jetzt hat sie ihn auch noch verloren.«

»Ist ihr eigener Sohn denn auch gestorben? Wie sie sich angehört hat, hatten sie wohl kein besonders gutes Verhältnis zueinander.«

»Wo denken Sie hin, aber als Sohn ist es bestimmt auch nicht leicht, mit ihr und ihrem religiösen Wahn klarzukommen.« Sie beugte sich über den Tresen. »Und trotzdem: Wenn der Sohn seine alte Mutter zum Putzen schickt und selbst in Saus und Braus lebt, dann ist das auch nicht richtig.«

»Also lebt er doch noch?«, fragte Schröck, neugierig geworden.

»Natürlich, Mariannas Sohn ist der Baumeister Felber.«

»Tatsächlich?« Der untersetzte grauhaarige Mann in dem hellen Sommeranzug hatte die Andreasfurther Abordnung angeführt, die Sonja im Krankenhaus besucht hatte.

»Ja, aber ich will nichts gesagt haben. Eigentlich geht es mich auch gar nichts an.« Sie nahm Schröcks Zimmerschlüssel vom Tresen und hängte ihn ans Schlüsselbrett. »Und trotzdem gehört sich das nicht.«

»Da haben Sie vermutlich recht. Ich muss jetzt. Einen schönen Abend.«

»Den wünsche ich Ihnen auch, Herr Schröder.«

Schröck bedankte sich und verließ das Hotel.

20

Seit gut einer halben Stunde wanderte Schröck auf dem staubigen Weg vor dem Haus der Fomins auf und ab. Wann immer das Geräusch eines Autos von der Bundesstraße zu ihm herüberdröhnte, reckte er den Hals, aber keines der Fahrzeuge bog auf die Zufahrtsstraße ein.

Kurz war er an der Kapelle stehen geblieben. Daneben, hinter einer großen Fichte, lagen aufgeschichtet Äste, vermutlich hatte man sie abgesägt, um Manuels Leiche bergen zu können. Ein paar Absperrbänder flatterten noch im warmen Sommerwind, am Kapelleneingang lag ein Strauß Blumen, langstielige Callas mit einer roten Rose in der Mitte. Er hatte sich ein wenig umgesehen, aber es machte keinen Sinn, nach Spuren zu suchen. Die Reifen der Einsatzfahrzeuge hatten den tiefen Boden aufgerissen. Falls es Spuren gegeben hatte, waren sie längst zerstört.

Drei viertel sieben. Noch immer flimmerte die Luft in der Sonne über dem Schotterweg. Er versuchte, sich keine Sorgen zu machen. Romy hatte am Telefon ja angedeutet, dass es etwas später werden könnte. Schröck beschloss, die Zeit zu nutzen und sich die Stelle im Zaun ansehen, von der ihr Manuel erzählt hatte.

Er schlenderte zu dem massiven Gitter, hinter dem die zeitgesteuerte Poolpumpe blubberte. Zwei Liegebetten und ein kleines Tischchen standen auf einem erhöhten Plateau aus edlem tropischen Hartholz. Alles wirkte, als wären die Bewohner nur kurz ins Haus gegangen, um sich einen Drink zu holen. Bei oberflächlicher Betrachtung schien mit dem Zaun alles in Ordnung zu sein, aber als sich Schröck die Gitterstäbe genauer ansah, entdeckte er ein etwa fünfzig mal fünfzig Zentimeter großes Stück, das herausgeschnitten und wieder eingesetzt worden war. Wer auch immer das getan hatte, er hatte sich sogar die Mühe gemacht, alles wieder so glatt zu polieren, dass die Schnittstellen kaum zu erkennen waren. Das Loch war groß genug gewesen, dass sich ein erwachsener Mann hindurchzwängen und so unbemerkt auf das Grundstück gelangen konnte. Schröck ging in die Hocke und strich mit den Fingern darüber. Oberhalb der Stelle hatte der Zaun schon etwas Patina angenommen. Das Flickwerk war also nicht bei der Montage der Einfriedung entstanden. Schröck erhob sich wieder und ging zurück zu seinem Wagen. Noch immer keine Spur von Romy, dabei war es schon bald sieben. Und wieder war da dieses ungute Gefühl in seiner Magengegend. Er setzte sich ins Auto und fuhr los. Wenn Romy auf dem Weg zu ihm war, würde sie ihm entgegenkommen.

Während er zurück nach Andreasfurth fuhr, hatte er immer auch ein Auge auf die Gegenfahrbahn. Um diese Zeit waren nur mehr wenige Fahrzeuge unterwegs, und als er zum Ort abbog, war er sicher, dass er Romy nicht übersehen hatte. Er parkte den Wagen vor der Touristeninformation, stieg aus und warf einen kurzen Blick auf die wenigen Gäste, die abends noch im Gastgarten vor dem Café saßen. An der Tür zum Lokal fing er einen jungen Burschen ab, der mit einem beladenen Tablett herauskam, und erkundigte sich nach Romy. Sie sei schon seit sechs außer Dienst, sagte der Mann, aber wo sie sei, wisse er nicht. Vielleicht ja in ihrem Zimmer? Der Eingang sei im Hof, man müsse durch den Gastraum gehen und an den Toiletten vorbei, dann würde man auf die Tür mit der Aufschrift »Privat« stoßen. Schröck bedankte sich und ging hinein.

Der Innenhof war eine Sehenswürdigkeit für sich. Unter dem ausladenden Holzdachstuhl schlängelten sich gemalte Weinranken, ein breiter Holzbalkon, gestützt von massiven Steinnasen, verlieh dem Haus ein burgähnliches Aussehen. Alles war aufwendig renoviert worden, selbst die alten Steinplatten schienen neu verlegt und glatt geschliffen worden zu sein. Unter den Fenstern wucherten dunkelrote Balkonblumen in ihren Kästen. Ein Stück weiter hinten führte eine Treppe in den ersten Stock hinauf. Schon nach ein paar Schritten hörte Schröck zwei Stimmen, eine männliche und eine weibliche, dem Anschein nach in ein Streitgespräch vertieft. Worum es ging, war jedoch nicht zu verstehen. Er ging auf die Treppe zu, als plötzlich eine Tür aufflog, Romy zum Balkon lief und sich auf das Geländer stützte. Sie schien wütend zu sein. Als sie Schröck erblickte, erschrak sie zuerst, wollte ihm dann aber etwas zurufen, doch da erschien bereits ihr Vater hinter ihr, sodass sie Schröck nur einen verzweifelten Blick zuwerfen konnte.

»Alles in Ordnung?«, fragte er.

Aber Romy wurde schon von Brünner zur Seite gedrängt. »Was wollen Sie hier?«, brüllte er, hochrot im Gesicht.

»Ich habe Romy gesucht. Ich wollte sie nur etwas fragen«, sagte Schröck ruhig.

»Verlassen Sie mein Haus, Sie haben im Privatbereich nichts verloren!«

Schröck musterte den aufgebrachten Mann, der die Ärmel seines Hemds aufgekrempelt hatte und so wirkte, als würde er auch nicht vor Handgreiflichkeiten zurückschrecken.

»Das mag für Sie gelten, aber ich will nicht mit Ihnen, sondern Ihrer Tochter zu reden. Und ich denke, mit wem sie spricht oder nicht, hat einzig und allein sie zu bestimmen.«

»Bitte gehen Sie«, sagte Romy, noch bevor Brünner etwas entgegnen konnte, und schaute Schröck flehend an.

Er kniff die Lippen zusammen, nickte und drehte sich um. »Sie wissen ja, wo ich zu erreichen bin.«

»Hauen Sie bloß ab!«, rief Brünner ihm noch nach, als Schröck schon fast wieder an der Tür zum Kaffeehaus war.

Durch den Gastraum verließ er das Kaffeehaus. Wie in einem Hochglanz-Werbeprospekt schwebte der rotgelbe Sonnenball über den Bergen, Idylle pur. War das Leben in den Dörfern nicht überall gleich? Egal ob man Andreasfurth oder sein Zuhause Schönbergmoos betrachtete, die Dorfgemeinschaft, das Getratsche, die ewige Präsenz der Nachbarn, die sich von Kindesbeinen an kannten, die gemeinsame Vergangenheit, alles zusammen legte sich um die Brust der Bewohner wie ein Korsett, das einerseits stützte, andererseits einem aber auch die Luft zum Atmen nahm. Ein Tourist zu sein, das war eine Sache, eine ganz andere aber, in dieser von steinernen Mauern umgebenen Landschaft zu leben.

Schröck betrat nachdenklich den Speisesaal vom »Lazarushof«. Die Gäste plauderten angeregt über das, was sie am Tag erlebt hatten. Schröck bestellte ein Bier, und als ihm das Abendessen serviert wurde, stocherte er lustlos darin herum. Der Appetit war ihm vergangen. Als er beim Kaffee war, betrat Kurt, alias Meyen, gefolgt von einem der beiden Russen, den Raum. Der falsche Kurt nickte Schröck freundlich zu, der Russe schaute an ihm vorbei, dann setzten sie sich gemeinsam an einen Tisch nahe der Terrassentür. Schröck beobachtete sie. Er konnte nicht verstehen, was sie sprachen, aber der Gesichtsausdruck des Russen war alles andere als freundlich. Während Kurt, der Schröck den Rücken zukehrte, auf den Riesen einredete, hatte es den Anschein, als widerte diesen der weißhaarige Alte an. Der Mann hockte so verkrampft auf seinem Stuhl, als würde er am liebsten aufstehen und gehen. War es nur Höflichkeit, die ihn am Tisch hielt? Schröck glaubte nicht. Der Alte redete und redete, und der Russe nickte wie ein genervter Halbwüchsiger, dem der Vater die Leviten liest.

Schröck beschloss, aufs Zimmer zu gehen. An der Rezeption winkte ihm Burgi zu, schlüpfte unter der Tresenklappe hindurch und drückte ihm zusammen mit seinem Schlüssel einen Briefumschlag in die Hand. Waren das schon die Ergebnisse der Computeranalyse des Tablet-PCs, die Heinrich ihm auf die Weise zukommen ließ? Aber warum schickte er ihm keine E-Mail?

»Sonja ist aus dem Krankenhaus entlassen worden. Sie hat das Kuvert für Sie abgegeben.«

»Wie geht es ihr?«, fragte Schröck und bemühte sich, seine Verwunderung zu unterdrücken.

»Na ja, unverändert, würde ich sagen. So was heilt ja auch nicht nach ein paar Tagen im Krankenhaus«, sagte die Rezeptionistin mit einem mitleidigen Gesichtsausdruck.

Schröck bedankte sich und ging mit dem Umschlag auf sein Zimmer.

21

Schröck musste sich eingestehen, dass er bis jetzt nur am Außenputz der Wand herumkratzte, hinter der sich die Lösung des Falles verbarg. Und er wusste nicht einmal, ob es die richtige Mauer war, an der er sich abarbeitete. Libas Casanova, vermutlich auch die Russen und wer weiß, wer sich noch in diesem Bergdorf herumtrieb, sie alle verfolgten, wenn man es recht bedachte, dasselbe Ziel wie er: Sie suchten nach den Fomins, die sich angeblich klammheimlich aus dem Staub gemacht hatten.

Schröck steuerte seinen Wagen über die nasse Fahrbahn durch dampfende Wasserschleier. In der Nacht hatte wieder Regen eingesetzt. Die Gäste waren müde im Frühstücksraum erschienen, ratlos, was sie mit dem Tag anfangen sollten. Der Wetterdienst hatte vor Touren und Wanderungen auf Wegen mit glatten Steinen und Wurzeln gewarnt und angekündigt, die unbeständige Wetterlage würde auch in den nächsten Tagen anhalten. Ein paar Verwegene hatten zwar beim Frühstück demonstrativ Regenkleidung getragen, aber die anderen Gäste hatten so eine Leichtfertigkeit nur mit Kopfschütteln quittiert.

Was mach ich hier eigentlich?, fragte sich Schröck, sein Blick auf die Scheibenwischer gerichtet, die monoton hin und her über die Scheibe quietschten. Aus dem Brief, den Sonja im Hotel für ihn hinterlassen hatte, der im eigentlichen Sinn gar kein Brief, sondern nur ein hastig beschriebener Zettel gewesen war, ging hervor, dass Manuel beim Höllerer gewesen war, die grünen Lacksplitter zweifelsfrei vom grünen Land Rover des Bauern stammten und der Wagen an der Seite beschädigt war. Obwohl sich Schröck keine wesentlichen Erkenntnisse bezüglich seines eigentlichen Auftrags versprach, war er jetzt auf dem Weg zum Höllererhof. Er bog auf den gleichnamigen Güterweg ab, dann rumpelte der Wagen über tiefe, mit milchigem Wasser gefüllte Schlaglöcher, bis vor ihm zwei windschiefe Heuschober auftauchten, hinter denen ein kleiner Bauernhof stand, der schon bessere Zeiten gesehen hatte.

Vor dem Haus parkten der grüne Land Rover, ein alter Traktor und ein rostiger Heuwagen. Schröck stellte sein Auto unter einem Nussbaum ab, stieg aus und lief von mehrstimmigem Hundegebell begleitet durch den Regen und über den matschigen Boden zum Haus. Er fand keinen Klingelknopf, klopfte, und als niemand antwortete, drückte er die Klinke hinunter. Die Tür war unverschlossen, der dunkle Korridor dahinter leer. »Hallo! Jemand zu Hause?«

Schröck hörte jemanden über den ächzenden Holzboden schlurfen, dann öffnete sich eine Tür, und ein großer, schlaksiger Mann mit Bartstoppeln im Gesicht erschien. Die Ärmel seines blauen Arbeitsoveralls hatte er um die Hüfte zusammengebunden, seine nackten Füße steckten in Holzclogs.

»Was wollen Sie?« Er schien kein Freund von unangekündigten Sonntagsbesuchen zu sein.

»Ich komme wegen Ihres Wagens«, sagte Schröck.

»Sind Sie von der Polizei? Ich habe Sie hier noch nie gesehen.« Der Mann beäugte Schröck misstrauisch.

»Nicht direkt, aber ich habe ein paar Fragen an Sie.«

Wortlos trat der Bauer zur Seite, und Schröck ging aufs Geratewohl auf eine offen stehende Tür zu.

»Hat Sie die Versicherung geschickt?«

Schröck wandte sich zu ihm um. »Nein«, sagte er und betrat die Stube.

»Was wollen Sie dann vor mir?«

»Warum, denken Sie, könnte sich die Polizei wohl für Ihr Auto interessieren?« Schröck schaute sich im Zimmer um. Es gab sie also doch noch, die Menschen fernab vom harmonisch verklärten Landleben, das man den Städtern vorgaukeln wollte. Der Raum sah aus, als wäre eine Horde wilder Bauernkämpfer durchgezogen. Er war mehr eine Gruft als eine gemütliche Stube. In der Luft hing der Geruch von Angebranntem und Lagerfeuer. Neben einem schmuddeligen Tischherd hing eine Spüle, die von schmutzigen Tellern und Töpfen überquoll. Durch eine Tür auf der gegenüberliegenden Seite fiel der Blick in ein finsteres Zimmer, in dem der Umriss eines Doppelbettes auszumachen war. Den ärmlichen Eindruck der Stube rundeten eine alte Anrichte, eine Eckbank, ein massiver Holztisch mit ausladenden Beinen und zwei Sessel, die keinen vertrauenswürdigen Eindruck mehr machten, ab. Durch die schmutzigen Fensterscheiben drang an dem trüben Tag nur wenig Licht ins Zimmer. Die matte Birne, die in einem angeschlagenen Keramiklampenschirm hing, war keine große Hilfe.

»Wohnen Sie allein hier?«, fragte Schröck.

»Nein, mit meinem Vater.«

Schröck warf einen Blick auf die verschlissene Bankauflage, überlegte kurz, fragte dann aber doch: »Darf ich mich setzen?«

»Wenn Sie mir dann verraten, was Sie von mir wollen.«

Schröck machte Anstalten, sich am Kopfende des Tisches niederzulassen.

»Da nicht, da sitzt der Vater«, fuhr ihn der Mann an.

Es blieb Schröck also nichts anderes übrig, als mit einem Sessel vorliebzunehmen, dessen Zustand er vollkommen richtig eingeschätzt hatte: Die Beine wackelten bei der kleinsten Bewegung.

Der Bauer schaute ihn auffordernd an.

»Mein Name ist Schröder, mich würde interessieren, wie der Lack Ihres Fahrzeugs auf –«

»Ich kenne Sie doch. Sie sind beim Doktor gewesen, als ich ihm eine aufs Maul gehauen habe.«

»Das leugnen Sie nicht?«

»Warum sollte ich? Ich bedaure nur, dass ich nicht fester zugeschlagen habe. Hat er Sie geschickt?«

»Nein, ich bin aus eigenen Stücken hier. Der Doktor hat nichts damit zu tun.«

»Da haben Sie aber Glück gehabt. Ich dachte schon, jetzt hetzt er mir auch noch einen Deutschen auf den Hals, um mir meine Wiese abzujagen.«

»Welche Wiese?«

»Na, die hinter seinem Protzbau. Die gehört seit Generationen unserer Familie.«

»Und was will er damit?«

»Auf dem Grundstück ein Sanatorium bauen, damit er den Fremden noch mehr Geld abknöpfen kann, wenn sie sich im Winter beim Skifahren die Knochen brechen. Seit sie in Kitz das Krankenhaus zugesperrt haben, bringt man alle Verletzten nach St. Johann ins Spital. Der gute Herr Doktor erhofft sich ein

Riesengeschäft mit den Touristen, weil wir näher am Skigebiet liegen.«

»Und Sie wollen nicht verkaufen?«

»Er hat mir zugegebenermaßen einen Batzen Geld dafür geboten, aber ich kann nicht. Was sollen denn dann unsere Kühe fressen? Jeder Bauer hier wartet nur darauf, dass sein Grünland zu Bauland wird. Aber ich würde in der näheren Umgebung keinen Ersatz bekommen. Ist ja sowieso schon alles bebaut.« Er setzte sich aufrecht hin und sagte mit fester Stimme, als hielte er eine Rede vor einer Versammlung: »Überhaupt die Bebauung. Immer schlimmer wird das. Die Fremden überrollen unsere Heimat. Sie haben sich mit ihrem Geld bei uns eingekauft, diktieren uns die Preise und bestimmen die Gesetze. Und wir Einheimische sind so blöd und machen da mit. Glauben Sie denn, man könnte von dem bisschen Milchgeld leben, das wir bekommen? Das sind nur Almosen, mehr nicht. Und als meine Frau einen Hofladen aufmachen wollte, haben sie nach Zertifikaten gefragt. Haben Sie eine Ahnung, was so ein Zertifikat kostet? Die große Villa drüben beim Angererhof, kurz vor der Einfahrt nach Furth, die gehört dem Tierarzt. So viel, wie der für so ein Gutachten verlangt, bringt ein Laden im ganzen Jahr nicht ein. Scheiß EU!«

Das Letzte, was Schröck wollte, war, sich jetzt auf eine EU-Debatte einzulassen. Selbst mit dem Argument von der Frieden schaffenden Gemeinschaft würde er bei dem wehrhaften Mann, der Ärzte verprügelte und dessen Schrotflinte an der Hakenleiste über der Tür hing, kaum punkten. Er musste das Thema wechseln. »Sie sprachen gerade von Ihrer Frau. Wo ist sie denn?«

»Vor vier Jahren gestorben.« Er machte ein schmerzverzerrtes Gesicht.

»Was ist passiert?«

»Wir haben das Heu eingebracht, und der Wischbaum, die Stange, die die Fuhr am Wagen hält, hat sie vom Anhänger geschleudert. Der Strick ist gerissen. Sie hat sich das Genick gebrochen.«

»Das tut mir leid.«

»Ja, mir auch. Also, was wollen Sie jetzt von mir?«

Im selben Augenblick kam der Altbauer in die Stube und mit

ihm ein Schwall nach Stall riechender Luft. Er streifte seine Stiefel ab, stellte sie auf den Gang und blinzelte Schröck an. »Dich kenn ich doch. Habe ich dich nicht am Fuchsloch getroffen?« Er ging um den Tisch herum und setzte sich auf seinen angestammten Platz. »Was will er bei uns?«, fragte er seinen Sohn.

»Das hat er mir noch nicht verraten.«

»Was willst du?«, wandte sich der Alte nun an Schröck.

Schröck, den die Szene immer stärker an ein Bauerntheater erinnerte, lehnte sich vor und suchte den Blick des Jüngeren. »Sie haben doch sicher vom Tod der zwei Russen gehört, die mit ihrem Auto in die Schlucht gestürzt sind?«

»Und? Was geht mich das an?« Der Bauer zuckte mit den Schultern.

»Am Wrack waren Lackspuren. Sie stammen höchstwahrscheinlich von Ihrem Wagen.«

»Ich hab's gewusst, Sie sind doch von der Polizei!«

»Quatsch. Ich will nur wissen, wie es dazu gekommen ist.«

»Woher soll ich das wissen?«

»Es ist Ihr Auto, und ich gehe davon aus, dass es außer Ihnen niemand benutzt.«

»Normalerweise nicht. Aber vor ein paar Tagen war der Wagen plötzlich weg.«

»Haben Sie den Diebstahl der Polizei gemeldet?«

»Nein, tags darauf stand er ja auch wieder auf dem Hof. Mit verbeultem rechten Kotflügel. Ich habe bei der Versicherung angerufen, und die haben versprochen, jemanden vorbeizuschicken. Aber bis jetzt hat sich noch niemand blicken lassen.«

»Aber wieso dachten Sie anfangs, dass ich von der Polizei bin?«

Der Sohn warf dem Alten einen entschuldigenden Blick zu. »Der Vater hat in letzter Zeit immer wieder diese Aussetzer. Da habe ich mir halt gedacht, dass er wieder etwas angefahren hat. Im Frühjahr war es die Milchbank draußen am Güterweg.«

Der Alte hielt die ganze Zeit über den Kopf gesenkt. Schröck hätte sich nicht gewundert, hätte er ein Schnarchen vernommen.

»Das Auto wurde Ihnen also gestohlen?«

»Schaut ganz so aus. Aber was geht Sie das an?«

»Eigentlich nichts«, seufzte Schröck.

»Und was willst du dann von uns?«, meldete sich der Alte wieder zu Wort.

»Ehrlich gesagt, das weiß ich auch nicht so genau«, sagte Schröck nachdenklich. »Eigentlich bin ich auf der Suche nach dem Ehepaar Fomin.«

»Da bist du bei uns an die Falschen geraten. Wir haben uns von denen nicht kaufen lassen.« Der Alte kniff die Augen zusammen und lehnte sich zu Schröck hinüber, sodass der seine Schnapsfahne riechen konnte. »Probier's doch mal bei dem sauberen Herrn Baumeister oder bei der anderen verdorbenen Brut. Die arme Christa hat sich nicht umsonst umgebracht.«

»Vater, sei still!«, ermahnte ihn der Sohn und sprang auf. »Ich glaube, Sie gehen jetzt besser. Wir wissen nichts.«

Schröck erhob sich ebenfalls. »Das glaube ich nicht. Viel eher glaube ich, dass Sie mir nichts sagen wollen. Aber lassen Sie es gut sein. Tut mir leid, dass ich Ihre Sonntagsruhe gestört habe.« Er warf einen Blick auf seine Armbanduhr. »Bald elf, wollen Sie noch in die Kirche?«

»Wir waren schon in der Frühmesse. Mit der feinen Gesellschaft, die sich mittags dort zeigt, wollen wir nichts zu tun haben. Zum Glück schlafen die morgens noch«, sagte der Alte.

Schröck verabschiedete sich. Der Regen hatte ein wenig nachgelassen, also ging er auf dem Hof noch zum Wagen der Höllerers und begutachtete den Schaden am Kotflügel. Vater und Sohn hatten sich nicht einmal die Mühe gemacht, die silberne Farbe zu entfernen, die vermutlich von dem Wagen der Russen stammte. Er glaubte ihnen, dass sie nichts mit dem Mord zu tun hatten. Den Honoratioren von Andreasfurth waren sie zwar nicht besonders wohlgesonnen und trauten ihnen alles zu, aber warum hätten zwei Bauern zwei russische Agenten in eine Schlucht stürzen sollen?

***

Schröck hatte gerade den Güterweg verlassen und war auf die Bundesstraße abgebogen, als sein Telefon klingelte.

»Bist du im Auto?« Es war Klaus Heinrich.

»Ja.«

»Allein?«

»Natürlich, was gibt es?«

»Ich habe die Auswertung des Tablet-PCs vor mir liegen, ist ziemlich interessant. Eine Datei hat es uns besonders angetan. Jetzt wissen wir, dass die Russen nicht nur nach den Fomins suchen.«

Schröck lenkte den Wagen an den Straßenrand und hielt an. »Interessant, und wonach suchen sie noch?«

»Es geht um einen roten Schnellhefter, den Nikolai Fomin stets bei sich getragen hat. Er hat ihn in einem Dokument erwähnt, das wir auf dem Tablet gefunden haben. In der Beziehung war er wohl sehr altmodisch, er traute den elektronischen Medien nicht. Der Hefter soll alle Transaktionen, Namen und Adressen der Kontaktpersonen enthalten, die Fomins Erweiterungsplan der Gaspipeline unterstützen. Bekommen die Falschen diese Aufzeichnungen in die Finger, können sie mit den Leuten Kontakt aufnehmen, um sie umzustimmen oder sie, sollten sie an ihrer Einstellung festhalten, einfach auszuschalten.«

»Mag sein. Aber du sagtest doch selbst, dass er den Ordner immer bei sich hatte. Wie sich die Sache momentan für mich darstellt, ist Fomin mit seiner Frau einfach abgereist und hat alles mitgenommen, was er tragen konnte. Sogar von den Bewohnern des Ortes soll er sich verabschiedet haben.«

»Und wohin ist er abgereist, bitte schön? Wir haben alles Menschenmögliche getan, um das herauszufinden. Tapes der Überwachungskameras auf den Flug- und Bahnhöfen gesichtet, dazu noch die Aufzeichnungen der Autobahngesellschaften und der Wettercams. Nach unserem Ermittlungsstand haben die Fomins Tirol nie verlassen.«

»Heißt das, du glaubst, dass sie noch hier sind?«, fragte Schröck erstaunt.

»Sieht ganz so aus. Wir zweifeln allerdings daran, dass die beiden noch leben. Die Russen, bei denen du den Computer gefunden hast, waren keine Mitarbeiter des FSB oder eines anderen Geheimdiensts. Ich vermute, dass sie von den Pipelinegegnern angeheuert wurden, um herauszufinden, wo sich Fomin aufhält, und nach seinen Aufzeichnungen zu suchen. Es könnte gut sein, dass vor ihnen schon jemand vor Ort war. Und genau dieser Jemand könnte die Fomins ausgeschaltet haben und hat sich anschließend darum gekümmert, dass sie verschwinden. Es wäre normal, dass sich die eigentlichen Attentäter absetzen. Vielleicht hat Nikolai Fomin nicht ausgepackt, wurde getötet, und als die Täter selbst zu Opfern wurden, sollten die beiden anderen weiter nach der Akte suchen.«

»Du denkst wirklich, dass ihm seine Pläne wichtiger waren als sein Leben und das seiner Frau?«, fragte Schröck skeptisch.

»Ach, Michael, unterschätz mir bloß nicht diese aufstrebenden Jungoligarchen. Die sind daran gewöhnt, über Leichen zu gehen. Seine Frau hätte er für die Gaspipeline bestimmt gern geopfert. Aber wie gesagt, das alles sind bisher nur Vermutungen.«

»Und wie passt dann der angebliche Selbstmord des Kellners ins Bild?«

»Überhaupt nicht. Aber vielleicht hat er sich einfach nur mit den falschen Leuten angelegt. Er war Spieler. Laut Aufzeichnungen des Casinos Kitzbühel war er dort Stammgast. Die beiden Russen, die im Graben gelandet sind, sind bei der Suche nach Fomins Papieren wohl jemandem in die Quere gekommen, der sie anschließend aus dem Weg geräumt hat. Wir haben jedenfalls nichts damit zu tun. Es wäre ja auch sinnlos, schließlich wachsen zwei neue Köpfe nach, wenn man der Hydra einen abschlägt. Das sollte dir aber kein Kopfzerbrechen bereiten. Von den befreundeten Geheimdiensten hast du nichts zu befürchten. Das Ganze ist gleichsam ein Wettbewerb: Wer Nikolai Fomins Aufzeichnungen zuerst findet, hat gewonnen. Und dann werden sie so oder so für immer weggeschlossen, um die Befürworter und Finanziers der Pipeline nicht zu gefährden. Natürlich wäre es überaus hilfreich für uns, wenn wir die Akte zuerst fänden und so den anderen Vereinen zeigen könnten, dass mit dem deutschen Nachrichtendienst immer zu rechnen ist, also häng dich rein. Halt die Ohren steif, und wenn du etwas brauchst, ruf mich an.«

Nach dem Gespräch mit Heinrich blieb Schröck noch einige Momente im Wagen sitzen und schaute den Regenbächen zu, die im Zickzack über die Windschutzscheibe liefen und die Landschaft dahinter in eine zerfließende Tuschezeichnung verwandelten. Lag Heinrich mit seiner Vermutung richtig, dass die Fomins bereits tot waren und es nur um die Akte ging, dann konnten ihm nur die beiden Russen weiterhelfen. Vielleicht war auch das der Grund, warum sich Libas Kurt an die beiden herangemacht hatte. Leider nur konnte Schröck nicht einen auf harmlosen alten Mann machen und sprach außerdem kein Russisch. Wieder einmal fragte er sich, ob er nicht doch besser in seinem Büro der Münchner Polizei hätte bleiben sollen. Wer sich zu große Schuhe anzieht, der fällt meistens auf die Schnauze. Zwar sagte man auch, dass Menschen an ihren Aufgaben wachsen, aber momentan hatte er die dumpfe Ahnung, dass er dafür schon ein wenig zu alt war. Er legte den Gang ein und rumpelte vom Straßenrand zurück auf die Fahrbahn.

22

Den Montag verbrachte Schröck fast ausschließlich auf seinem Zimmer. Es schüttete wie aus Kübeln, aber das Wetter war nicht der eigentliche Grund. Was Heinrich am Telefon gesagt hatte, klang plausibel. Waren die Fomins wirklich tot und hatte sie jemand verschwinden lassen, dann war es sinnlos, nach einer Bestätigung dafür zu suchen. Zudem schien es wichtiger, die Namen und Adressen von Fomins Verbündeten herauszufinden, um diese zu schützen. Er musste sich endlich auf dem Anwesen des Milliardärs umsehen. Schröck schüttelte Bettdecke und Kissen auf, ging ins Bad, wo er ein Zwiegespräch mit seinem Spiegelbild hielt.

»Heute Abend werden wir einen kleinen Ausflug machen«, sagte er zu sich. Der Regen kam ihm gelegen. Bei dem Sauwetter würde sich sicher niemand am Fuchsloch herumtreiben. Er würde warten, bis es dunkel war, und gegen elf aufbrechen.

Zurück an seinem Laptop las er noch einmal aufmerksam durch, was ihm Heinrich über die Fomins geschrieben hatte, lungerte dann gedankenverloren auf dem Schreibtischsessel herum, riss sich schließlich zusammen und überlegte, wie er vorgehen würde.

Um halb sieben sprang er auf, nahm eine Jeans und ein T-Shirt aus dem Schrank, kramte seine Pistole und das Waffenöl unter der Wäsche hervor und rückte den Sessel vor das Bett. Dann breitete er ein Tuch über der Sitzfläche aus und reinigte seine Waffe.

***

Die Sonne hatte sich den ganzen Tag über hinter schweren Regenwolken versteckt. Als sie sich endgültig hinter den Bergen verkrochen hatte, war es binnen weniger Minuten stockdunkel geworden. Schröck ließ den Wagen im zweiten Gang am Anwesen der Fomins vorbeirollen und stellte ihn im Schutz des Waldes ab. Er nahm die zwei Strickleitern und das Päckchen mit den Karabinern aus dem Kofferraum, zog ein Paar Arbeitshandschuhe über, die man ab einem gewissen Alter immer im Auto dabeihaben sollte, und ging gemächlich den ansteigenden Weg zurück. Nach etwa zweihundert Metern blieb er auf Höhe des Pools stehen und lauschte in die Nacht. Nur das Rauschen des Waldes und ein paar verirrte Vogelschreie waren zu hören. Schröck holte seine Taschenlampe aus der Jacke und schaltete sie an.

Im blauen LED-Licht verwandelte sich der große Laubbaum in ein Fabelwesen, das im auffrischenden Wind nervös herumtanzte. Schröck hockte sich hin, legte die beiden Strickleitern, die er sich über die Schulter geworfen hatte, auf den Boden und fixierte große Eisenringe mit Karabinern am Seilende, bevor er schließlich den Zaun hinaufkletterte. In etwa zwei Metern Höhe schob er die Ringe vorsichtig über die messerscharfen Eisenspitzen, hängte die zweite Sprossenleiter ein und ließ sie leise auf der anderen Seite hinunter. Dann öffnete er den Reißverschluss seiner Jacke, holte das Handtuch hervor, das er aus dem Hotelbadezimmer hatte mitgehen lassen, umwickelte damit die Eisenspitzen und stieg über den Zaun.

Als er das erste Mal das Fomin-Grundstück betrat, verharrte er regungslos und leuchtete die Umgebung mit der Taschenlampe ab. Am Pumpenhäuschen war eine Außenleuchte mit Bewegungsmelder angebracht. Schröck machte ein paar Schritte darauf zu, und das Licht flammte sofort auf. Er holte einen Cutter mit Plastikgriff aus der Tasche, zog seine Jacke aus und warf sie über den Strahler. Dann stellte er sich auf Zehenspitzen und riss die Leuchte aus der Verankerung. Mit ein paar schnellen Handgriffen schnitt er die Kabel durch und hielt die blanken Drähte an den Enden zusammen. Ein kurzer Blitz, dann waren sie stromfrei.

Schröck ging zum Hauseingang, zog sein Einbrecherwerkzeug aus der Tasche, entsperrte die Tür und stieß sie auf. Sofort zerriss ein furchteinflößendes Geheule die Nacht, und eine orangefarbene Warnleuchte begann zu rotieren. Schnell zog er die Tür wieder zu, ging in den Garten zurück und setzte sich auf eine Poolliege. Er schob sein Hosenbein hoch, löste die Klettbänder, mit denen er ein Brecheisen und einen langen Schraubenzieher am Unterschenkel fixiert hatte, und wartete.

Etwa zehn Minuten später, es war halb eins, erklang von der Straße her das Jaulen einer Sirene. Kurz darauf zerriss ein Scheinwerfer die Dunkelheit, ein Wagen holperte über den Schotterweg, Türen wurden aufgerissen, und jemand brüllte: »Ist da wer?« Offenbar war den beiden Polizisten, einem jüngeren und einem korpulenten älteren, der im Scheinwerferlicht hinter seinem Kollegen hertrabte, nicht daran gelegen, den vermeintlichen Einbrecher zu schnappen, sondern ihn lediglich zu verjagen. Der Kegel eines Handscheinwerfers wanderte über die Wiese bis zur Zauntür. Schröck erhob sich, um die Szene besser beobachten zu können. Es schien so, als hätten die beiden keinen Schlüssel, um das Tor aufzusperren, denn sie liefen vor dem Zaun hektisch hin und her.

Als der jüngere Polizist sich in Schröcks Richtung wandte, befürchtete er kurz, er würde die Strickleitern entdecken, doch noch bevor der Beamte die dem Wald nahe Seite des Zaunes erreicht hatte, machte er wieder kehrt. »Da ist niemand!«

»Hier auch nicht. Die Fenster sind auch unbeschädigt.«

»Vermutlich nur falscher Alarm. Diese Anlagen spinnen bei so einem Wetter oft. Außerdem wohnt da eh keiner mehr, und die Möbel wird schon niemand stehlen. Komm, wir hauen wieder ab«, sagte der ältere Beamte.

Wenige Minuten später sah Schröck nur noch die Rücklichter des Polizeiautos und stellte sich auf eine lange Nacht ein. Er wartete eine halbe Stunde, ging wieder zur Tür, sperrte sie auf und löste damit abermals den Alarm aus.

Diesmal dauerte es schon länger, bis die Polizisten eintrafen. Schnell leuchteten sie den Eingang und die Fenster ab und verzogen sich dann wieder.

Schröck wiederholte die Prozedur noch einmal nach einer halben Stunde. Der Alarm heulte fast zehn Minuten, ohne dass sich jemand blicken ließ. Vermutlich hatten die Polizisten es aufgegeben. Daraufhin ging Schröck ins Haus, trug seelenruhig einen Hocker aus dem Vorraum nach draußen, stellte sich darauf, zwängte mit dem Brecheisen das weiße Aluminiumgehäuse zusammen mit der aufgesetzten Warnleuchte von der Wand und trennte die Kabel. Sofort war es wieder angenehm ruhig. Mit dem Hocker unter dem Arm betrat er wieder den Hausflur und schloss hinter sich die Tür. Er leuchtete mit der Taschenlampe den Raum ab und hob instinktiv seine Füße, als er bemerkte, dass er mit seinen dreckigen Turnschuhen auf einem weichen, hochflorigen Teppich stand, der wie alle anderen Gegenstände im Flur überaus teuer wirkte. Er fand sich einer abenteuerlichen Mischung aus modernen Designermöbeln, Antiquitäten, Art-déco-Lampen und vergoldeten Ikonen gegenüber. In jeder Himmelsrichtung ging eine Tür vom Gang ab. Schröck wählte eine aufs Geratewohl und stand im Wohnzimmer. Die schweren Vorhänge, die bis zum Boden reichten, waren zugezogen. Er tastete nach dem Lichtschalter, betätigte ihn, und ein Kronleuchter flammte auf. Also hatte er nur einen Stromkreis außer Gefecht gesetzt, der Hausstrom war nicht betroffen. Im Zimmer roch es auffallend süßlich, ob der Geruch von Parfum oder Putzmittel stammte, konnte er jedoch schlecht einordnen. Eine massive Wohnlandschaft mit passendem Hocker und einem Glastisch beherrschte den Raum, eine ganze Seite war mit einer Bücherwand verbaut. Er trat näher. Der Meter Klassiker war wie mit dem Lineal abgemessen absteigend nach Größe geordnet, einige Bücher trugen kyrillische Titel, ein Regalbrett weiter unten standen und lagen englischsprachige Bücher. Der Raum wirkte aufgeräumt und unbewohnt, was schließlich kein Wunder war. Durch eine halb offene Tür ging Schröck in den angrenzenden Raum, eine Mischung aus Herrenzimmer und Büro, der mit dunkelbrauner Ledergarnitur, Beistelltischchen mit Einlegearbeiten und, absolut deplatziert, einem erschreckend funktionalen Glasschreibtisch, auf dem Kabel herumlagen und ein Drucker stand, möbliert war. Kein Stück Papier oder gar eine Akte weit und breit, nichts, was darauf hindeutete, dass die Bewohner beim hektischen Verlassen ihres Hauses etwas vergessen hatten.

Schröck durchsuchte Zimmer für Zimmer, bewunderte erst die geschmacklosen goldenen Fische, die die Wasserhähne zierten, dann den Whirlpool, der im Stil eines ägyptischen Grabmals gehalten war und mitten im Badezimmer stand, und wurde immer mutloser. Alles hier erweckte den Eindruck, als hätte die Maklerfirma das Haus bereits so hergerichtet, dass potenzielle, sehr finanzkräftige Interessenten sofort einziehen konnten, so sie das Anwesen denn in Bausch und Bogen erwerben wollten.

Selbst der Keller – normalerweise immer ein Ort voller Entdeckungen – war gleichermaßen aufgeräumt. Nur zwei Paar verschieden lange Ski, auf denen Skischuhe geschnallt waren, lehnten samt Stöcken in einer Ecke. Die moderne Heizungssteuerung zeigte die Zeit an: drei viertel drei.

Bald würde die Dämmerung einsetzen, und Schröck hatte noch immer nichts gefunden, was auch nur im Entferntesten einer Akte oder einem Schnellhefter ähnelte. Kein persönlicher Besitz, nicht einmal irgendwelcher Nippes, nichts ließ erkennen, dass ein Ehepaar hier fast drei Jahre lang gelebt haben sollte.

Er ging in die Küche, öffnete die Hängekästen, in denen das Geschirr aufgereiht wie in einem Schauraum stand, und wollte den Raum schon wieder verlassen, als sein Blick auf eine schmucklose alte Porzellanzuckerdose fiel, die auf einem Küchenschrank stand und nicht so recht ins Bild passen wollte. Er kniete sich auf die Arbeitsplatte, nahm sie herunter und hob den abgegriffenen Deckel an. Die Dose enthielt Würfelzuckerstücke, die von der Luftfeuchtigkeit unansehnlich zusammengeklebt waren. Anscheinend hatte sie schon länger dort gestanden. Als Schröck sie wieder zurückstellen wollte, scharrte etwas über den Boden des Gefäßes. Er schüttete den gesamten Inhalt in die Spüle und fand zwischen braun angelaufenen Zuckerstücken einen Schlüssel, der zu einem alten Bartschloss passen musste. Im Licht der Taschenlampe betrachtete er ihn genauer. Zwar war der hintere Teil mit einer schwarzen Patina überzogen, doch der vorderste Teil glänzte, als würde er in regem Gebrauch sein. Schröck überlegte. Natürlich konnte es sich genauso gut um eine Sackgasse handeln, aber wenn er das dazugehörige Schloss fand, bestand immerhin die Spur einer Chance, doch noch auf die Akte zu stoßen.

Er ging Zimmer für Zimmer ab, aber die meisten Schlüssel steckten in ihren Schlössern, oder die Türen waren unverschlossen. Entmutigt kehrte Schröck in den Flur zurück, wo er neben der Eingangstür in der Ecke einen etwa fünfzig Zentimeter hohen Gegenstand entdeckte. Er war mit einem groben Leinentuch bedeckt, auf ihm thronte eine Vase mit langstieligen Kunstblumen. Er nahm die Blumenvase herunter, zog das Tuch weg, und eine alte Truhe aus dunklem Holz mit Eisenbeschlägen und einem Vorhängeschloss kam zum Vorschein. Schröck steckte den Schlüssel hinein und drehte ihn um. Die Sperrfeder klickte leise und gab den Schlossbügel frei. Schröck fädelte das Schloss aus, hielt die Luft an und hob den Deckel. Sein Blick fiel auf zwei alte Schuhputzkästen mit allerlei Bürsten, Cremedosen und gebrauchten Lappen. Er nahm die Kisten heraus und stellte sie neben die Truhe. Als er sah, dass die Holzbehälter nun niedriger standen als zuvor in der Truhe, leuchtete er das Truheninnere aus und sah einen durchsichtigen Faden, ähnlich dem, den Fischer als Angelschnur verwenden. Als er daran zog, rutschte das Bodenbrett zur Seite und gab einen doppelten Boden frei. Schröck griff hinein und traute seinen Augen nicht. In der Hand hielt er einen unscheinbaren roten Schnellhefter. Er hatte die Akte gefunden. Sein Herz schlug ihm bis zum Hals. Mit zittrigen Fingern blätterte er die Akte durch. Selbst als Laie erkannte er einige der Namen, die darin verzeichnet waren, als internationale Finanzgrößen. Schließlich rollte er den Ordner zusammen, schob ihn in den Bund seiner Hose und zog den Reißverschluss seiner Jacke zu. Dann hob er das Brett aus der Truhe, leuchtete hinein und fand einen zweiten Ordner. Doch bevor er noch nachsehen konnte, was in ihm stand, vernahm er ein Geräusch. Schnell schob er den zweiten Schnellhefter zu dem ersten und öffnete vorsichtig die Eingangstür. Ein Scheinwerferpaar näherte sich dem Haus, wurde abgeblendet, der Wagen bremste und blieb stehen. Schröck befürchtete schon, dass die Polizisten zurückgekommen wären, aber als sich die Autotür öffnete und die Innenbeleuchtung anging, erkannte er einen der beiden Russen aus dem Hotel und Kurt, der mit einer Taschenlampe schwerfällig aus dem Wagen kletterte. Der Russe öffnete den Kofferraum und nahm etwas heraus, während Kurt auf eine Stelle am Fuße des Zauns leuchtete. Der kräftige große Mann hielt jetzt einen langen Bolzenschneider in der Hand, setzte ihn an und mühte sich unter verhaltenem Stöhnen ab, die dicken Gitterstäbe des Zaunes zu durchtrennen. Leise schlüpfte Schröck aus dem Haus und zog die Tür zu. Das Schloss rastete mit einem kaum vernehmbaren Klicken ein, doch selbst wenn es lauter gewesen wäre, hätten sich die beiden höchstwahrscheinlich nicht darum gekümmert, so vertieft waren sie in ihre Arbeit.

Er schlich sich zu der Stelle, wo er das Grundstück betreten hatte, kletterte die Strickleiter hinauf und zog sie nach und auf der anderen Seite nach unten. Dann packte er die zweite Leiter an den Enden und versetzte sie in so starke Schwingungen, dass die Eisenringe aushakten und die Leiter freigaben. Hastig packte er alles zusammen und machte sich aus dem Staub.

Am Wagen verstaute er seine Sachen im Kofferraum und setzte sich auf den Fahrersitz. Er würde abwarten, bis er sicher sein konnte, dass die beiden wieder abgezogen waren. Was um alles in der Welt hatte gerade dieser Kurt, der eigentlich Claude Meyen hieß und dem französischen Geheimdienst angehörte, mit einem zwielichtigen Russen zu schaffen, dessen Auftraggeber laut Heinrich das Ehepaar Fomin auf dem Gewissen hatten? Angeblich waren doch alle Geheimdienste bestrebt, die Akte zu finden, nur um zu verhindern, dass die Investoren ihres Landes angreifbar wurden und so das Gasprojekt scheiterte. Die Franzosen waren es doch, die am stärksten davon profitieren würden, wenn die Pipeline irgendwann bis in ihr Land führte. Schröck verstand gar nichts mehr. Er lehnte sich im Sitz zurück und schloss die Augen. Er war müde, aber zufrieden mit sich. Die Akte mit Namen von internationalen Finanzgrößen und Politikern befand sich in seinen Händen, Kurt und sein Partner könnten alles durchsuchen, würden aber nichts finden. Er musste nur so lange warten, bis sie aufgaben und verschwanden.

23

Als Schröck erwachte, war es hell, und die Autoscheiben waren beschlagen. Er brauchte ein paar Sekunden, bis er begriff, dass er nicht auf seiner Couch in Schönbergmoos vor dem Fernseher eingeschlafen war, sondern auf einem Tiroler Waldweg im Auto. Seine Armbanduhr zeigte zehn vor fünf. Er kramte seinen Schlüsselbund aus der Hosentasche, drehte den Zündschlüssel um und ließ die Seitenscheibe herunter. Ein leichter Wind vertrieb den Mief von verbrauchter Luft und den Geruch von kaltem Zigarettenrauch. Der Beschlag auf der Windschutzscheibe verzog sich, und die Äste der Fichten begannen Gestalt anzunehmen. Die Vögel lärmten aus voller Brust, vermutlich aus Freude darüber, dass sich die Wolken verzogen hatten und der blaue Himmel durch die hohen Bäume schimmerte. Schröck stieg aus dem Auto und streckte sich. Nachdem er sich erleichtert hatte, überlegte er kurz, ob er sich zu Fuß ein Stück dem Haus nähern sollte, um sich zu vergewissern, dass niemand mehr dort war, verwarf den Gedanken aber wieder. Für einen Morgenspaziergang war er definitiv noch zu müde. Er setzte sich wieder in den Wagen, ließ den Motor an, setzte zurück, wendete und rollte langsam auf das Haus der Fomins zu.

Das Leihauto des Russen war weg, aber am Zaun sah er ein schwarzes Bündel liegen. Hatten die beiden ihre Einbrecherutensilien zurückgelassen? Nicht gerade sehr professionell, dachte Schröck. Dann aber erkannte er nach ein paar weiteren Metern, dass es sich bei dem Bündel um einen Menschen handelte. Er hielt an und sprang aus dem Wagen. Es war der Russe. Er lag zusammengekrümmt mit dem Gesicht auf dem Boden und rührte sich nicht. Schröck tastete nach seiner Halsschlagader, aber schon bevor er die noch warme Haut des Mannes berührte, wusste er, dass er tot war. Kirchhofrosen, hellrote Verfärbungen hinter den Ohren und an der Wange, waren ein sicheres Zeichen dafür, dass sein Herz nicht mehr schlug. Er packte den Russen bei den Schultern und drehte ihn um. Die Augen waren geschlossen, sein Mund stand halb offen. Die Totenstarre hatte noch nicht voll eingesetzt, was nachvollziehbar war, hatte Schröck den Mann doch noch vor weniger als zweieinhalb Stunden in voller Aktion erlebt.

Schröck schaute sich um. Weit und breit kein Mensch. Vor ihm klaffte ein Loch im Zaun, groß genug, dass ein erwachsener Mann hindurchklettern konnte. Obwohl der Russe keine äußeren Verletzungen aufwies, ging Schröck nicht davon aus, dass er auf natürliche Weise ums Leben gekommen war. Ein Hüne wie er fiel nicht einfach aus heiterem Himmel um und segnete das Zeitliche. Professor Streinz' Spruch kam ihm in den Sinn: »Frauen und ältere Leute morden überdurchschnittlich oft mit Gift.« Vielleicht würde man bei der Obduktion feststellen können, was die Todesursache war, aber sicher war das nicht. Der saubere Herr Kurt war vom DGSE voraussichtlich mit allerlei nützlichem und schwer nachweisbarem Equipment ausgestattet worden. Für Schröck bestand kein Zweifel daran, dass er der Mörder des Russen war.

Die Zeit drängte, er musste sich um Kurt kümmern, befreundeter Geheimdienst hin oder her. Und egal was Heinrich dazu sagen würde. Außerdem war noch zu klären, warum Kurt den Russen ausgerechnet am Anwesen der Fomins umgebracht hatte.

Schröck ging wieder zum Wagen, fuhr zum »Lazarushof« zurück, parkte hinter dem Gebäude und ging durch das Lieferantentor in den Innenhof. Am Eingang zündete er sich eine Zigarette an und schlenderte zur Terrassentür vor dem Frühstücksraum, die an dem wunderschönen Sommermorgen wie vermutet weit offen stand. Die kleine dicke Köchin kam mit einem Korb voller Eier am Arm aus dem Kühlraum, grüßte ihn freundlich und bot ihm einen Kaffee an, obwohl es bis zur regulären Frühstückszeit noch etwas hin war. Wahrscheinlich nahm sie an, dass er zu einer Wandertour aufbrechen wollte und deshalb schon so früh auf war. Er nahm ihr Angebot dankend an, Kaffee war genau das, was er jetzt brauchte.

Kurz darauf kam sie mit einer dampfenden Edelstahlkanne zurück, deckte ihm einen Tisch in der Nähe der Terrassentür ein, stellte Butter und frische Semmeln hin und füllte eine Tasse mit Kaffee, bevor sie wieder in der Küche verschwand. Schröck dämpfte die Zigarette aus, ging in den Frühstücksraum und setzte sich. Der Kaffee duftete himmlisch, doch damit er wieder klar denken konnte, musste er erst einmal etwas im Magen haben. Die beiden Akten bohrten sich währenddessen in seinen Bauch, aber das nahm er gern in Kauf. Nachdem er zwei Semmeln vertilgt hatte und ihm die liebenswürdige Köchin noch einmal Koffein nachgeschenkt hatte, ging er auf den Gang hinaus.

»Guten Morgen, Herr Schröder! Sie sind aber heute schon früh unterwegs«, begrüßte ihn Burgi, die noch ziemlich verschlafen aussah.

»Ja, ich glaube, jetzt setzt die Erholungsphase ein, von der alle immer reden. Da kann man doch angeblich nicht mehr so lange schlafen.« Er sprang die Treppe hinauf.

In seinem Zimmer zog er zuerst die beiden Schnellhefter unter seinem Hosenbund hervor und warf sie aufs Bett, bevor er sich unter die Dusche stellte. Mit einem um die Hüften gewickelten Badetuch kam er wieder aus dem Bad, fläzte sich aufs Bett und blätterte in Ruhe den roten Ordner durch. Dann holte er sich den Laptop ins Bett und suchte im Internet nach den Namen auf der Liste, die ihm nichts sagten. Er wurde fündig. Fomins Aufzeichnungen waren ein Who's who der europäischen Finanzwelt. Von der Automobil- und Maschinen- bis hin zur Pharmaindustrie fanden sich hier alle Sparten von Investoren, denen an der Weiterführung der Pipeline gelegen sein konnte. Fomin hatte es geschafft, eine so einflussreiche Gruppe von Menschen um sich zu scharen, dass mit Sicherheit davon auszugehen war, dass seine Pläne umgesetzt werden würden.

***

Um acht Uhr rief er Silvia an. Sie war noch müde und eben erst im Institut eingetroffen. Er hörte, wie sie auf ihrer Tastatur tippte, als sie miteinander sprachen. Sie hätte bis zehn Uhr einen Bericht abzugeben und sei im Stress. Er erzählte nur Belanglosigkeiten, aber das war egal. Selbst wenn er ihr erzählt hätte, ein Hubertushirsch wäre ihm mit einem hell erleuchteten Kreuz am Geweih im Wald erschienen, sie hätte wahrscheinlich nur ein »Hm« oder »Ist doch gut, oder?« von sich gegeben. Sie war mit ihren Gedanken woanders. Er wünschte ihr einen schönen Tag, sie schickte ihm einen Kuss durch die Leitung, dann war sie weg.

Sein zweiter Anruf galt Heinrich, der zu Schröcks Erstaunen sofort ans Telefon ging und beflissen freundlich fragte, was er für Schröck tun könne.

»Du kannst mir so schnell wie möglich jemanden schicken, der Fomins Akte abholt.«

»Du hast sie?«

»Sie ist zwar etwas verknickt, aber ja, sie liegt neben mir.«

»Das gibt es ja nicht! Mensch, Michael, du bist ein wahrer Teufelskerl!«, rief Heinrich ins Telefon, und seine Stimme überschlug sich fast.

Also ist er doch noch begeisterungsfähig, der sonst so toughe Klaus, dachte Schröck belustigt.

»Ich schicke sofort ein Team los. In spätestens drei Stunden ist es bei dir und wird die Akte in Empfang nehmen. Bis dahin pass gut darauf auf. Weiß jemand davon, dass du die Aufzeichnungen hast?«, fragte er ernst.

»Ich glaube nicht.«

»Wo hast du sie gefunden?«

»In einer alten Truhe in Fomins Haus, zusammen mit noch einem Schnellhefter, Geschäftsaufzeichnungen. Aber den muss ich mir erst genauer ansehen.«

»War schon jemand vor dir da und hat danach gesucht?«

»Möglich. Mein Informant, der Kellner, der vermutlich umgebracht wurde, hatte mir eine Nachricht auf meiner Mailbox hinterlassen. Jemand hat ein Loch in den Zaun geschnitten und es anschließend so professionell wieder repariert, dass man es mit bloßem Auge kaum erkennen kann.«

»Egal, Hauptsache ist, dass du die Akte hast.«

»Warte. Neben dem Grundstück liegt momentan eine Leiche.«

»Warst du gezwungen, jemanden auszuschalten?«

»Nein, aber nachdem ich die Akte gefunden hatte, tauchten plötzlich dieser Franzose und einer der Russen gemeinsam in einem Auto auf und sind auch ins Haus eingestiegen. Zumindest einer von ihnen. Ob der Russe vorher oder nach dem Einbruch umgebracht wurde, habe ich nicht mitbekommen.«

Heinrich bombardierte ihn mit Fragen, und Schröck musste ihm alles bis ins kleinste Detail berichten.

»Und was hat der Franzose mit diesem Russen am Hut?«, wollte Heinrich wissen, als Schröck geendet hatte.

»Das weiß ich nicht. Nach allem, was du mir gesagt hast, dachte ich eigentlich, dass sie unterschiedliche Beweggründe hätten. Keine Ahnung. Jedenfalls glaube ich, dass ihn dieser Meyen umgebracht hat. Der Tote sollte meiner Meinung nach auf Gift untersucht werden.«

»Das tun wir, wenn wir die Leiche in die Finger bekommen, was allerdings nicht unbedingt gesagt ist. Weißt du, ob der Russe offiziell schon gefunden wurde?«

»Keine Ahnung. Und Klaus«, sagte Schröck einem plötzlichen Gefühl folgend, »könntest du mir bitte eine Liste der Gegenstände besorgen, die bei dem toten Kellner gefunden wurden?«

»Okay, wenn du meinst. Ich schicke sie dir. Und du hockst dich jetzt mit deinen vier Buchstaben auf die Akte und wartest, bis sich unsere Leute bei dir melden.«

»Mach ich, dann bis später.«

Schröck zog sich bequeme Kleidung an, räumte sein Bett auf und setzte sich mit dem zweiten Schnellhefter an den Schreibtisch. Mal sehen, was er entdecken würde.

***

Nach gut einer Stunde lehnte sich Schröck in seinem Sessel zurück und verschränkte die Hände hinter dem Kopf. Auf den Notizblock, den er in der Begrüßungsmappe des Hotels gefunden hatte, hatte er Zahlen gekritzelt, um seinen Sessel herum lagen zerknüllte Zettel. Der Bildschirm des Laptops zeigte eine Tabelle mit hohen Eurobeträgen, daneben Namen in kyrillischer Schrift. Es hatte einige Zeit gedauert, bis Schröck die Namen in der Akte hatte zuordnen können, aber Fomin selbst war ihm dabei behilflich gewesen, die fremden Zeichen zu entziffern. Auf den Verträgen, die er ebenfalls im Ordner fand und die in englischer Sprache abgefasst waren, hatte Fomin die Namen der betreffenden Person neben den gedruckten handschriftlich in Kyrillisch vermerkt. Einige der Personen kannte Schröck bereits persönlich oder hatte ihre Namen im Ort schon auf diversen Firmenschildern gelesen. Sowohl der Besitzer des Gasthofes als auch der örtliche Klempner, Baumeister Felber und Dr. Winkler tauchten in der Tabelle auf. Die Beträge, die die Bürger von Andreasfurth Fomin schuldeten, waren durchweg sechsstellig. Unterm Strich hatte er zwölf Millionen Euro an Krediten vergeben, aber bisher noch keine Rückzahlung verlangt. Der »stille Gesellschafter« Nikolai Fomin brachte nur seine Einlagen ein und erwirkte somit eine Beteiligung von durchschnittlich dreißig Prozent am Gewinn der jeweiligen Firma. Die Auszahlung des dem stillen Teilhaber zustehenden Gewinnanteils für das vorhergehende Geschäftsjahr sollte jeweils bis zum einunddreißigsten Januar des Folgejahres geschehen. Ein an sich üblicher Vertrag, sah man von dem Passus ab, dass die Übergabe des Anteils über die Initiative des stillen Partners erfolgte und die Summe erstmals nach zwei Jahren andauernder Teilhaberschaft fällig wurde. Die Verträge waren alle sehr schnell, nachdem sich die Fomins in Andreasfurth angesiedelt hatten, geschlossen worden.

Es war nun ohne Weiteres möglich, dass mit dem Verschwinden oder gar dem Tod des Ehepaars kein Mensch mehr auf die Idee kommen würde, den den Fomins zustehenden Gewinn abzurufen. In Paragraf sechs des Vertrages stand zwar, dass im Falle des Ablebens Fomins die Beteiligungen auf dessen Erben übergingen, aber Heinrichs Recherchen nach besaßen sowohl Nikolai als auch Lara Fomin keine näheren Verwandten. Und falls es doch noch eine Cousine oder einen Cousin in einem der beiden Kleindörfer gab, denen sie entstammten, war es eher unwahrscheinlich, dass diese von den Geschäften ihres reichen Vetters erfahren würden. Und selbst wenn, war es immer noch fraglich, ob sich dort mit derartigen Finanzkonstruktionen überhaupt jemand auskannte.

Schröck sprang auf. Das bedeutete, dass neben dem Gewinnanteil auch das eingebrachte Geld nicht mehr ausgezahlt werden musste. Im Klartext: Waren die Fomins wirklich nicht mehr am Leben, dann hatten die Geschäftsleute von Andreasfurth ein Geschenk in Höhe von zwölf Millionen Euro erhalten, die einbehaltenen Gewinne nicht mitgerechnet.

Das gab dem Fall eine neue Wendung, jedenfalls für Schröck, obwohl dessen Arbeit für Heinrich und den BND eigentlich getan war. Für die Fomins galt der Grundsatz: »Wer sich in Gefahr begibt, kommt darin eben manchmal um.« Und Manuel, der irgendwem in die Quere gekommen war, würde als bedauernswertes Selbstmordopfer in der Erde verscharrt werden, während sich die feinen Andreasfurther Bürger die Hände rieben.

Schröck seufzte. Wenn ihm etwas gegen seine Natur ging, dann der Gedanke, dass Täter ungeschoren davonkamen. Nach vielen Jahren im Polizeidienst war zwar der Idealismus, der ihn dazu gebracht hatte, seinen Beruf zu ergreifen, durch die Realität zurechtgestutzt worden, aber was seine Grundsätze betraf, so wurde er nach wie vor seinem Ruf als »sturer Hund« gerecht, und davon würde er sich von niemandem, auch von keinem Geheimdienst der Welt, abbringen lassen. Er schlüpfte aus der Jogginghose und zog stattdessen eine Jeans an, dann versteckte er die beiden Schnellhefter unter seinem Kissen, sammelte das beschriebene Papier vom Boden auf, zerriss es in kleine Fetzen und spülte diese in der Toilette hinunter. Die Spülung war kaum wieder verstummt, da klopfte es an der Tür. Vermutlich die von Heinrich angekündigten Agenten aus der Zentrale, die die Akte abholen wollten, dachte er und riss die Tür auf.

Doch auf dem Flur stand Libas Kurt und grinste ihn an. »Wünsche einen schönen Nachmittag, Herr Schröck. Darf ich reinkommen?«

Schröck war so verdutzt, dass er tatsächlich zur Seite trat.

Der Agent schaute sich um. »Ihr Zimmer ist ein wenig größer als meines. Darf ich mich setzen?«

Schröck nickte und schloss die Tür, ohne Meyen aus den Augen zu lassen. »Was wollen Sie?«

»Ich kann doch davon ausgehen, dass Sie mich bereits überprüft haben?«

Schröck nickte.

»Gut, dann wissen Sie, dass mein Name Claude Meyen ist. Ich arbeite seit siebenundvierzig Jahren für den französischen Geheimdienst, seit knapp einem halben Jahrhundert. Ich könnte Ihnen Geschichten erzählen … Aber die fallen natürlich unter Geheimhaltung.« Er hatte einen altväterlichen Plauderton angeschlagen. »Nachdem wir sozusagen Verbündete sind, wollte ich

Ihnen vorschlagen, dass wir uns zusammentun und gemeinsam nach den Aufzeichnungen der Fomins suchen.«

Schröck machte ein abweisendes Gesicht und wollte etwas sagen, aber der Alte hob schnell die Hand und sprach weiter: »Entscheiden Sie nicht vorschnell, hören Sie mich vorher an.« Er öffnete den goldenen Knopf seines Blazers, ließ sich mit einem Seufzer auf dem Schreibtischstuhl nieder und lächelte entschuldigend. »Die alten Knochen wollen nicht mehr so recht.«

»Kommen Sie zur Sache.« Schröck lehnte sich an die Wand neben dem Bett.

»Ich bin dabei.« Meyens Augen blitzten kurz auf. Sein Blick hatte nichts Versöhnliches an sich und bestätigte Schröck in seiner Haltung, dass man vor dem Mann auf der Hut sein musste.

»Das hier ist mein letzter Auftrag für die Firma. Und wie Sie sich vorstellen können, ist es natürlich mein Bestreben, meine Karriere mit einem Erfolg zu beenden.«

Das nehme ich dir sogar ab, dachte Schröck. Und deshalb gehst du auch über Leichen.

»Nun, wie Sie schon bemerkt haben, ist es gar nicht so einfach, herauszufinden, wo die Fomins abgeblieben sind und mit ihnen die ganz spezielle Akte, die, wie Sie bestimmt wissen, sehr delikate Aufzeichnungen enthält. Sie könnten einige Leute in ziemliche Bedrängnis bringen. Ich dachte, dass wir uns vielleicht zusammentun und mit vereinten Kräften zusammenarbeiten, sozusagen in alter deutsch-französischer Freundschaft, wie sie unser geehrter Präsident de Gaulle in seiner berühmten Ludwigsburger Rede hervorgehoben hat. Ich verspreche Ihnen natürlich, dass auch für Sie ein Stück vom Kuchen abfallen wird. Ihr Ansehen beim BND würde dadurch eine nicht unbeträchtliche Steigerung erfahren.«

Agent hin oder her, der Typ faselt wie ein alter Mann, dachte Schröck. Er konnte das salbungsvolle Gerede kaum noch ertragen.

»Und weil Sie das alles von Anfang an geplant hatten, haben Sie sich an meine Haushälterin herangemacht?«, herrschte ihn Schröck an.

Meyen grinste abfällig. »Ein notwendiges Übel, Mittel zum Zweck, wie immer Sie es nennen wollen. Zu unserem Job gehört das einfach dazu. Sie sind noch nicht lange genug im Geschäft, aber Sie werden schon am eigenen Leib erfahren, dass das eines der gelindesten Mittel ist, um an jemanden ranzukommen.«

Als der Franzose demonstrativ auf die Uhr sah, erinnerte sich Schröck daran, dass man in Kürze die Akte abholen würde. Es wäre ganz und gar nicht gut, wenn sich alle in seinem Hotelzimmer treffen würden. Er musste seinen lästigen Gast loswerden.

»Ich habe keine Order, mit anderen Diensten zusammenzuarbeiten«, sagte Schröck.

Meyen reagierte wie geplant. »Darüber machen Sie sich mal keine Gedanken. Wir schließen oft Agreements, wenn es die Sache verlangt, und manchmal auch ohne Wissen des jeweiligen Vereins.«

Schröck kniff die Lippen zusammen. Der ältere hatte dem jüngeren Kollegen einen Ratschlag erteilt. Als Neuling nahm man sich das zu Herzen. So etwas konnte einen Anfänger durchaus verunsichern. Jedenfalls wollte er das diesen überheblichen Kerl glauben lassen.

»Vielleicht haben Sie ja recht«, sagte Schröck nachdenklich und setzte sich aufs Bett.

»Wir sind uns also einig?«

»Ich weiß nicht ...«, er zögerte. »Aber ich denke schon.«

Meyen stand auf und knöpfte seinen Blazer zu. »Dann werde ich jetzt gehen. Sehen wir uns beim Abendessen?«

»Warum nicht?« Schröck richtete sich auf, aber der Alte winkte generös ab. »Machen Sie sich keine Umstände, ich finde schon allein raus.«

Schröck nickte. Am liebsten hätte er den Typen die Treppe hinuntergeworfen.

»Dann bis später.« Wie ein Pfau stolzierte Meyen aus dem Zimmer und ließ geräuschvoll die Tür hinter sich ins Schloss fallen.

Eine halbe Stunde später trafen die Agenten ein. Sie wiesen sich aus, forderten Schröck auf, Heinrich über die BND-Zentrale anzurufen, und als dieser die Decknamen der Agenten bestätigt hatte, packten sie die Schnellhefter in einen silbernen Aktenkoffer, übergaben ihm die angeforderte Auflistung der Sachen, die man bei Manuel gefunden hatte, und verabschiedeten sich wieder. Schröck beobachtete sie vom Fenster aus, wie sie in einen schwarzen BMW mit Münchner Kennzeichen stiegen und wegfuhren.

Er hoffte, dass Meyen den filmreifen Auftritt der Männer nicht mitbekommen hatte. Aber vermutlich hatten sie sogar den Auftrag gehabt, sich besonders auffällig zu verhalten, damit sich die Kollegen der anderen Dienste ob ihrer Niederlage grün und blau ärgerten. Auch alles nur Menschen, dachte Schröck. Und Eitelkeiten mussten gepflegt werden, insbesondere dann, wenn es um die Berufsehre ging.

»Die haben doch alle einen Knall«, murmelte Schröck, als er das Fenster schloss. Dann zog er die Liste, die man bei dem toten Manuel gefunden hatte, aus dem Kuvert. Geldbörse, Autoschlüssel, ein Goldkettchen und allerlei Nippes waren da angeführt, aber kein Mobiltelefon. Wer immer das Handy in die Finger bekommen hatte, er wusste nun, dass der Kellner in der Nacht mit Schröck telefoniert hatte.

24

An diesem Abend war Schröck als erster Gast im Speisesaal und verdrückte gerade seinen zweiten Teller Salat, als Meyen durch die Tür tänzelte – man konnte es nicht anderes bezeichnen – und direkt auf seinen Tisch zusteuerte. Nachdem ihn der Beau überschwänglich begrüßt hatte, setzte er sich und grinste ihn stumpfsinnig an. Er roch nach süßlichem Herrenparfum, in dem er anscheinend gebadet hatte, was bei Schröck Erinnerungen an seine Großmutter mütterlicherseits wach werden ließ. Deren Geruchsnerven waren, als sie ungefähr so alt wie Meyen gewesen war, offenbar genauso abgestumpft gewesen wie seine. Schröcks Eltern dachten damals, ihm würde das Autofahren nicht bekommen, weil sich der kleine Michael bei einem Ausflug mit der Oma bereits nach wenigen Kilometern übergeben musste, aber in Wirklichkeit hatte die Intensität von Omas Parfum ihm den Magen umgedreht. Instinktiv deckte Schröck sein Weinglas mit flacher Hand ab. Womöglich würde der Geschmack des exquisiten Merlots noch unter der Duftwolke leiden, die den Altagenten umhüllte.

Meyen rieb sich die Hände und legte die Serviette über seine dünnen Schenkel. »Haben Sie schon gewählt?«

»Nein, ich bin erst beim Salat«, erwiderte Schröck kauend.

»Salat, das ist doch nur etwas für Paarhufer«, sagte Meyen abwertend, während sein Gesicht noch immer freundlich wirkte.

»Ich mag Salat. Soll außerdem gesund sein, was man so hört.«

»Das ganze Leben ist von Geburt an ungesund, denn es führt schließlich immer zum Tod«, predigte Meyen.

Schröck warf ihm einen prüfenden Blick zu.

»Das soll natürlich keine Drohung sein, sollten Sie das so empfunden haben. Nur die Weisheit eines alten Mannes. Ich freue mich schon sehr auf unsere Zusammenarbeit.«

Schröck nickte schweigend. Da war sie wieder, Meyens scheinheilige Tour, die ihm so auf die Nerven ging.

Die verhärmte Teilzeitkellnerin kam an den Tisch und fragte, was Schröcks Tischnachbar zu trinken wünsche. Er bestellte ein

Glas Prosecco und strahlte die Frau so an, dass die weibliche Belegschaft eines Altersheimes in Verzückung geraten wäre, aber die Urtirolerin zog nur schwach einen Mundwinkel hoch und sagte tonlos: »Dann also ein Glas Prosecco.«

Schröck schloss sie sofort ins Herz. Er legte seine Gabel auf den Teller und beugte sich verschwörerisch zu Meyen vor. »Ich glaube, wir sollten uns mal im Haus der Zielpersonen umsehen.«

»Das habe ich schon getan. Da ist nichts zu holen. Dachte ich mir zwar gleich, aber vergewissern muss man sich ja doch.«

»Sie waren schon drinnen?«, fragte Schröck und tat überrascht.

»Ich wollte nicht warten, bis noch andere auf dieselbe Idee kommen.«

Schröck nickte zufrieden. Also wusste Meyen weder, dass er ihm zuvorgekommen war, noch hatte er die Agenten beim Abholen der Akten gesehen.

»Und was, schlagen Sie vor, sollen wir jetzt machen?«

Meyen nahm einen Schluck vom Prosecco, den ihm die Kellnerin wortlos hingestellt hatte, und schnalzte mit der Zunge. »Ich sehe das so: Das Ehepaar hat sich über Nacht aus Andreasfurth verzogen. Fomin hat vorher noch eine Abschiedsrede geschwungen, die, wie man mir gesagt hat, nicht gerade mit Begeisterung aufgenommen wurde. Dann haben er und seine Frau ihre Koffer gepackt und sind verschwunden. Wohin, weiß man allerdings nicht. Wie mir meine Leute versichert haben, hat man sie auf keiner Überwachungskamera gesichtet.«

»Vielleicht haben sie sich getarnt, irgendwie verkleidet oder so.«

»Das glaube ich nicht. Und wenn, dann wäre das unseren Leuten kaum entgangen. Unsere technische Abteilung ist im Aufspüren von Personen überaus erfolgreich.«

Unsere auch, das deckt sich also mit dem, was wir wissen, dachte Schröck. »Aber wo sind sie dann?«, fragte er naiv.

»Keine Ahnung.«

»Vielleicht wurden sie ja umgebracht. Aber von wem? Vielleicht von den Leuten, die gegen den Ausbauplan sind?«

»Nein, die waren es nicht.«, sagte Meyen selbstherrlich.

»Wie können Sie sich da so sicher sein?«

»Ich hatte ein vertrauliches Gespräch mit den beiden Russen, die hier im Hotel abgestiegen sind. Fomin war geradezu verschossen in seine Idee. Diese aufstrebenden jungen Leute. Selbst wenn sie schon Milliarden auf dem Konto haben, reizt sie ein guter Deal noch immer ungemein. Ich weiß aus zuverlässiger Quelle, dass vor einem Jahr schon Abgesandte russischer Investoren bei Nikolai Fomin vorstellig geworden sind, um ihm als Ausgleich Geschäfte vorzuschlagen, damit er von seinem Plan absieht. Unsere beiden russischen Freunde haben mir glaubhaft versichert, dass sie und ihre Auftraggeber den Plan gehabt hätten, die Fomins umzubringen. Sie denken aber, dass ihnen jemand zuvorgekommen ist, bevor sie sie noch dazu bewegen konnten, die Namen der Befürworter der Erweiterung der Pipeline preiszugeben.«

»Fomin hat nicht nachgegeben?«

»Nein, wie aus Trotz hat er sogar noch eloquenter daran gearbeitet, Leute zu finden, die ihn unterstützen. Vermutlich hat man ihm zu wenig geboten. Oder glauben Sie wirklich, dass Fomin daran gelegen war, dass sich irgendein verarmtes Mütterchen in Paris endlich ihr Gas leisten kann?«

»Schon klar.« Das war einleuchtend.

»Das bedeutet aber leider auch, dass die Akte jetzt im Besitz ihrer Mörder ist oder, falls die Fomins noch leben, sie sich irgendwo versteckt halten.«

»Und wie kommen wir in letzterem Fall an sie ran?«

Meyen richtete sich auf und fuhr sich durch sein weißes Haar. »Unsere einzige Chance, um etwas herauszufinden, ist, mit jemandem zu sprechen, den sie ins Vertrauen gezogen haben. Bei dem Mann bin ich mir sicher, dass er niemandem etwas erzählt hat, er war ein gewiefter Geschäftsmann, aber auch die Frau war im Dorf ziemlich integriert. Wenn man wüsste, dass sie eine gute Freundin gehabt hätte … Wie mir gesagt wurde, hatten die Fomins eigentlich nicht geplant, Andreasfurth wieder zu verlassen. Frauen suchen sozialen Kontakt und erzählen einander schon mal intime Dinge. Vielleicht war sie eingeweiht und hat jemandem von den Geschäften ihres Mannes erzählt?«

Schröck verkniff sich ein Grinsen. Alles lief nach Plan, genau so hatte er sich die Unterhaltung vorgestellt. »Sie haben recht«, sagte er scheinbar aufgeregt, »wir müssen also jemanden finden, der ein Näheverhältnis zu ihr hatte, und die Person dann befragen.«

»Und trotzdem bin ich mir nicht sicher, dass diese Person auspacken wird, selbst wenn wir sie finden sollten.« Meyen machte ein listiges Gesicht. »Aber wer sagt uns denn, dass die Andreasfurther den Fomins nicht beim Untertauchen geholfen haben? Fast alle reagieren seltsam, wenn man das Gespräch auf das Verschwinden der beiden bringt. Die Theorie hätte schon was, schließlich lebt die ganze Stadt von der Gunst und vor allem dem Geld Nikolai Fomins. Er hat dem Ort eine ganz beträchtliche Finanzspritze verpasst. Für ihn waren das Peanuts, für das kleine Dorf war es ein Millionengewinn im Lotto.«

Schröck wiegte bedächtig den Kopf, als die Kellnerin an den Tisch kam und die Bestellung aufnahm. Schröck wählte sein Rindersteak vom heimischen Almrind, *rare*, Meyen entschied sich für die Wildbachforelle auf Meerrettichschaum.

Nachdem die Kellnerin wieder fortgegangen war, fixierte Schröck eine Zeit lang den glänzenden Serviettenring, in dem sich die Enden eines kapitalen Hirschgeweihs, das an der Wand hing, spiegelten, und sagte dann leise: »Ich hätte da vielleicht eine Idee.«

»Wunderbar! Ich wusste ja, dass unsere Zusammenarbeit fruchtbar sein würde. Raus damit, spannen Sie einen alten Mann nicht länger auf die Folter«, sagte Meyen.

Schröck überlegte kurz, dann tat er so, als müsse er sich einen Ruck geben, um Meyen den Vorschlag zu unterbreiten. »Ich bin offiziell hier auf Kur, aber das wissen Sie ja. Um meine Tarnung aufrechtzuerhalten, nehme ich natürlich auch Heilbehandlungen in Anspruch. Auf Empfehlung unseres Hotelchefs gehe ich zu einer Masseurin. Ihr Institut befindet sich in der luxuriösen Praxis des Gemeindearztes. Sie selbst heißt Evelyne Grabner und hat mir während einer Behandlung erzählt, dass sie und Lara Fomin befreundet gewesen seien. Vielleicht gelangen wir ja über sie an die Informationen, die wir brauchen.«

»Das ist ja phantastisch!« Erfreut zog Meyen einen kleinen Notizblock aus der Innentasche seines Blazers. Als er bemerkte, dass sich die anderen Gäste neugierig zu ihm umgedreht hatten, weil er laut geworden war, fügte er hinzu: »Da war ich bisher noch nie. Und wo beginnt der Wanderweg?« Er zwinkerte Schröck verschwörerisch zu, bevor er leise fragte: »Wie heißt die Frau noch mal, und wo genau praktiziert sie?«

Schröck wiederholte den Namen und beschrieb Meyen den Weg, während dieser sich Notizen machte. »Ich habe ihr schon ein wenig auf den Zahn gefühlt, aber wenn ich noch einmal bei ihr auftauche und ihr ein Loch in den Bauch frage, könnte sie misstrauisch werden und gar nichts mehr sagen.«

»Lassen Sie das meine Sorge sein, ich kümmere mich darum.« Meyen steckte Block und Füller weg.

Schröck nickte, ließ sich sein Steak schmecken und schloss im Stillen eine Wette mit sich ab, wer sich letztlich um was oder wen kümmern würde.

25

Am nächsten Tag erwachte Schröck früh. Er blieb mit geschlossenen Augen liegen und lauschte dem Rauschen in seinen Ohren. Sein Blutdruck war im Keller. Nur das dringende Bedürfnis, die Toilette aufzusuchen, rettete ihn von der kreislaufbedingten Agoraphobie und den Anflügen von Panik, die dieser Zustand normalerweise in ihm auslöste. Er warf die Bettdecke von sich, stand langsam auf und ging ins Bad. Nach und nach erwachten auch seine Lebensgeister. Er streckte sich und zog die Vorhänge zur Seite. Wieder einer dieser wunderbaren Tage, an dem die Touristen unterwegs waren, um sich vor der Bergkulisse an Mutter Natur zu erfreuen, sich unzählige Blasen in noch nie getragenen Wanderschuhen zu laufen und mit Hunderten von Fotos den Speicherplatz ihres Handys zu füllen. Vom Sonnenlicht geblendet ging er zum Nachtkästchen und griff sich sein Telefon. Romys Nummer musste noch unter seinen angenommenen Anrufen gespeichert sein. Nach einigem Suchen hatte er sie gefunden, atmete kurz durch und drückte dann das Wählsymbol. Eigentlich rechnete er nicht damit, dass er sie so früh am Morgen erreichen würde, und als sie sich wider Erwarten meldete, musste er sich erst einmal gründlich räuspern, bevor er überhaupt einen Ton herausbrachte.

»Wer ist da?«, fragte Romy gereizt.

»Entschuldigung, ich bin es, Schröck.« Mist, in seiner morgendlichen Benommenheit hatte er seinen echten Namen verwendet.

»Kenn ich nicht. Und was wollen Sie von mir.«

»Doch, Romy, wir kennen uns. Sie kennen mich unter dem Namen Schröder, aber das ist alles viel zu kompliziert, um es Ihnen am Telefon zu erklären.«

»Ach, Sie sind das«, flüsterte Romy. »Ich kann jetzt nicht mit Ihnen reden.« Die Stimme der sonst so selbstbewusst wirkenden jungen Frau klang ängstlich wie die eines kleinen Mädchens.

»Ich muss Sie unbedingt treffen.«

»Ich kann nicht. Mein Vater ...«

»Romy, bitte. Ihr Vater ist vermutlich das geringste Problem, das Sie haben, wenn Sie nicht auf mich hören. Manuel hat sich nicht umgebracht, er wurde ermordet. Vermutlich haben die Mörder sein Telefon und bereits festgestellt, dass er in der Nacht seines Todes mit Ihnen telefoniert hat. Sie schweben in größter Gefahr. Wenn Sie nicht wollen, dass Ihnen und Ihrer Schwester etwas zustößt, dann sagen Sie mir jetzt, wo wir uns treffen können. Und zwar so schnell wie möglich.« Schröck bemühte sich, seine Aufregung zu verbergen. Romy und Sonja waren in höchster Gefahr.

Sie schien ein paar Sekunden nachzudenken. »Also gut«, sagte sie dann. »Ich muss am Abend zu einem Schnapsbauern fahren, um eine Bestellung abzuholen. Der Hof liegt ein paar Kilometer vor dem Ort. Kennen Sie den alten Friedhof mit der kleinen Kapelle? Als Ausrede sage ich meinem Vater, dass ich Blumen auf das Grab einer kürzlich verstorbenen Freundin legen will.«

»Heißt die Freundin zufällig Christa Felber?«

»Woher wissen Sie das?«

»Das ist jetzt nicht so wichtig. Wann werden Sie da sein?«

»Um neun?«

»Das passt. Und, Romy, versetzen Sie mich diesmal bitte nicht. Es geht sozusagen um Leben und Tod, denken Sie auch an Ihre Schwester.«

»Ich werde da sein«, sagte sie mit zitternder Stimme und trennte die Verbindung.

Sofort wählte Schröck Heinrichs Nummer und landete prompt in der Telefonzentrale. Die Frau am anderen Ende hatte denselben unverbindlichen Tonfall drauf wie die Mitarbeiterinnen jedes x-beliebigen Servicecenters. Es täte ihr leid, Heinrich sei nicht im Haus, sie könne ihn nur mit einer anderen Stelle verbinden, ansonsten solle er es doch später noch einmal versuchen. Schröck wusste selbst nicht, ob es seiner morgendlichen Muffigkeit oder der Tatsache, dass die Zeit drängte, zuzuschreiben war, jedenfalls platzte ihm der Kragen.

»Bin ich bei Ihnen etwa in der Telefonzentrale eines Versicherungsgesellschaft gelandet, oder was?«, brüllte er ins Handy. »Denken Sie vielleicht, wenn ich anrufe und dringend jemanden sprechen will, mache ich das aus purem Spaß? Brauchen Sie ein Codewort oder meine Dienstnummer? Was muss ich tun, damit Sie sich bemühen, Heinrich ans Telefon zu holen? Wie ist Ihr Name?«

»Bitte regen Sie sich nicht auf, Herr …«

»Schröck ist mein Name, und wenn Sie nicht wollen, dass ein Unglück passiert, dann verbinden Sie mich sofort mit Heinrich!«

»Natürlich, natürlich. Ich rufe Sie gleich zurück.«

Keine Minute später klingelte das Handy.

»Michael. Was ist so wichtig, dass du mich aus einer Besprechung holen lässt? Ich dachte, die Sache wäre erledigt.«

»Für dich vielleicht. Aber jetzt wirst du mir helfen. Schließlich habe ich dir deine Akte besorgt.«

»Jetzt beruhige dich erst einmal und sag mir, warum du so aus dem Häuschen bist.«

»Ich will nicht, dass noch jemand zu Schaden kommt, und mit diesem alten Gigolo habe ich auch noch eine Rechnung offen.« Schröck weihte Heinrich in seinen Plan ein und erklärte ihm, welche Rolle er ihm dabei zugedacht hatte.

»Wenn du so vorgehen willst, warum nicht? Das mit dem Mädchen kriegen wir schon hin. Warum also nicht? Ist das alles, was du brauchst?«

»Vorerst ja. Ansonsten würde ich dich wieder anrufen«, sagte Schröck.

»Okay, Michael, aber muss das mit dem Franzosen denn wirklich sein? Er steht doch kurz vor dem Ruhestand.«

»Er ist ein eiskaltes Arschloch«, knurrte Schröck.

»Ist ja schon gut, ich wollte es nur angemerkt haben. Mach nur, wie du denkst. Ich muss jetzt wieder in meine Besprechung.«

***

Schröck hatte keinen Hunger. Bei einer Tasse Kaffee saß er an einem Zweiertisch neben der offenen Terrassentür und beobachtete die anderen Urlauber. Gut gelaunt schaufelten sie am Buffet ihre Teller mit Wurst und Käse voll. Schröck kannte nun schon nahezu alle Gäste im »Lazarushof«. Aus ihrem ersten vorsichtigen

Abtasten war ein geselliges Miteinander geworden. Viele hatten Tische zusammengerückt und unterhielten sich angeregt über das Wetter und die ausgezeichneten regionalen Produkte, die zum Frühstück serviert wurden. Ein dicklicher Mann mit einer penetrant lauten Stimme gab Anekdoten zum Besten, und als Hausherr Thurnbacher in lederner Kniebundhose und rot-weiß kariertem Hemd den Frühstücksraum betrat, kreischten seine weiblichen Groupies auf. Der Hotelier machte seine Runde, ließ sich auf die Schulter klopfen und von mittelalterlichen Urlauberinnen etwas ins Ohr flüstern, um sofort darauf hell aufzulachen. Doch alles war nur Show. Als er hereingekommen war, hatte er Schröck misstrauisch beäugt, der sich den Anschein gab, nichts bemerkt zu haben. Jetzt grüßte ihn der Hotelchef mit einem Kopfnicken. Seine aufgesetzte Freundlichkeit schien einer Mischung aus Argwohn und Unsicherheit zu entspringen. Schröck gab sich ahnungslos, hob kurz die Hand, und Thurnbacher entschuldigte sich bei seinen Gästen, er hätte zu tun, und verschwand in der Küche.

Wenig später kam Meyen durch die Tür. Auch er wurde von einigen Gästen überaus begeistert willkommen geheißen und strebte, sichtbar geschmeichelt und ohne Schröck zu bemerken, mit ausgebreiteten Armen auf die Tafelrunde zu. Sofort bot man ihm einen Platz an, die herbe Kellnerin versorgte ihn mit Kaffee und – Schröck glaubte, seinen Augen nicht zu trauen – brachte sogar so etwas wie ein Lächeln zustande, als sich Meyen bei ihr bedankte.

Als Schröck seinen Kaffee ausgetrunken hatte, stand er auf und wollte gehen, als Meyen seinem Nebenmann freundschaftlich auf die Schulter klopfte, sich erhob und zu Schröck an den Tisch kam. Mit lauter Stimme bedankte er sich für den Tipp der imaginären Wanderroute, den Schröck ihm am gestrigen Abend gegeben hatte, und fuhr dann leiser fort: »Außerdem habe ich um elf einen Termin bei unserer Masseurin und werde ihr auf den Zahn fühlen. Wäre doch gelacht, wenn ich sie nicht dazu bringen könnte, mir zu erzählen, was sie weiß.«

Schröck wünschte ihm viel Vergnügen und ermahnte ihn, vorsichtig zu sein. Die Wurzeln im Wald seien auch ohne Regen glatt, man müsse höllisch auf der Hut sein, um nicht auf den

Hintern zu fallen oder sich gar das Genick zu brechen. Doch Meyen winkte ab. Er sei ein geübter Wanderer, Schröck solle sich mal keine Sorgen um ihn machen. Ihre Verabschiedung ging im ausgelassenen Gelächter der anderen Gäste unter.

Draußen in der Lobby holte er sein Päckchen Zigaretten aus der Tasche, steckte sich eine zwischen die Lippen und ging hinaus auf die Straße. Er würde warten, bis Thurnbacher in sein Büro zurückgekehrt war, und ihm dann von Meyens geplantem Besuch bei Evelyne erzählen. Doch so weit kam es nicht. Plötzlich stand der Hotelchef neben ihm.

»Kann ich kurz mit Ihnen sprechen, Herr Schröder?«, fragte er ernst.

Schröck zuckte mit den Schultern. »Warum nicht?« Er steckte die Zigarette wieder zurück in das Päckchen und folgte Thurnbacher in sein Büro.

»Nehmen Sie doch Platz.«

Schröck setzte sich. Er hatte keine Ahnung, was der Mann von ihm wollte. Thurnbacher ließ sich in seinen Schreibtischsessel fallen und spielte unsicher mit einem Kugelschreiber. Offenbar wusste er nicht, wie er die Unterhaltung beginnen sollte.

Schröck hatte keine Lust, ihm dabei behilflich zu sein, ganz im Gegenteil, stattdessen lehnte er sich vor und schaute ihn schweigend und mit großen Augen erwartungsvoll an. »Sagen Sie es doch gleich, Sie möchten mein Zimmer anderweitig vermieten, und ich soll in die Dachkammer ziehen«, sagte er endlich, als die Situation peinlich zu werden drohte, und grinste.

»Um Himmels willen, nein, das würden wir von unseren Gästen nie verlangen. Aber ich weiß nicht, wie ich es sagen soll. Es hat nichts mit dem Hotel zu tun.« Er biss sich auf die Unterlippe. »Mir ist zu Ohren gekommen, dass Sie Frau Grabner unangenehme Fragen gestellt haben. Und nachdem ich Sie empfohlen habe –«

»Ach das«, unterbrach ihn Schröck. »Hat sie Ihnen das erzählt?«

»Sie hat gesagt, dass Sie sie wegen Manuels Selbstmord ausgefragt und seltsame Andeutungen gemacht hätten. Wir leben hier in einem kleinen Dorf, wo jeder jeden kennt, und solche Sachen sprechen sich schnell herum. Wir achten darauf, dass niemand den anderen Bewohnern zu nahe tritt.«

Schröck machte ein betroffenes Gesicht. »Aber das lag ganz und gar nicht in meiner Absicht. Das mit Manuel tut mir zwar leid, aber im Grunde genommen war das nur ein Vorwand, um mit Evelyne Grabner ins Gespräch zu kommen.«

Thurnbacher schaute ihn ungläubig an.

»Bei solchen Dingen bin ich vielleicht ein wenig ungeschickt, mag sein. Dreißig Jahre Finanzamt gehen nicht spurlos an einem vorbei. Frau Grabner ist, wie soll ich sagen, eine sehr attraktive Person. Ich bin alleinstehend, und drei Wochen Kur … Herrgott! Ich bin halt auch nur ein Mann.«

»Sie meinen, Sie wollten nur mit ihr …?« Thurnbacher schien erleichtert zu sein.

»Ja, ich wollte sie vielleicht mal zu einem Abendessen einladen oder mit ihr ins Kino gehen. Und wer weiß, was sich sonst noch so ergeben hätte.« Schröck zwinkerte dem Hotelchef vertraulich zu.

»Das ist dann aber ziemlich falsch angekommen«, stellte Thurnbacher mit einem Schmunzeln fest.

»Manuel hatte mir gesagt, dass sie keine feste Beziehung hätte.« Schröck senkte betreten den Kopf.

»Hat sie auch nicht«, beeilte sich der Hotelchef zu bekräftigen.

»Kann man mir mein Verhalten dann verdenken?«, fragte Schröck und schaute ihn treuherzig an.

»Evelyne dachte, Sie wollten sie ausfragen.«

»Aber worüber denn? Ich bin doch nur ein deutscher Finanzbeamter und nicht einmal im Dienst. Welchen Anlass hätte ich denn dafür?«, spielte Schröck seine Rolle weiter. »Aber ich könnte Ihnen sagen, wer hier wirklich herumschnüffelt und Leute ausfragt.«

»Im Hotel?«, fragte Thurnbacher bestürzt.

»Ja, aber nicht nur.«

»Von wem sprechen Sie?«

»Von dem weißhaarigen Gast, der immer einen Blazer trägt und mit allen gut Freund ist.« Schröck lehnte sich vertraulich vor. »Ich glaube, er ist nicht so harmlos, wie er sich gibt.«

»Aber wie kommen Sie darauf?«

»Ich habe ihn in der Bar mit den beiden Russen gesehen. Er hat sich fließend in ihrer Muttersprache mit ihnen unterhalten.

Und an mich hat er sich auch herangemacht und mir seltsame Fragen gestellt. Ob ich mir vorstellen könnte, dass jemand Manuel ermordet hätte, weil er zu viel wusste. Und dann sagte er noch, dass der Vorfall oben auf der Forststraße vielleicht gar kein Unglück gewesen sei.«

»Tatsächlich?«

»Ja, merkwürdig, nicht wahr? Außerdem werde ich das Gefühl nicht los, dass er mich mit jemandem verwechselt. Er hat so seltsame Andeutungen gemacht. Aber das interessiert Sie vermutlich nicht, Sie haben bestimmt andere Sorgen.«

»Doch, doch, das interessiert mich sogar ungemein. Sprechen Sie bitte weiter. Man will doch wissen, wer unter seinem Dach wohnt.«

»Dann sage ich Ihnen noch etwas. Ich habe heute Morgen vor dem Frühstück gehört, wie er am Telefon zu jemandem sagte, er wolle heute Vormittag zur Massage fahren, um Frau Grabner auf den Zahn zu fühlen. Er meinte, es wäre doch gelacht, wenn er sie nicht zum Reden bringen würde. Ich habe nicht alles verstanden, aber als der Name Evelyne fiel, bin ich hellhörig geworden. Wissen Sie, was er damit meinen könnte?«, fragte Schröck scheinheilig.

»Keine Ahnung. Hat er denn eine Uhrzeit erwähnt?«

Schröck tat so, als müsse er erst überlegen. »Ich glaube, er hat elf gesagt.«

»Nun, Herr Schröder, es tut mir leid, dass ich Sie mit dieser leidigen Sache belästigt habe. Bitte nehmen Sie es mir nicht übel, aber wir in Andreasfurth kümmern uns noch umeinander. Hier ist es nicht so wie in der Großstadt, wo nichts niemanden angeht. Was wir gerade besprochen haben, bleibt aber natürlich in diesen vier Wänden. Ich danke Ihnen sehr für Ihr Verständnis.«

»Schon in Ordnung«, sagte Schröck und stand auf.

Thurnbacher drückte ihm die Hand, und Schröck verließ sehr zufrieden mit sich das Büro, steckte sich auf der Straße eine Zigarette an und inhalierte tief.

26

Claude Meyen stellte seinen Mercedes in unmittelbarer Nähe des Eingangs ab. Er verabscheute moderne Bauklötze wie diesen und deren Eigentümer. Sie hatten keinen Sinn für Ästhetik und wagten es neuerdings auch noch zu behaupteten, ihre weißen Schachteln würden sich harmonischer in die Natur einfügen als etwa ein Haus im klassizistischen Neobarock, wie man es in Paris fand. Um die Wirkung eines französischen Landhauses aus dem 19. Jahrhundert zu erzielen, gehörte einfach mehr dazu, als nur ein wenig Holz hier und da an die Fassade zu klatschen, wie es hier versucht worden war. Er stolzierte über den knirschenden Kiesweg zur Haustür. Meyen war bisher noch nicht in der Praxis des Gemeindearztes gewesen und erstaunt, dass sich ein einfacher Landarzt so ein Anwesen überhaupt leisten konnte. Aber das spielte jetzt keine Rolle, sein Ziel war die Masseurin. Wenn Schröck die Wahrheit gesagt hatte, könnte sie der Schlüssel zu den Informationen sein, die er benötigte, um endlich die Akte zu finden und damit allen zu zeigen, dass er noch lange nicht zum alten Eisen gehörte.

Dieser Schröck! Es war ihm ein Rätsel, wie es dieser ungeschickte Streifenpolizist überhaupt zum BND geschafft und warum man ihn mit so einem heiklen Auftrag betraut hatte. In seinen Augen war er ein Dilettant par excellence. Meyen betrat erhobenen Hauptes das Foyer, registrierte die Werbetafel mit dem Abbild des Arztes mit einem abfälligen Lächeln und klopfte schließlich an die Tür der Massagepraxis. Evelyne Grabner öffnete, Meyen stellte sich vor und machte ihr sofort nach Altherrenart ein überschwängliches Kompliment über ihr ansprechendes Äußeres. Die Masseurin quittierte die Schmeichelei des Herrn fortgeschrittenen Alters mit einem gefälligen Lächeln, bat ihn, Platz zu nehmen, und fragte nach dem Grund seines Kommens beziehungsweise der Art seiner Beschwerden. Meyen holte weit aus, und als er charmant mit seinem Alter kokettierte, erntete er von Evelyne den Widerspruch, auf den sein Ego es abgesehen hatte. Da die Vorbesprechung schließlich zu Ende war, verschwand er in der Kabine, nicht jedoch ohne zuvor noch ein paar pikante Bemerkungen losgeworden zu sein, und Evelyne verdrehte milde lächelnd die Augen.

Nach ein paar Minuten kam Meyen wieder aus der Umkleidekabine, das viel zu lange Leinentuch in der Art eines römischen Senators wie eine Toga um den Leib geschlungen. Evelyne bat ihn, auf der Massageliege Platz zu nehmen, er schwang sich elastisch hinauf, und als sie begann, ihn zu massieren, schnurrte er wie ein alter Kater. Nach etwa vierzig Minuten war seine Behandlung abgeschlossen, er bedankte sich höflich, es sei ihm eine Freude und ein Genuss gewesen, er fühle sich schon jetzt um Jahre jünger. Wieder angekleidet nahm er wenige Minuten später auf dem Besucherstuhl Evelyne gegenüber Platz.

Sie hielt ihren Kalender in Händen und wollte eben ansetzen, ihm freie Termine für weitere Massagen zu nennen, als Meyen sie übergangslos fragte, wie sie zu Lara Fomin gestanden habe.

Evelyne erschrak. Der ältere Mann, der sie während ihrer Arbeit mit mehr oder weniger vergnüglichen Anekdoten unterhalten hatte, hatte sich plötzlich in einen lauernden Raubvogel verwandelt und blickte sie aus eiskalten Augen an.

»Ganz normal, sie war ebenso eine Kundin, die ich massiert habe, so wie Sie.«

»Sind Sie sich da sicher? Man hat mir erzählt, Sie hätten ihr nähergestanden.«

»Wer sagt das?«

»Das tut nichts zur Sache. Ich an Ihrer Stelle würde noch einmal über Ihre Antwort nachdenken. Ich kann sehr ungemütlich werden, wenn man mir die Unwahrheit erzählt.«

Evelyne verschränkte die Arme hinter den Kopf. »Ich habe Ihnen rein gar nichts zu sagen. Es ist besser, wenn Sie jetzt gehen.«

Blitzschnell griff Meyen nach vorn und fasste Evelyne fest am Nacken. Sie war zu erstaunt, um an Gegenwehr zu denken.

»Sagen Sie mir, wohin die beiden verschwunden sind. Es ist in Ihrem Interesse«, zischte er. Meyen registrierte mit Befriedigung, wie Evelyne die Farbe aus ihrem Gesicht wich und sich ihre Pupillen weiteten. Sie wusste etwas, und das würde sie ihm erzählen, und wenn er es aus ihr herausprügeln musste. »Lügen Sie mich nicht an!«, herrschte er sie an.

Sie wollte sich aus seinem Griff befreien, aber er versetzte ihr eine schallende Ohrfeige.

Sie starrte ihn wie gelähmt an.

»Haben Sie auch nur den Hauch einer Ahnung, mit wem Sie es hier zu tun haben? Wenn Sie mir nicht sofort alles sagen, was Sie wissen, garantiere ich Ihnen, dass Sie den Raum nicht lebend verlassen werden. Es ist mir todernst.«

Meyen hatte bemerkt, dass Evelynes Augen, während er sprach, immer wieder zur Tür gewandert waren. Er grinste. »Erwarten Sie jemanden? Ich hoffe nicht, denn dann wäre ich gezwungen, Ihnen und Ihrem Gast das Genick zu brechen. Ich bin in Prozeduren wie dieser ausgebildet worden. Das geht ratzfatz.« Zur Demonstration schüttelte er ihren Kopf wie den eines Kaninchens hin und her. »Wo ist Nikolai Fomin, und wo sind seine Aufzeichnungen?« Plötzlich öffnete sich die Tür in Meyens Rücken. Er wandte sich um und lockerte einen kurzen Moment lang seinen Griff, was Evelyne nutzte, um sich loszureißen und aufzuspringen.

Im Türrahmen standen drei Männer. Der Arzt, dessen Konterfei Meyen auf dem Plakat im Foyer gesehen hatte, ein untersetzter grauhaariger Mann, den er nicht kannte, und Thurnbacher, der ihn feindselig anfunkelte.

»Er hat mich …«, stammelte Evelyne und drückte sich an die Wand.

»Wir wissen Bescheid«, sagte der Grauhaarige.

»Mein Freund, ich glaube, Sie stecken Ihre Nase in Sachen, die Sie nicht das Geringste angehen.« Thurnbacher ging langsam auf Meyen zu.

Doch der Alte hielt plötzlich eine Pistole in der Hand. »Das reicht jetzt. Bleiben Sie schön da stehen, wo Sie sind. Wir können diese Unterhaltung auch so weiterführen. Und damit Sie auf dem Laufenden sind: Ich und meine Auftraggeber interessieren sich dafür, wohin Nikolai Fomin verschwunden ist und wo sich seine Geschäftsunterlagen befinden.«

Die Männer warfen sich erstaunte Blicke zu. »Für wen arbeiten Sie?«, fragte der Grauhaarige.

»Das tut nichts zur Sache. Sagen Sie mir, was Sie wissen, ansonsten werde ich keinen Augenblick zögern, Ihnen die Lichter auszublasen.«

Thurnbachers Gesicht färbte sich dunkelrot vor Wut.

»Lassen Sie uns in Ruhe. Die Fomins sind weggezogen, und damit hat es sich. Was gehen Sie außerdem Nikolais Geschäfte an?«, blaffte der Arzt.

Meyen richtete die Pistole auf ihn und lachte hell auf. »Wollen Sie der Erste sein, der dran glauben muss? Vielleicht lässt sich ja anschließend jemand von den Anwesenden dazu bewegen, mir die Wahrheit zu sagen. Auch meine Geduld hat Grenzen.«

»Meine auch!«, kreischte plötzlich Evelyne, stürzte sich wie eine Furie über den Schreibtisch hinweg auf Meyen, riss ihn nach hinten und umklammerte mit ihren Armen seinen Hals. Ein Schuss knallte, Thurnbacher stieß einen Schrei aus und griff sich an die Schulter. Meyen versuchte, sich aus Evelyns Umklammerung zu befreien, aber da waren die beiden anderen Männer schon bei ihm, der Grauhaarige schlug ihm die Waffe aus der Hand und riss ihn gemeinsam mit dem Arzt zu Boden. Auch Thurnbacher war sogleich über ihm und versetzte Meyen einen Tritt in die Nieren, dass er vor Schmerz fast das Bewusstsein verlor. Die anderen beiden packten ihn, zerrten ihn hoch und zu der Massageliege.

»Evelyne, hast du etwas da, womit wir ihn festbinden können?«, rief der Hotelier.

Sie lief in einen Nebenraum und kam mit einem Arm voller Gymnastikbänder zurück.

»Halt ihn fest, Hanns«, wies der Arzt den Grauhaarigen an, dann drehte er Meyen, der aufschrie, die Hände auf den Rücken und fesselte ihn. Meyen wollte protestieren, aber der Grauhaarige packte ihn an seinem weißen Schopf und schob ihm einfach ein Gummiband in den Mund.

»Komm her, Josef, und lass mich das mal ansehen«, sagte der Arzt zu Thurnbacher, der noch immer vor dem Alten stand und Anstalten machte, sich jeden Moment wieder auf ihn zu stürzen. Er wandte sich ab, und der Arzt zog ihm vorsichtig das Hemd über die Schulter. »Du hast Glück gehabt, es ist nur ein Streifschuss, die Wunde ist nicht tief. Ich muss nur die Blutung stillen. Kümmert ihr euch um den Alten, ich bin gleich wieder da.« Winkler verließ den Raum und war wenige Minuten später zurück. Nachdem er den Hotelier verarztet hatte, wandte er sich wieder Meyen zu. »Für Sie habe ich auch etwas mitgebracht.« Er zog eine Spritze und eine Ampulle aus der Arzttasche, brach den Hals des Fläschchens und zog die Spritze auf. »Keine Angst, es ist nur ein Beruhigungsmittel.«

Meyen wand sich unter dem Griff des Mannes, der ihn festhielt, aber er war chancenlos. Der Arzt injizierte ihm die Lösung in die Halsschlagader. Angstvoll riss der Agent die Augen auf.

»Willst du es hier machen?«, fragte Thurnbacher.

»Bist du verrückt? Auf keinen Fall. Nicht in meinem Haus. Felber, nimm ihm den Knebel ab, ich glaube, er ist so weit. Wie müssen ihn befragen, solange er noch bei Bewusstsein ist.«

»Das werden Sie bereuen«, stammelte Meyen benommen, nachdem ihm der Baumeister das Gummiband aus dem Mund gezogen hatte.

»Das glaube ich nicht. Wenn jemand etwas bereuen wird, dann doch eher du. Aber es besteht für dich noch immer der Hauch einer Chance, mit dem Leben davonzukommen, wenn du uns erzählst, was du weißt und wer dich geschickt hat.«

Wie durch eine Nebelwand hörte Meyen sich selbst reden. »Was soll das? Das wissen Sie doch ganz genau, wir wollen die Aufzeichnungen von Fomin, hat er Ihnen das nicht erzählt?«

»Welche Aufzeichnungen? Was zwischen Fomin und uns vorgefallen ist, geht niemanden etwas an. Haben seine Erben Sie geschickt? Jetzt reden Sie schon!«

»Was denn für Erben? Es geht doch um die Gaspipeline«, jammerte Meyen, der bereits spürte, wie sich sein Bewusstsein in den hintersten Winkel seines Schädels verkroch.

»Habt ihr eine Ahnung, wovon der redet? Was hast du ihm gespritzt? Er phantasiert ja schon.« Thurnbacher warf dem Arzt einen vorwurfsvollen Blick zu.

»Nur ein Beruhigungsmittel.«

»Und warum redet er dann so einen Schwachsinn?«

»Wartet, wartet, wartet«, sagte der Baumeister. »Es geht Ihnen also gar nicht um die Verträge, die wir mit Fomin abgeschlossen haben?«

»Was denn für Verträge? Ich weiß nichts von Verträgen«, röchelte Meyen.

»Er ist gar nicht wegen uns hier«, sagte Felber erstaunt.

»Quatsch, der hält uns doch nur zum Narren«, blaffte Thurnbacher. »So oder so sind wir geliefert. Wenn wir den da entsorgt haben, kommen todsicher die Nächsten. Erst die Russen und jetzt er, die geben niemals auf.«

»Ich glaube ihm«, sagte Felber.

»Du glaubst ihm, bist du verrückt?«

»Denkt doch mal nach. Meint ihr denn wirklich, wir waren die Einzigen, mit denen Fomin Geschäfte gemacht hat?« Felber packte Meyen an den Schultern und schüttelte ihn. »Was war mit den beiden Russen, die in die Schlucht gestürzt sind? Waren die auch wegen dieser Gasleitung hier?«

»Natürlich, was dachten Sie denn?«, stöhnte Meyen.

Felber ließ von ihm ab, schlug sich auf die Stirn und lachte dann auf. »Leute, wir sind ja so was von aus dem Schneider. Die suchen gar nicht nach uns. Die sind alle nur hinter irgendwelchen Geschäftsakten her.«

»Was soll das Theater? Sie wissen doch genau, worum es hier geht«, Meyen schien trotz Beruhigungsmittel wieder obenauf zu sein. »Geben Sie mir die Aufzeichnungen, dann lässt man Sie auch in Ruhe. Wir wollen nur die Namen der potenziellen Investoren. Aber Sie haben recht: Wenn Sie mich umbringen, werden andere kommen, die danach suchen.«

»Aber in seinem Haus haben wir nichts gefunden. Nicht einmal unsere Verträge.« Thurnbacher machte ein entmutigtes Gesicht.

Meyen nahm all seine schwindenden Kräfte zusammen. »Haben Sie die Fomins und die Russen umgebracht?«

»Blieb uns denn etwas anderes übrig?« Der Hotelier zuckte mit den Achseln, und Felber warf ihm einen strafenden Blick zu.

»Ist doch egal, wir können ihn nach alldem sowieso nicht wieder laufen lassen«, sagte Thurnbacher.

»Sie sind ja noch dümmer, als ich dachte«, krächzte Meyen. »Meinen Sie denn, Fomin hätte Ihre blöden mickrigen Verträge nicht bei einem Notar hinterlegt?«

»Das hat er tatsächlich getan. Wir haben einen ausgezeichneten

Notar bei uns in Andreasfurth. Dort liegen die Verträge gut«, sagte Felber.

»Aber auch, wenn wir ihn jetzt umbringen, werden immer neue Leute herkommen und Fragen stellen. Man wird uns nie in Ruhe lassen«, sagte Evelyne verzweifelt.

»Das glaube ich schon. Außerdem wissen wir jetzt, dass die Russen nicht unseretwegen hier waren«, sagte der Arzt triumphierend.

»Trotzdem muss er weg«, entschied Felber, und die anderen beiden nickten.

»Es muss wie ein Unfall aussehen«, sagte Thurnbacher.

»Nein, das hatten wir schon. Er wird in der Öffentlichkeit einen natürlichen Tod sterben«, sagte Winkler.

»Spinnst du?«

Der Arzt schüttelte den Kopf und grinste bösartig, dann weihte er die anderen in seinen Plan ein. »Und du, Evelyne, wirst mir dabei helfen.«

***

Während Winkler die Autositze umlegte und den Wagen anschließend zum Hintereingang fuhr, verschnürten die anderen den vor sich hin dämmernden Meyen zu einem Bündel, wickelten ihn in eine Decke und wuchteten ihn dann in das Auto. Der Zeitpunkt war günstig. Die Praxis war an diesem Nachmittag geschlossen, und Winklers Frau war vor ein paar Tagen mit den Kindern nach Italien ans Meer gefahren.

Mit eingeschalteter Signalleuchte und hundertsiebzig Sachen raste der weiße Audi Q7 in Richtung Kitzbühel. Die Bauern, die auf den Wiesen bei der Heuarbeit waren, kannten den Wagen des Arztes gut und schauten ihm besorgt nach. Ein Notfall, hoffentlich hatte es niemanden getroffen, den sie kannten.

Evelyne, die auf dem Beifahrersitz saß, klammerte sich an den Haltegurt. »Musst du so schnell fahren?«

»Klar. Ist doch ein dringender Notfall.«

Bevor sie die Siedlung vor der Abzweigung zur Brixental Straße erreichten, zog Winkler den Stecker der Signalleuchte aus dem Zigarettenanzünder und nahm die Lampe vom Dach. Dann fuhr er gemächlich nach Kitzbühel hinein und hielt vor der Talstation der Hahnenkammbahn. Auf dem Parkplatz standen einige Autos, natürlich weit weniger als im Winter, wenn der Platz schon am Morgen hoffnungslos überfüllt war, aber doch ausreichend, dass genug Augenzeugen dem Schauspiel beiwohnen würden, das sich gleich ereignen sollte. Winkler warf einen Blick auf seine Armbanduhr. Die Seilbahn fuhr zu jeder halben und vollen Stunde. Er war kurz vor halb fünf, in ein paar Minuten würden die Touristen aus dem Betriebsgebäude strömen. Zeit genug, um alles in Ruhe vorzubereiten.

Er drückte den Knopf der automatischen Heckklappe, stieg aus und ging ohne Hast um den Wagen herum. Meyen lag regungslos unter der Decke. Der Arzt prüfte seinen Puls und löste die Fesseln. Die weichen Latexbänder hatten keine Spuren an seinen Handgelenken hinterlassen, später würde niemand feststellen können, dass der Mann gegen seinen Willen hierhergebracht worden war. Selbst wenn man später bei der Obduktion Spuren von Beruhigungsmittel finden würde, würde das sicher als unerhebliche Fehleinschätzung eines kleinen Gemeindearztes gewertet werden, nicht geeignet, dem Alten nachhaltigen Schaden zuzufügen. Winkler würde keine Schwierigkeiten wegen einer Fehlbehandlung bekommen.

Er öffnete die Tasche mit dem tragbaren Defibrillator und schaltete das Gerät ein, um sicherzugehen, dass in letzter Minute nicht doch noch etwas schieflaufen würde. Dann schaute er sich um. Niemand war auf dem Parkplatz, und er hatte den Wagen zwischen zwei Minivans geparkt, sodass er weder von der Straße noch vom Gebäude der Talstation sichtbar war.

Vorsichtig zog er Meyen aus dem Fahrzeug und ließ ihn hinter dem Auto zu Boden gleiten. Dann knöpfte er ihm das Hemd auf und verteilte etwas Kontaktgel auf seiner Brust. Die Leuchte am Defi wurde grün, er funktionierte einwandfrei. Mittlerweile war Evelyne ausgestiegen und hatte ein paar Meter hinter ihnen bei einem anderen Fahrzeug Position bezogen.

Dann kamen die ersten Wanderer aus der Seilbahnstation. Winkler hob Meyen unter den Armen an und schleppte ihn vor das Auto, im selben Augenblick stieß Evelyne einen Schrei aus. Die Touristen drehten sich neugierig nach ihr um, während sich

Winkler mit der Arzttasche in der Hand über Meyen beugte und vorgab, ihn zu untersuchen. Langsam kamen die Touristen näher. »Oh Gott, was ist mit ihm?«, rief eine Frau. »Wir brauchen sofort einen Arzt!« Als sie das Äskulapzeichen an Winklers Auto erkannte, verstummte sie und hielt sich entsetzt die Hand vor den Mund.

»Herzanfall«, sagte Winkler laut, sodass ihn die Gruppe der Schaulustigen, die immer größer wurde, hören konnte. Er eilte zu seinem Kofferraum zurück, kam mit dem bereits aufgeladenen Defibrillator zurück und tat so, als warte er darauf, dass er betriebsbereit war. Währenddessen zog er eine Spritze auf, prüfte Meyens Puls, legte demonstrativ seine Stirn in Falten und presste ihm schließlich die Kontakte des Defibrillators auf die Brust.

Sofort verkrampfte sich Meyens Körper unter den Stromstoß. Schnell steckte sich Winkler das Stethoskop in die Ohren und suchte nach der Halsschlagader des Mannes. Der Puls war weg, Kammerflimmern. Der Stromschlag hatte sein Herz aus dem Takt gebracht. Es zuckte irritiert und war nicht mehr in der Lage, den Körper mit Blut zu versorgen. Winkler nahm die vorbereitete Spritze aus der Tasche und jagte ihm die Nadel genau an der Stelle in den Muskel, an der er ihm zuvor schon das Beruhigungsmittel injiziert hatte. So würde es den Kollegen in der Pathologie leichter fallen, den Einstich zu erklären. Er begann mit der Herzmassage, wobei er den Druck, den er mit seiner Rechten ausübte, mit der linken Hand abfing. Die Luft, die Meyen vorgeblich Leben einhauchen sollte, gelangte nicht einmal in die Nähe seiner Lunge, denn Winkler hatte das Verbindungsstück des Beatmungsbeutels gelockert. Er rief der Menge der Schaulustigen zu, jemand solle den Notarzt benachrichtigen.

Evelyne hatte sich derweil bis zur vorderen Menschenreihe durchgekämpft. »Ich hab ihn schon dran!«, rief sie und hielt das Mobiltelefon ans Ohr gepresst. Sie hatte die Anweisung, etwa fünf Minuten zu warten und erst dann die Rettung zu verständigen, die sofort hier sein würde, schließlich lag die Leitstelle nur knapp einen Kilometer von der Seilbahnstation entfernt. Dauerte das Kammerflimmern unbehandelt zehn Minuten an, würde Meyen nichts mehr helfen.

Kurz bevor das Heulen der Sirene von der Straße herüberklang, stellte Winkler mit einem Ausdruck des Bedauerns seine Wiederbelebungsversuche ein. Die eben noch so faszinierten Gaffer wandten sich betreten ab und gingen zu ihren Wagen.

Da die Sanitäter den Gemeindearzt aus Andreasfurth kannten, zweifelten sie seine Diagnose, dass der Herztod bereits eingesetzt hatte, nicht an. Sie machten sich ein paar Notizen, und nachdem sie Meyen schlecht auf dem Parkplatz liegen lassen konnten, legten sie ihm trotz allem die Sauerstoffmaske an, hoben ihn auf eine Trage und fuhren mit Sirene und Blaulicht in Richtung St. Johanner Krankenhaus davon.

Winkler packte seine gesamte Ausrüstung ins Auto zurück, stellte die Rückbank wieder auf, legte seelenruhig die Decke zusammen und wies Evelyne an, einzusteigen. Dann fuhr er nur ein paar Meter weiter zum Großparkplatz, wo Felber bereits auf sie wartete. Er war ihnen in Meyens Mercedes langsam gefolgt. Der Baumeister warf sich auf den Rücksitz und hielt Winkler einen Schlüsselbund vor die Nase. »Und was mache ich jetzt mit denen?«

Der Arzt nahm ihm die Schlüssel aus der Hand und grinste breit. »Ich setze euch beide an einem Kaffeehaus ab und fahre dann zur Polizei. Dem armen Mann sind seine Autoschlüssel wohl aus der Tasche gefallen, als ich versucht habe, ihn zu reanimieren. Das passt mir gut, dann kann ich das mit dem Protokoll auch gleich erledigen.

Alles war in bester Ordnung. Das mit den Russen war ein bedauerlicher Irrtum gewesen, es war schlichtweg blöd gelaufen. Jetzt würde sich kein Mensch mehr für sie interessieren, und wenn jemand nach den Pipeline-Papieren Fomins suchte, konnte ihnen das egal sein.

27

Schröck trat vor den Hoteleingang und zündete sich eine Zigarette an. Er war so in Gedanken versunken, dass er Burgi erst bemerkte, als sie zu ihm trat und grüßte. Vor dem Hotel herrschte rege Betriebsamkeit. Autos kreisten auf der Suche nach einem Parkplatz um die kleine Grünzone des Ortsplatzes. Schröck und Burgi standen rauchend nebeneinander. Keiner der beiden wusste so recht, was er sagen sollte. Schröck, weil er mit seinen Gedanken weit weg war, und Burgi, weil sie fühlte, dass den sonst so umgänglichen Hotelgast etwas beschäftigte, und sie ihn nicht belästigen wollte. Von der Bundesstraße her war eine Einsatzsirene zu hören. Burgi reckte ihren Kopf und schaute zur Dorfeinfahrt hinüber.

»Schon wieder die Feuerwehr«, sagte sie ernst.

»Schon wieder?«, fragte Schröck.

»Weil erst gestern ein Stadel draußen vor dem Dorf abgebrannt ist. Man sagt, sie hätten in den Trümmern eine verkohlte Leiche gefunden. Es soll aber niemand von hier gewesen sein.«

»Das ist ja furchtbar. Weiß man schon, um wen es sich gehandelt hat?«

»Nein, aber der Herr Thurnbacher vermutet, dass es vielleicht einer von den beiden Männern sein könnte, die oben bei Ihnen im Stock wohnen.«

»Einer der Russen? Wie kommt er denn darauf?«, fragte Schröck und steckte sich noch eine Zigarette an.

»Na, weil der andere doch auch tot ist«, flüsterte Burgi verschwörerisch.

»Was, der auch?«

»Ja, man hat ihn draußen vor dem leer stehenden Haus der Fomins gefunden. Vermutlich wollte er einbrechen. Er soll ein Loch in den Zaun geschnitten und dann einen Herzinfarkt erlitten haben, aber das glaube ich nicht.«

»Und warum nicht?«

»Haben Sie die beiden nicht gesehen? Die haben doch ausgesehen wie Mafiosi oder Agenten in einem Film. Ich glaube viel eher, dass die sich gegenseitig umgebracht haben.«

»Hm, das ist zwar eine Theorie, aber sie wäre schwer realisierbar gewesen.«

»Wieso?«

»Weil sich bei den verschiedenen Fundorten einer von den beiden selbst hätte umbringen müssen. Entweder der Mann in der Scheune oder der, der beim Haus des Ehepaares gefunden wurde.«

»Da haben Sie auch wieder recht. Aber vielleicht halten sich ja noch andere Agenten hier in der Gegend auf?«

»Das glaube ich nicht, machen Sie sich keine Sorgen. Sie müssen mich jetzt entschuldigen, ich möchte noch ein wenig spazieren gehen. Soll gut für mich sein, hat mir der Arzt gesagt.«

Ohne ihren Gruß abzuwarten, lief er los. Der Grund, wegen dem er vor dem Eingang Posten bezogen hatte, war eben an ihnen vorbeigegangen.

Schröck hatte beobachtet, dass die Putzfrau jeden Tag gegen achtzehn Uhr Dienstschluss hatte und sich gleich darauf auf den Weg nach Hause machte. Er folgte ihr im Abstand von einigen Metern. Nachdem sie den Ortsplatz überquert und die Dorfausfahrt erreicht hatte, ging sie zügig die Bundesstraße entlang und bog nach etwa fünfhundert Metern auf einen Feldweg ein. Schröck schloss zu ihr auf und grüßte. Sie murmelte missmutig einen Gruß zurück, zog den Kopf zwischen die Schultern und lief weiter, indem sie ihn ignorierte.

»Frau Felber, ich möchte Sie etwas fragen«, sagte Schröck.

»Ich weiß nichts«, gab die Frau schroff zurück.

»Ich denke, das tun Sie schon. Es wäre gut, wenn wir uns ein wenig über Ihren Sohn unterhalten könnten. Ich finde es seltsam, dass seine Mutter für ein paar Euro täglich acht Stunden als Putzfrau arbeiten muss, wo er geschäftlich doch so erfolgreich ist.«

»Ich will niemandem zur Last fallen, hab mir mein Geld immer selbst verdient.«

»Haben Sie ihn allein großgezogen?« Der Schuss ins Blaue traf.

»Nachdem sich sein sauberer Herr Vater aus dem Staub gemacht hatte, blieb mir nichts anderes übrig. Wenn ich kein Geld nach Hause gebracht hätte, hätte der Bub die Schule niemals beenden können.«

»Und das ist nun der Dank dafür.«

»Undank ist der Welten Lohn.«

»Ihre Schwiegertochter hat sich angeblich das Leben genommen. Wissen Sie, warum?«

Die kleine dünne Frau blieb stehen und schaute ihn mit einer Mischung aus Wut und Trotz an. »Lassen Sie mich in Ruhe. Was wollen Sie eigentlich von mir?«

»Von Ihnen will ich gar nichts. Ich dachte nur, dass Ihnen etwas an Ihrem Sohn liegt, und wollte Ihnen Gelegenheit geben, ihm zu helfen. Ihm steht so einiges bevor.«

»Was meinen Sie damit?«, fragte sie. Sie war unsicher geworden.

»Lassen Sie es mich klar ausdrücken. Ich denke, er wird für den Mord am Ehepaar Fomin verurteilt werden und sein restliches Leben in einer Zelle verbringen müssen.«

Ihre Augen weiteten sich, und sie schnappte nach Luft.

»Den Grund für seine Tat kennen wir bereits, aber Sie würden ihm wirklich einen guten Dienst erweisen, wenn Sie mir sagen, was Sie wissen.«

Sie blieb stehen, und einen Moment sah es so aus, als wollte sie ihm an die Gurgel gehen. Aber als er sich unbeeindruckt gab und sie realisierte, dass er seine Worte ernst meinte, fiel ihr Widerstand in sich zusammen.

»Aber er hat doch gar nichts gemacht. Mein Bub hat niemanden umgebracht.«

»Das überzeugt mich nicht«, sagte er scharf. Als die Frau in Tränen ausbrach, hätte sich Schröck am liebsten auf der Stelle umgedreht und wäre davongelaufen. Die Frau tat ihm leid. »Bitte beruhigen Sie sich. Und dann erzählen Sie mir in Ruhe alles, und ich verspreche Ihnen, ich werde sehen, was ich für Ihren Sohn tun kann.«

»Mir ist nicht gut.« Sie war kreidebleich geworden.

Schröck fasste sie am Arm und führte sie in den Schatten eines Obstbaumes. »Erzählen Sie mir bitte von Anfang an, was passiert ist«, sagte er sanft. In ihrem Gesicht konnte er sehen, dass sie mit sich kämpfte, ob sie dem Fremden alles erzählen oder einfach flüchten sollte. »Frau Felber, das ist vielleicht die letzte Gelegenheit, ihm zu helfen. Wenn man ihn erst mal verhaftet hat, ist es dafür zu spät.«

»Sind Sie von der Polizei?«

»Ich ermittle schon seit einiger Zeit in der Sache«, wich Schröck der Frage aus.

»Ich hab mir gleich gedacht, dass Sie kein Urlauber sind.«

Kein Wunder, dachte Schröck, sie hatte ja auch sein Zimmer gründlich untersucht.

»Also gut«, seufzte sie. »Das Geschäft vom Buben ist nicht gut gegangen, nicht nur seines, auch die anderen im Dorf haben Probleme gehabt. Alle standen kurz vorm Zusperren. Aber dann ist der Russe mit seinen Millionen gekommen und hat ihnen unter die Arme gegriffen. Auf einmal ist alles wie am Schnürchen gelaufen, und die Fomins haben sich auch wohl bei uns gefühlt. Die Lara, seine Frau, war eine ganz Nette. Sie hat immer einen kleinen Plausch mit mir gehalten, wenn wir uns auf der Straße gesehen haben, die beiden haben gut Deutsch gesprochen. Sie hat mir einmal erzählt, dass sie und ihr Mann selbst aus kleinen Dörfern kämen. Die Stadt hätte ihnen nicht gutgetan, hat sie gesagt. Sie hätten sich so gefreut, dass sie bei uns so freundlich aufgenommen worden wären, und meinten, sie hätten in Andreasfurth nun wieder eine richtige Heimat gefunden.«

»Was war dann? Warum wollten sie dann wieder weg von hier?«, fragte Schröck.

Sie seufzte. »Wissen Sie, das ist bei uns so eine Sache. Die meisten Leute hier haben nichts gegen Fremde. Sie sollen einfach nur ihren Urlaub hier verbringen und ihr Geld dalassen. Mittlerweile hat auch niemand mehr etwas dagegen, wenn sie sich hier in der Gegend ihre Häuser bauen und bei uns wohnen. Aber wenn sich jemand einbildet, er würde als Auswärtiger irgendwann einmal dazugehören, dann hat er sich getäuscht. Und das haben die beiden halt mitgekriegt und auch gemerkt, dass ihnen ihr ganzes Geld nichts hilft, wenn es darum geht, hier wirklich anzukommen. Die Lara hat mir erzählt, ihr Mann sei einmal fuchsteufelswild vom Stammtisch beim ›Hirschen‹ nach Hause gekommen. Ein Betrunkener hätte Streit mit ihm angefangen und ihm ins Gesicht gesagt, die Dorfbewohner würden ihn sowieso nur ausnutzen und ihn hinter seinem Rücken auslachen. Er hat ihm erzählt, was die Leute über sie tuscheln und welche Geschäfte sie ohne sein

Wissen gemacht hätten, obwohl er doch an fast allen Firmen hier im Ort beteiligt war. Ein paar Tage später hat Nikolai Fomin die Dorfbewohner zur Rede gestellt, aber sie haben alles getan, um ihn zu beschwichtigen. Doch als er sich nach und nach immer mehr in ihre Geschäfte eingemischt hat, haben sie ihn zurückgewiesen und ihm sogar damit gedroht, dass er kein schönes Leben mehr in Andreasfurth führen würde, wenn er sie nicht in Ruhe ließe. So ist das eine lange Zeit gegangen, und als sie in Kitz das Spital zugesperrt haben, ist der Winkler, unser Gemeindearzt, zum Nikolai gegangen, um ihn um Geld für den Bau eines Sanatoriums zu bitten. Doch der hat ihm gesagt, dass keiner mehr einen Cent von ihm bekäme, weil er es satthätte, sich von ihnen an der Nase herumführen und ausnützen zu lassen. Von dem Zeitpunkt an haben sie ihm alle die kalte Schulter gezeigt. In ihrer Sturheit haben sie die beiden von dem gesamten Dorfleben ausgeschlossen. Selbst die Kirchenfrauen und den Pfarrer haben sie dazu gebracht, dass Lara nicht mehr ihre Treffen besuchen durfte, weil sie angeblich nicht der römisch-katholischen, sondern der orthodoxen Kirche angehört hat. Irgendwann hat es den beiden gereicht. Der Nikolai ist zum ›Hirschen‹ marschiert, als sie alle beim Stammtisch zusammengesessen sind, und hat ihnen gesagt, dass er und Lara aus Andreasfurth weggehen würden und er Anwälte schicken würde, um seine Teilnehmerschaft an allen Betrieben zu kündigen. Erst hat niemand das geglaubt, aber als sich eine Firma aus Wien im Gemeindeamt nach dem Verkehrswert ihrer Liegenschaft erkundigt hat, haben sie es mit der Angst zu tun bekommen und sind zu ihnen rausgefahren, um sich für alles zu entschuldigen. Aber da war es schon zu spät. Alles war gepackt, sie wollten ein paar Tage später abreisen. Der Nikolai hat sich nicht erweichen lassen und gesagt, dass er, wenn sie das Geld nicht freiwillig zurückzahlten, jemanden damit beauftragen würde, das Geld einzutreiben, das sie ihm alle schuldeten.« Sie stockte und kniff die Lippen zusammen.

»Was ist dann geschehen?«, fragte Schröck und strich ihr sanft über die Schulter.

»Dann ist der Brünner, der jähzornige Hund, hinaus zu seinem Auto gelaufen, hat seine Jagdflinte geholt und die zwei erschossen«, presste sie heraus und schluchzte auf.

Schröck wartete, bis sie sich wieder einigermaßen beruhigt hatte. »Was haben sie mit den Leichen gemacht?«

»Sie haben sie draußen bei der Kapelle am Fuchsloch verscharrt. Wie zwei räudige Hunde!«, rief sie.

»Es ist gut, dass Sie mir das erzählt haben«, sagte Schröck, »aber woher wissen Sie das alles so genau?«

»Mein Sohn hat's meiner Schwiegertochter, der Christa, erzählt. Sonst ist er ja immer der große Held, aber wenn er nicht mehr ein noch aus gewusst hat, dann ist er immer zu ihr gekrochen gekommen. Sie hat mich manchmal besucht, er hat das gar nicht wissen dürfen. Ihr Zustand war nicht gut, sie war wegen ihrer Depressionen sogar in Behandlung. Sie käme sich vor wie in einem goldenen Käfig, hat sie einmal gesagt. Und dass der Bub in ein Mordkomplott verwickelt war, das hat ihr den Rest gegeben. Er hat ihr immer verboten, mit mir zu sprechen. Mir hat er die Schuld gegeben, dass er ohne Vater aufwachsen musste, dabei konnte ich doch gar nichts dafür. Aber die Christa ist trotzdem zu mir gekommen, wenn es ihr schlecht ging. Bitte, ich weiß, dass es falsch war, was sie getan haben. Aber der Bub hat den Fomins nichts angetan, das war doch der Brünner. Mein Sohn soll nicht ins Gefängnis müssen«, flehte sie Schröck an.

»Wie ich schon gesagt habe: Ich werde sehen, was sich machen lässt. Wenn sich herausstellt, dass Ihr Sohn mit dem Tod der beiden nichts zu tun hat, wird ihm nicht viel passieren. Und Sie beruhigen sich jetzt und gehen nach Hause. Erzählen Sie niemandem von unserem Gespräch, bis die Untersuchungen abgeschlossen sind. Auch nicht Ihrem Sohn.«

»Das müssen Sie mir nicht sagen. Der redet sowieso nicht mit mir.« Dann nahm sie ihren Korb, nickte ihm zu und ging mit gesenktem Kopf den Feldweg entlang weiter. Schröck schaute ihr noch eine Zeit lang nach. Es war einfach traurig, was manche Menschen ihr Leben lang ertragen mussten. Dann drehte er sich um und machte sich langsam zurück auf den Weg nach Andreasfurth.

28

Als Schröck um sechs Uhr abends zum Essen in den Speisesaal ging, überfiel ihn Burgi in der Lobby und erzählte ihm aufgeregt, dass der nette ältere Gast nun auch tot sei. Er habe bei einem Ausflug nach Kitzbühel auf dem Parkplatz der Seilbahnstation einen Herzinfarkt erlitten. Obwohl der Andreasfurther Gemeindearzt zufällig dazugekommen sei und versucht habe, ihn zu reanimieren, wäre der nette ältere Herr noch an Ort und Stelle verstorben. Zufälle gibt's, dachte Schröck, zweifelte aber keinen Augenblick daran, dass Winkler Meyen beim Sterben behilflich gewesen war. Es war schon erstaunlich, mit welcher Skrupellosigkeit die sonst so honorigen Bürger des Ortes vorgingen. Es setzte einiges an krimineller Energie voraus, um Meyen vor den Augen der Öffentlichkeit umzubringen. Schröck musste sich gewaltig anstrengen, um ein glaubhaft betroffenes Gesicht zu machen. Im Grund war seine Strategie, die er verfolgt hatte, aufgegangen, indem er Meyen zu Evelyne geschickt und ihm die Männer auf den Hals gehetzt hatte, doch es war ihm nicht in den Sinn gekommen, dass sie den Alten gleich umbringen würden. Sie sollten ihm nur eine Abreibung verpassen. Aber nach allem, was er über den Kerl gelesen hatte, war Meyen selbst im Laufe seines Agentenlebens für nicht gerade wenige Morde verantwortlich gewesen. Wenn jemand den Tod verdient hatte, dann er.

Als er schließlich den Speiseraum betrat, herrschte betretene Stille. Manchmal war ein tiefes Seufzen zu hören, sonst nur das Klappern des Bestecks. Selbst die redselige Dame aus Hamburg stocherte schweigsam in ihrem Essen herum. Schröck aß hingegen mit Appetit und gönnte sich noch ein Gläschen Rotwein, bevor er auf die Terrasse für eine Zigarette danach ging. Um Heinrich anzurufen, lief er ein paar Schritte Richtung Straße. Er informierte ihn über sein Gespräch mit der Mutter des Baumeisters, registrierte Heinrichs freundschaftliche Kritik, dass er sich in Dinge einmische, die den BND eigentlich nichts angingen, da sie in den Zuständigkeitsbereich der lokalen Behörden fielen, und bat Heinrich, als dieser endlich mit seiner Predigt fertig war, Liba die Nachricht zukommen zu lassen, dass ihr Kurt auf der Rückfahrt von Frankreich einem Herzinfarkt erlegen sei. Als Heinrich genervt fragte, ob er ihr vielleicht nicht auch noch einen Streifenpolizisten vorbeischicken solle, um ihr die traurige Nachricht zu überbringen, erwiderte Schröck freundlich, er hielte das für eine ausgezeichnete Idee und würde ihn ganz herzlich darum bitten. Heinrich gab seufzend auf und versprach Schröck zähneknirschend, alles in die Wege zu leiten, worum er ihn am Vortag gebeten hatte.

Dann ging Schröck wieder auf sein Zimmer hinauf und suchte im Internet nach der Nummer des »Café Brünner«. Danach warf er sich aufs Bett, legte sich das Kissen zurecht, bis er bequem lag, und nahm sein Telefon. »Bitte tun Sie, was ich Ihnen jetzt sage«, sagte Schröck, als Romy abnahm.

»Aber wir wollten uns doch auf dem Friedhof treffen.«

»Das ist zu gefährlich. Ist Ihre Schwester da?«

»Ja, aber was ist denn los?«

»Später. Unser Treffen auf dem Friedhof findet nicht statt. Suchen Sie stattdessen Ihre Schwester, und sperren Sie sich in Ihrem Zimmer ein. Jemand wird Sie auf dem Handy anrufen und Ihnen alles erklären. Wir müssen Sie von hier wegbringen, damit Ihnen nichts zustößt. Haben Sie verstanden?«

»Ja, aber …«

»Versprechen Sie mir, zu tun, was ich Ihnen gesagt habe. Und jetzt holen Sie mir bitte Ihren Vater ans Telefon.«

Sie hielt kurz inne, erwiderte aber schließlich nur, sie werde ihn sofort rufen. Schröck hörte, wie der Hörer auf den Tresen gelegt wurde, dann meldete sich der Kaffeehausbesitzer.

»Herr Brünner, wir müssen reden«, sagte Schröck, ohne sich mit einer Einleitung aufzuhalten.

»Wer spricht da?«

»Das werden Sie wissen, wenn wir uns treffen. Wann passt es Ihnen?«

»Ich wüsste nicht, warum ich mich mit jemandem treffen sollte, der sich mir noch nicht einmal vorstellt. Worum geht es überhaupt?«, fragte er ungeduldig.

»Ich möchte mich mit Ihnen über den Tod der Fomins unterhalten«, kam er nun doch zur Sache. »Und lassen Sie Ihre Schrotflinte in Auto. Sie wollen doch nicht, dass noch jemandem etwas zustößt.«

Am anderen Ende der Leitung blieb es ruhig. Brünner schien es die Sprache verschlagen zu haben.

»Wir können uns auch bei der Kapelle am Fuchsloch treffen, wenn Sie wollen. Dann können Sie gleich Blumen für das Grab der Fomins mitbringen«, setzte er nach.

Aus dem Hörer drangen ihm Laute entgegen, die sich wie das Keuchen eines Asthmatikers anhörten.

»Na gut, ich habe zwar keine Ahnung, was Sie von mir wollen und wer Sie sind, aber wenn es unbedingt sein muss, treffe ich mich eben mit Ihnen. Kennen Sie den alten Stadel am –«

»Glauben Sie etwa, ich bin lebensmüde?«, unterbrach ihn Schröck. »Dann schleppen Sie Ihre Freunde an, und die sorgen dafür, dass mir dasselbe passiert wie dem armen Manuel Gstöttner. Kommt nicht in Frage. Ich sage Ihnen jetzt, wie alles ablaufen wird. Das Café schließt um zehn, spätestens um elf sind Ihre Angestellten weg. Ich komme zum Vordereingang, und Sie werden mich reinlassen. Keine Angst, ich habe es nicht auf Sie abgesehen, auch wenn Sie es verdient hätten. Also?«

»Meinetwegen«, knurrte Brünner nach einer Weile.

»Gut, dann bis später.« Schröck trennte die Verbindung.

Kaum hatte er sein Mobiltelefon auf den Nachttisch gelegt, klingelte es wieder. Schröck warf einen Blick auf das Display: Liba.

Er meldete sich, aber bevor er noch fragen konnte, was sie dazu trieb, ihn um diese Zeit anzurufen, schließlich war Liba der Überzeugung, es gehöre sich nicht, nach acht Uhr abends noch jemanden zu stören, vernahm er lautes Schluchzen.

»Herr Schröck, es ist was Furchtbares passiert. Der Kurt ist tot.«

»Wie, Ihr Freund?«, gab er sich ahnungslos. Heinrich schien seinen Auftrag prompt erledigt zu haben.

»Ja, jetzt hab ich nicht nur meinen Josef, Gott hab ihn selig, sondern auch noch den Kurt verloren«, sagte sie mit tränenerstickter Stimme.

»Was ist denn passiert?«, fragte Schröck ernst.

»So ein lieber Mensch war er. Niemals hat er geklagt, und das, obwohl er so ein schwaches Herz gehabt haben muss. Heimfahren wollte er zu mir, hat der Polizist gesagt, der gerade da war. Er hätte noch den Wagen anhalten können, wahrscheinlich hat er da schon Schmerzen gehabt, und dann ist er an einem Herzinfarkt gestorben. Ach, Herr Kommissar, mein Unglück ist so groß, wenn ich mich draufstellen könnt, dann wär ich einen Meter größer. Jetzt bin ich wieder ganz allein und hab nur mehr Sie und Kater.«

Liba tat ihm aufrichtig leid, aber so war es besser für sie. Hätte sie erfahren, dass sie der Kerl nur für seine Zwecke ausgenutzt hatte, wäre es vermutlich noch bitterer für sie gewesen. So konnte sie ihn wenigstens in guter Erinnerung behalten. Er tröstete sie und versprach ihr, morgen, aber spätestens übermorgen zurück in Schönbergmoos zu sein. Vielleicht wäre es ja das Beste, gleich Silvia anzurufen? Nein, sie sei sicher noch nicht zu Bett gegangen, und Liba störe sie auch ganz bestimmt nicht, schließlich sei das ein Notfall, und von Frau zu Frau redete es sich sicherlich besser. Liba versprach ihm, seinen Rat zu befolgen, und legte schwer seufzend auf.

»Du verdammter Idiot!«, fluchte Schröck. Dieser blöde Franzose hatte ganz schön viel Unheil angerichtet.

***

Kurz vor elf legte Schröck den Zimmerschlüssel auf das verwaiste Empfangspult und trat auf die Straße. Einige Paare schlenderten über den beleuchteten Ortsplatz, auf der Fassade des Gemeindehauses hielt Andreas Hofer noch immer seine Rede an die Getreuen, und aus einem der Fenster auf der gegenüberliegenden Seite schwappte ein dumpfer Dialog aus einem Fernseher zu ihm herüber. Es war ein lauer Sommerabend, die Berge hatten sich mit dem Himmel zu einer anthrazitfarbenen Mauer verschmolzen und ließen den Betrachter glauben, er bewege sich in einer Filmkulisse, die man in einer Halle aufgebaut hatte.

Während Schröck langsam den Platz überquerte, schaute er sich um. Vor dem Kaffeehaus stand nicht ein einziges Fahrzeug, es sah ganz so aus, als hätte Brünner seine Kumpel tatsächlich nicht alarmiert.

Schröck warf einen Blick durch das große Ladenfenster des Cafés. Nur die Kühlvitrine im Gastraum, die während des Tages mit Torten und anderen köstlichen Süßspeisen bestückt war, verströmte schummriges Licht. Der hintere Teil des Raumes lag im Schatten, es war nicht zu erkennen, ob sich dort jemand aufhielt. Schröck warf einen Blick auf seine Uhr, die Zeiger standen auf fünf nach elf. Er klopfte an die Glastür und wartete. Nach einer Weile tauchte Brünner auf, starrte ungläubig durch das Glas und sperrte auf. »Sie?«

Schröck ging wortlos an ihm vorbei. Brünner sperrte die Tür wieder ab und wollte ihn in sein Büro führen, aber Schröck winkte ab und setzte sich an einen Tisch in der Mitte des Gastraumes. Brünner blieb nichts anderes übrig, als neben ihm Platz zu nehmen.

»Was wollen Sie von mir?« Der Kaffeehausbesitzer schaute ihn feindselig an.

Schröck lehnte sich im Stuhl zurück und verschränkte die Finger vor der Brust. »Sie haben recht, sparen wir uns die Höflichkeiten und kommen wir gleich zur Sache. Sie wissen ja bereits, dass ich über Ihre Geschäfte im Bilde bin. Was Sie den Fomins angetan haben, ist zwar eine Riesensauerei, aber das ist nicht der Grund meines Besuches. Sie können auf den Vorschlag, den ich Ihnen gleich machen werde, eingehen und einigermaßen glimpflich davonkommen. Das würde bedeuten, dass Sie sich selbst der Polizei stellen oder warten, bis die Beamten Sie holen. Ich sorge dafür, dass Sie auf jeden Fall ins Gefängnis wandern. Weigern Sie sich, wären Ihre Kumpel nicht sehr davon begeistert, wenn ich erzählte, dass ich die Aufzeichnungen über die Beteiligungen und die Schulden, die sie bei Fomin angehäuft haben, von Ihnen bekommen habe, weil Sie sich damit bei mir freikaufen wollten.«

»Welche Aufzeichnungen?«, fragte Brünner erstaunt.

»Die Verträge, die ich im Haus der Fomins gefunden habe.«

»Sie bluffen doch nur.« Brünner verzog das Gesicht zu einem abschätzigen Grinsen.

»Sie irren sich gewaltig«, sagte Schröck und zog einen Zettel aus seiner Jacke, auf der er die Namen der Personen und die Summen, die Fomin als Beteiligung in ihre Geschäfte eingebracht hatte, notiert hatte. Er schob das Papier zu Brünner über den Tisch.

Brünner riss die Augen auf und wurde kreidebleich. »Wollen Sie Geld?«, flüsterte er.

»Nein, Ihr Geld können Sie behalten.«

»Was dann?«

Schröck schaute ihm in die Augen. »Morgen Nachmittag wird jemand Ihre beiden Töchter abholen.«

Brünner wollte etwas sagen, aber Schröck brachte ihn mit einer resoluten Handbewegung zum Schweigen. »Meine Leute werden Verbindung mit ihnen aufnehmen und sie von hier wegbringen. Sie erhalten von uns einen neuen Arbeitsplatz und eine Unterkunft.«

»Sind Sie verrückt?«, schrie Brünner und sprang auf.

»Keinesfalls. Die beiden haben es einfach nicht verdient, von ihrem jähzornigen Vater terrorisiert und misshandelt zu werden. Denken Sie etwa, ich hätte die Verletzungen bei Sonja nicht gesehen? Sie wollte sich sogar das Leben nehmen. Romy wird sich um ihre Schwester kümmern, und wir werden dafür sorgen, dass beide vor Ihnen in Sicherheit sind.«

Brünner sprang auf und lief im Lokal auf und ab. »Aber es sind doch meine Kinder, mein eigen Fleisch und Blut. Die können Sie mir doch nicht wegnehmen.«

»Sie werden froh darüber sein, wenn sie hier rauskommen.«

»Das glaube ich nicht. Ich werde sie sofort fragen. Die können was erleben, wenn ich –«

Schröck war ebenfalls aufgestanden und hielt Brünner am Ärmel zurück. »Das lassen Sie mal schön bleiben.«

Brünner fuhr herum und wollte ihm einen Faustschlag versetzen, aber Schröck parierte mit dem Unterarm und trat ihm gegen den Unterschenkel, sodass der Tobende wie ein Sack zu Boden fiel. Er wollte wieder aufspringen, aber da war Schröck schon über ihm und hielt ihm den Lauf seiner Waffe an den Kopf. »Soll ich vielleicht dasselbe mit Ihnen machen, was Sie dem Kellner angetan haben?«

Brünner fing an zu heulen. »Für Reue ist es jetzt zu spät.«

»Wessen Idee war es eigentlich, den Mann am Baum aufzuknüpfen, Ihre? Jetzt reden Sie schon! Ich habe kein Problem damit, Sie hier vor Ort zu erschießen. Mir passiert nichts, dafür sorgt mein Auftraggeber schon.« Schröck hatte seine Worte absichtlich so gewählt. Sollte sich der Mann doch zusammenreimen, wer ihn geschickt hatte.

»Es war der Thurnbacher, er hat es getan. Er hat sich noch gewundert, als der Manuel damit begonnen hat, herumzuschnüffeln und die Leute auszufragen. Der alte Höllerer hat Manuel erzählt, dass der Bauer vom Nachbarhof am Abend noch mit seinem Traktor im Wald unterwegs gewesen ist und den Thurnbacher dabei beobachtet hat, wie er mit dem Land Rover vom Höllererhof weggefahren ist. Daraufhin hat der Manuel den Thurnbacher zur Rede gestellt, hat ihm von den grünen Lackspuren am Auto in der Schlucht erzählt und gesagt, er wisse jetzt, dass er die beiden Russen vom Weg gedrängt hat. Er wollte Geld von ihm, nur dann würde er niemandem davon erzählen. Bei der Kapelle hätte Thurnbacher ihm das Geld übergeben sollen, aber da haben wir schon auf Manuel gewartet. Wir haben ihn festgehalten, wollten ihm Angst einjagen, aber dann hat der Thurnbacher ihn am Hals gepackt, und bevor wir ihn noch zurückhalten konnten, hatte er Manuel schon erwürgt.«

Phantastisch, dachte Schröck. Er hatte in seiner Einschätzung also doch falschgelegen, und der junge Mann hatte den Hals nicht voll genug kriegen können. »Ihr seid ja eine feine Bruderschaft. Aber was ist jetzt: Gehen Sie freiwillig ins Gefängnis, soll ich Sie gleich hier erschießen, oder kommen wir ins Geschäft?«

»In Gottes Namen, ja, dann sollen Sonja und Romy halt gehen«, stieß er erbittert aus.

»Lassen Sie ja den lieben Gott aus dem Spiel.« Schröck bedeutete ihm mit der Waffe, aufzustehen. »Sie werden sich jetzt absolut ruhig verhalten. Ist das klar? Sie gehen sofort zu Ihren Töchtern hinauf und sagen ihnen, dass sie packen sollen. Und denken Sie ja nicht, dass Sie damit schon aus dem Schneider sind. Wenn mir zu Ohren kommt, dass Sie auch nur ein unangemessenes Wort zu den Mädchen gesagt haben, können Sie sich gleich Ihr eigenes Grab schaufeln, am besten dort, wo Sie die Fomins verscharrt haben.« Er warf Brünner einen prüfenden Blick zu.

Der dicke kleine Mann nickte eingeschüchtert.

Schröck steckte die Waffe weg. »Aufsperren!«

Brünner eilte ergeben zur Tür und hielt sie ihm auf.

»Ich wünsche Ihnen eine gute Nacht, und denken Sie daran, was ich Ihnen gesagt habe. Ach, übrigens, Ihre Töchter werden etwas Geld für die erste Zeit brauchen. Ich denke, so vier- oder fünftausend Euro werden genügen.«

Nur Minuten später war Schröck auf seinem Zimmer, packte die Waffe, die nicht geladen gewesen war, und das Magazin aus der anderen Tasche unter seine Unterhosen und ließ sich aufs Bett fallen. Er hoffte, dass Brünner keine Schwierigkeiten mehr machen würde.

Schröck versuchte, Silvia zu erreichen, und hatte Glück. Sie lag zwar bereits im Bett, hatte aber noch gelesen.

Sie erzählte ihm, dass Liba angerufen und ihr von Kurts Tod berichtet hätte.

»Am liebsten hätte ich mitgeheult«, sagte Silvia. »Das Leben geht so schnell vorbei, und ehe man sich versieht, ist man wieder allein.«

»Ich hoffe, dass Liba bald über den Verlust hinweg sein wird«, versuchte Schröck sie zu beruhigen, und erkundigte sich, wie ihr Tag gewesen sei.

»Nicht so gut. Im Institut waren alle wegen der Hitze schon ganz verrückt. Dann ist am Nachmittag zu allem Überfluss auch noch die Klimaanlage ausgefallen. Streinz hat getobt. Ach, Michael, ich wünschte, du wärst jetzt hier.«

»Ich komme morgen nach Hause. Und wenn du willst, könnten wir uns dann auch darüber unterhalten, wann und wohin wir in den Urlaub fahren.«

Silvia war erstaunt, aber noch erstaunter war sie, als ihr Schröck sagte, dass sie ihm fehle und er sie liebe. Von einem Moment auf den anderen fing sie an zu weinen, und als er sie fragte, was denn los sei, sagte sie, das sei nur deshalb, weil ihm so etwas Gefühliges sonst nie über die Lippen käme und sie sich darüber freue. Er solle sie anrufen, wenn er in der Nähe von München war, sie würde sich dann sofort ins Auto setzen und nach Schönbergmoos fahren.

29

Schröck wachte auf, und doch hatte er das Gefühl, als hätte er die ganze Nacht kein Auge zugemacht. Bruchstücke eines wirren Traumes geisterten noch in seinem Kopf herum: Er hatte seine Tochter an der Hand gehalten, als ein paar gesichtslose Männer sie verfolgt hatten. Sie waren um ihr Leben gerannt, hatten sich versteckt, waren aber entdeckt worden und wieder geflüchtet.

Schwerfällig kletterte er aus dem Bett. Es hätte ihn nicht gewundert, wenn er von der Rennerei im Traum einen Muskelkater davongetragen hätte.

Der Himmel war grau in grau. Es regnete, und ein heftiger Wind bog die Wipfel der Bäume. Nur wenige Leute waren auf der Straße unterwegs, sie hielten ihre Schirme mit beiden Händen fest und liefen im Schutz der Häuser geduckt den Bürgersteig entlang. Schröck war versucht, die Vorhänge wieder zuzuziehen und sich ins Bett zurückzulegen, aber es war schon fast halb zehn, und er musste noch packen.

Nach einem schnellen Frühstück rief er im Café an und verlangte nach Romy. Sie war nicht im Lokal. Nach einigem Verhandeln hatte er den Kellner dazu gebracht, die Privatnummer der Brünners herauszurücken.

Sonja ging ans Telefon, sie wirkte ruhig, besonnen, fast fröhlich. Ihr Vater sei noch in der Nacht ziemlich kleinlaut zu den Mädchen gekommen, hätte sich erkundigt, ob schon alles gepackt sei, und ihnen dann kommentarlos einen Briefumschlag mit fünftausend Euro auf den Tisch gelegt. Um acht Uhr morgens hätten sie dann einen Anruf von einer netten Frau erhalten, die ihnen mitgeteilt hätte, dass man sie am frühen Nachmittag abholen würde. Ihre erste Station würde München sein, dort könnten sie sich ein paar Tage ausruhen und würden dann besprechen, wo und was sie schließlich arbeiten sollten. Fest stand, dass die beiden jungen Frauen zusammenbleiben wollten. Romy wollte unbedingt wieder im Gastgewerbe arbeiten, Sonjas Traumjob war Rezeptionistin eines Hotels.

Schröck versprach Sonja, dass er dabei sein würde, wenn man sie abholte, und riet ihr, noch einmal zu überprüfen, ob sie auch alle amtlichen Papiere eingepackt hätten, alles andere würde sich finden.

Als er fertig gepackt hatte und das Foyer betrat, strahlte ihn Burgi übers ganze Gesicht an. Sie wirkte, als würde sie erwarten, dass er sich nach dem Grund für ihre gute Laune erkundigte. Da er sie mochte und eine Vorahnung hatte, tat er ihr den Gefallen. »Was ist denn mit Ihnen los, haben Sie im Lotto gewonnen?«

»Beinahe. Stellen Sie sich vor, ich habe heute ein Jobangebot bekommen.« Sie hüpfte hinter dem Tresen auf und ab und klatschte in die Hände.

Schröck hatte den Verdacht, dass sie ihm, hätte das Pult nicht als Barriere zwischen ihnen gestanden, um den Hals gefallen wäre. »Das hört sich ja phantastisch an«, sagte Schröck und schmunzelte, während er wehmütig daran dachte, dass man, hatte man wie er schon die fünfzig überschritten, kaum mehr fähig war, sich so unbändig über etwas zu freuen, wie es Burgi gerade tat. »Darf man denn schon fragen, wohin Sie gehen werden? Ich vermute, dass Sie das Angebot annehmen werden.«

»Natürlich! Sie sind erst der Zweite, dem ich es erzähle. Herr Thurnbacher war natürlich nicht so erfreut. Ich gehe in die Schweiz, ins Tessin. Man hat mir eine Stelle an der Rezeption in einem Vier-Sterne-Haus angeboten. Direkt am Lago Maggiore! Ich freue mich ja so! Ich verstehe zwar nicht, warum man gerade auf mich gekommen ist, weil ich mich doch gar nicht dort beworben habe, aber vermutlich hat die Hotelfachschule, die ich besucht habe, etwas damit zu tun.«

»Vermutlich«, sagte Schröck. »Aber werden Sie Andreasfurth nicht vermissen?«

»Ganz ehrlich?« Sie kniff die Lippen zusammen und verdrehte die Augen.

Schröck nickte ihr lächelnd zu und schnitt ebenfalls eine Grimasse.

»Nein!«, lachte sie. »Es ist zwar ganz schön hier, und ich habe auch viele nette Kollegen, aber es ist so – ich weiß nicht, wie ich es sagen soll – eng im Dorf. Wenn man hier geboren ist, steht man quasi immer unter Beobachtung der Nachbarn, die einen von klein auf kennen.«

»Ich verstehe Sie. Dann wünsche ich Ihnen mal alles Gute. Vielleicht könnten Sie mir aber trotz Ihrer Freude noch die Rechnung fertig machen? Ich würde dann heute Nachmittag abreisen, wenn das nichts ausmacht.«

»Selbstverständlich, kein Problem«, kicherte sie.

Bevor Schröck angesichts des Mistwetters noch nach einem Schirm fragen konnte, öffnete sich die Tür neben dem Empfang, und Thurnbacher streckte den Kopf heraus. »Herr Schröder, hätten Sie ein paar Minuten Zeit für mich?«, fragte er unterwürfig.

Schröck verspürte wenig Lust, ein Schwätzchen mit einem kaltblütigen Mörder zu halten, war aber andererseits neugierig, was Thurnbacher von ihm wollte. Bei den Ehrenmännern des Dorfes musste nun das große Zittern eingesetzt haben, es war nur nachvollziehbar, dass Brünner bereits alle Beteiligten von ihrem nächtlichen Gespräch informiert hatte.

Schröck nickte, ohne eine Miene zu verziehen, und ging an Thurnbacher vorbei ins Büro.

Der Hotelier folgte ihm, ließ sich auf die Zweiercouch fallen, die gegenüber seinem Schreibtisch stand, und schaute Schröck verzweifelt an. »Was sollen wir jetzt bloß machen?«, stöhnte er und verbarg sein Gesicht in seinen Händen.

Schröck kannte dieses Verhalten nur zu gut. Unter den Tätern gab es die Trotzigen, die sich, obwohl sie bereits überführt waren und alle Beweise gegen sie sprachen, als Opfer der Polizei sahen und nicht davon abrückten, dass sie unschuldig waren. Dann die Aggressiven, die mit Gewalt zur Räson gebracht werden mussten, wenn sich die Schlinge um ihren Hals zugezogen hatte, weil sie sonst ausrasteten. Diese Typen stießen dann wüste Drohungen aus, wem sie es heimzahlen würden, wenn sie wieder aus dem Gefängnis kämen, und schlussendlich gab es die Art, der Thurnbacher anscheinend am meisten entsprach. Diese Täter taten sich selbst leid und schoben dem Schicksal die Schuld in die Schuhe, weil es sie fehlgeleitet hatte. Der Mann widerte ihn an.

»Keine Ahnung, aber es wäre eine Möglichkeit, sich der Polizei zu stellen.« Schröck zuckte gleichgültig mit den Schultern.

»Und was wird dann aus dem Hotel? Der ›Lazarushof‹ ist seit Generationen in Familienbesitz.«

»Das hätten Sie sich wohl besser vorher überlegen sollen.«

»Aber wenn Sie uns alle einsperren, ist der ganze Ort ruiniert. Was soll dann aus Andreasfurth werden?«

Jetzt platzte Schröck doch der Kragen. »Glaubt ihr denn ernsthaft, dass die Leute hier Arschlöcher wie euch brauchen? Menschen, die über Leichen gehen, weil sie ihren Wanst nicht voll genug kriegen? Keiner weint so jemandem wie euch eine Träne nach. Ihr habt gedacht, ihr wärt clever, wenn ihr das nachäfft, was euch all die anderen vormachen. Dass es im Leben nur um Gewinnmaximierung, Gesamterlöse, Beteiligungen und Renditen geht. Ihr habt noch immer nicht begriffen, dass ihr mit eurem Verhalten alles um euch herum zerstört und die einfachen Bauern wie etwa der Höllerer wegen euch langsam vor die Hunde gehen. Ihr seid doch alle verrückt! Lebt in der wunderschönsten Landschaft, die man sich vorstellen kann, und träumt trotzdem nur davon, in euren Löchern das Geld zu zählen.«

Thurnbacher starrte betreten auf seine Schuhspitzen. Als Schröck sich wieder beruhigt hatte, fragte er leise: »Was werden Sie jetzt tun?«

»Ich reise ab.«

»Das meinte ich nicht. Ich meinte –«

»Es ist mir schon klar, was Sie von mir wissen wollen. Ungeschoren kommen Sie jedenfalls nicht davon, so viel ist Ihnen hoffentlich auch klar.« Dann stand er auf, ging, ohne sich noch einmal umzudrehen, hinaus und knallte die Tür zu.

Burgi schaute ihn erschrocken an, aber er warf ihr ein entschuldigendes Lächeln zu. »Tut mir leid, irgendwo muss ein Fenster offen stehen. Es zieht.« Auf der Straße steckte er sich eine Zigarette an. Es regnete in Strömen, auf den Regenschirm hatte er verzichtet. Ja, natürlich, es war gut gelaufen, er hatte seinen Auftrag erfüllt, Fomins Akte war unter Verschluss, und würde die Gaspipeline wirklich gebaut werden, was in Zeiten wie diesen ohnehin nicht sicher war, dann konnten die Franzosen bald mit russischem Gas kochen. Dennoch fühlte Schröck sich unwohl in seiner Haut.

Bei Brünners Töchtern hatte sich Heinrich noch verständnisvoll gezeigt und seine Beziehungen spielen lassen, die Sache mit Burgi, die er ihm vorgeschlagen hatte, hatte er zuerst jedoch geradewegs abgelehnt. Sie hätte einen Beruf erlernt, sei noch jung und könne jederzeit im »Lazarushof« kündigen, wenn es ihr ernst sei. Aber offenbar hatte er es sich dann doch anders überlegt und ihr den Job in der Schweiz verschafft. Schröck lächelte. Als er Heinrich in dem Gespräch jedoch gefragt hatte, wann er die österreichischen Behörden über den Mord an den Fomins informieren würde, hatte er geantwortet, dass eine Mitteilung unmöglich sei, da der BND offiziell nie in Tirol operiert hätte.

Eigentlich hätte Schröck nicht überrascht sein dürfen. Warum war er noch nicht so abgebrüht? Viele der Gauner, die er als Polizist geschnappt hatte, waren aus Mangel an Beweisen wieder freigelassen worden, obwohl ihre Schuld doch ein offenes Geheimnis gewesen war. Und dennoch waren sie triumphierend aus dem Gerichtssaal spaziert und hatten ihm dreist ins Gesicht gelacht. Er hatte sich damit abgefunden, auch wenn es ihm schwergefallen war. Aber dass Thurnbacher und seine Komplizen unbestraft bleiben sollten, das schlug ihm gewaltig auf den Magen.

30

Schröck lehnte am offenen Fenster und starrte nun schon seit einer halben Stunde in den Regen. Es war fast drei Uhr, Silvia würde bereits bei Liba sein und ihr gut zureden. Doch seine Haushälterin würde sich noch lange nicht beruhigen. Der Schmerz saß zu tief. Alles in allem keine guten Aussichten, wenn man wie er ohnedies mies drauf war und eigentlich nur allein sein wollte.

Wenig später fuhr eine weiße Limousine mit einer dunkelhaarigen Frau am Steuer vor dem Kaffeehaus vor, ihr folgte ein schwarzer Audi mit drei Männern. Die Frau stieg aus und lief in den Hof, doch die Männer blieben im Auto sitzen. Schröck zog seine Jacke über, ging hinunter und klopfte an die Seitenscheibe. Der Fahrer öffnete die Autotür einen Spaltbreit und reichte ihm die Hand. »Herr Schröck? Wir holen jetzt die beiden Frauen ab«, sagte er.

Schröck kannte den etwa Vierzigjährigen mit Allerweltsgesicht und Kurzhaarschnitt nicht, aber der Mann wusste offenbar, wer er war. Er wurde aus seinen Gedanken gerissen, als die beiden anderen Männer mit einem Mal die Türen aufrissen und aus dem Wagen sprangen. Sie eilten zu den Frauen hinüber, um ihnen die schweren Koffer abzunehmen und sie im Auto zu verstauen.

Als Romy Schröck sah, lief sie ihm entgegen, umarmte ihn und drückte ihm einen Kuss auf die Wange. »Danke, vielen Dank.« Sonja reichte ihm die Hand und strich ihm beim Weggehen schüchtern über den Arm. Brünner hatte sich nicht mehr blicken lassen. Zwar meinte Schröck, als er einen Blick zu den Fenstern im ersten Stock hinaufwarf, dass sich dort ein Vorhang bewegt hätte, aber sicher war er sich nicht. Dann setzten sich die Fahrzeuge in Bewegung, und die beiden jungen Frauen winkten ihm zu, bis die Autos vom prasselnden Regen verschluckt wurden.

Zurück im Hotel frottierte Schröck seine Haare, zog seine nassen Klamotten aus und holte trockene Sachen aus dem Koffer. Bevor er sein Gepäck in die Lobby brachte, versuchte er noch einmal, Silvia zu erreichen, doch sie hatte ihr Telefon ausgeschaltet, und so blieb Schröck nichts anderes übrig, als ihr auf die Mobilbox zu sprechen, dass er sich jetzt auf den Weg machen würde.

Burgi hatte mittlerweile die Rechnung vorbereitet. Er bezahlte und wünschte ihr alles Gute im neuen Job. Thurnbacher lehnte währenddessen an seiner Bürotür, beobachtete die Szene und machte eine knappe Kopfbewegung, als Schröck im Gehen Adieu sagte.

Obwohl es nun aufgehört hatte zu regnen, hingen die Wolken noch immer an den Gipfeln des Kaisergebirges fest. Es wirkte, als würde sie der Berg nicht ziehen lassen wollen.

Schröck parkte den Wagen aus und ließ Andreasfurth hinter sich. Er verzichtete darauf, sich noch einmal umzuwenden, und schaltete das Autoradio ein. Volkstümliches Gejaule erklang, das einem Tränen in die Augen trieb. Schröck drückte die CD-Taste, worauf augenblicklich der satte Sound von Angus Youngs Gibson-Gitarre ertönte und Brian Johnson »Thunderstruck« plärrte. Genau das, was er jetzt brauchte.

Auf der Loferer Straße kam er nur langsam voran. Ein bis zum Rand mit Hausrat beladener roter Mazda3 tuckerte zwei Lastwagen hinterher, und der Fahrer machte keine Anstalten, die Laster zu überholen. Nach ein paar Kilometern hatte Schröck es satt, der großen Zimmerpflanze zuzusehen, wie sie ihm zuwinkte. Er schaltete einen Gang runter und gab Gas. Als er auf Höhe des Mazda3 war und einen Blick auf den Fahrer werfen wollte, der ihn dazu zwang, sein altes Auto so zu quälen, erkannte er Evelyne. Sie starrte ihn an, als wäre ihr ein Geist erschienen. Auch Schröck hätte vor Schreck beinahe ein entgegenkommendes Fahrzeug übersehen, im letzten Moment fädelte er sich zwischen den beiden Lkws ein. Der Lenker hinter ihm machte seinem Unmut Luft. Seine Hupe ertönte, das Röhren eines Ozeandampfers. Schröck machte eine entschuldigende Geste mit der Hand, aber der Lenker tippte sich trotzdem an die Stirn.

Wie es den Anschein hatte, hatte die Masseurin kalte Füße bekommen. Im Vorbeifahren hatte Schröck im Fond und auf dem Nebensitz des Wagens Tasche und Koffer entdeckt. Und auf dem Gepäck Kleidungsstücke, in denen noch die Bügel steckten, als hätte Evelyne sie hastig aus dem Schrank gerissen. Auch ihre Lieblingspflanze hatte sie nicht vergessen, doch Schröck wollte nicht mehr über sie und alles, was mit ihr zusammenhing, nachdenken. Er überholte den zweiten Laster und drückte das Gaspedal durch.

Nach etwa zwanzig Kilometern fuhr er auf die Autobahn und hatte endlich das erleichternde Gefühl, auf dem Weg nach Hause zu sein.

31

Mit dem Koffer in der Hand betrat Schröck das Vorhaus, streifte schnell seine Schuhe ab und drückte dann mit dem Ellenbogen die Tür zur Wohnküche auf. Silvia und Liba saßen beim Schein einer Kerze beieinander am Tisch, auf dem noch eine leere Weinflasche und zwei halb gefüllte Gläser standen. Als ihn Silvia sah, sprang sie auf und umarmte ihn. »Michael, gut, dass du endlich da bist. Wir haben uns schon Sorgen um dich gemacht.«

»Griaß Ihnen, Herr Kommissar«, rief auch Liba, und Schröck hatte den Eindruck, einen leichten Zungenschlag herauszuhören.

Silvia begleitete ihn in das kleine Kabinett, das er als Ankleidezimmer nutzte. Wenn sie als Kinder bei den Großeltern zu Besuch gewesen waren, hatten er und seine Schwester hier geschlafen. Sie half ihm, seine Sachen auszupacken.

»Wie nimmt sie den Tod ihres Kurts auf?«, fragte Schröck besorgt.

»Den Umständen entsprechend gut. Als ich nach der Arbeit herkam, war sie noch ziemlich deprimiert, aber dann haben wir geredet und ein paar Gläser Wein getrunken, und schließlich hat sie gemeint, dass Kurt zwar immer sehr galant gewesen sei, sich aber doch auch ein wenig seltsam verhalten hätte, was sie daran zweifeln ließ, ob jemals etwas Ernsteres aus ihnen geworden wäre.«

Schröck musste schmunzeln.

»Ach du, dir geht es doch nur darum, dass dir deine Perle bloß niemand wegschnappt, damit sie dir bis ans Lebensende dein geliebtes Rinderfilet in Sahnesoße kocht.«

»So ein Quatsch«, grinste Schröck, ging ins Badezimmer und begann, sich auszuziehen.

»Du, Michael«, Silvia lief ihm hinterher, »ich habe drei Gläser Wein getrunken, ich kann heute nicht mehr Auto fahren.«

»Das will ich auch schwer hoffen«, sagte er und nahm sie in den Arm.

***

Eine Woche später verlief alles wieder in geordneten Bahnen. Kater, der Schröck wie gewöhnlich, wenn er längere Zeit nicht da gewesen war, ein paar Tage ignoriert hatte, verfolgte ihn wieder auf Schritt und Tritt, wenn auch nur der Hauch einer Chance bestand, dass Schröck den Kühlschrank anpeilte. Silvia schuftete im Institut, vergaß aber nicht, ihn bei jedem zweiten Anruf daran zu erinnern, dass er versprochen hätte, mit ihr in den Urlaub zu fahren, und fragte ständig, ob sie oder er nun endlich Prospekte aus dem Reisebüro besorgen sollte. Auch Liba war fast wieder die Alte. Allerdings bedauerte sie es, dass sie niemanden fragen konnte, wo Kurt denn begraben sei. Sie hätte ihm gern ein paar Blumen auf sein Grab gelegt.

Schröck hatte nach zwei Tagen endlich den Abschlussbericht an Heinrich fertiggestellt und sofort abgeschickt. Sein Freund und Vorgesetzter hatte sich seit seiner Abreise aus Andreasfurth nicht mehr bei ihm gemeldet, aber darüber machte sich Schröck keine Sorgen. Es war ihm nur wichtig, dass er den lästigen Schreibkram hinter sich gebracht hatte.

Doch nachdem er im Garten den Rasen gemäht und die Rosen zurückgeschnitten hatte, begann er sich wieder zu langweilen und nahm sich vor, in die Stadt zu fahren, um ein paar Urlaubskataloge zu besorgen und Silvia damit zu überraschen.

Als am darauffolgenden Sonntagabend das Telefon läutete, dachte er, es sei Silvia, die am Nachmittag überraschend ins Institut gerufen worden war, um eine dringende kriminaltechnische Untersuchung durchzuführen. Doch es war Heinrich, der ihm empfahl, den Fernseher einzuschalten. Schröck tat wie ihm geheißen.

Der Sprecher der Tagesschau erschien auf dem Bildschirm. »… als Selbstmord getarnt, in einem Tiroler Fremdenverkehrsort ermordet worden sein soll. Darüber hinaus wird den drei Tätern, unter ihnen der Gemeindearzt von Andreasfurth, vorgeworfen, den russischen Milliardär Nikolai Fomin und seine Gattin Lara getötet zu haben. Das Ehepaar hatte seit einigen Jahren ihren Wohnsitz in dem Tiroler Dorf. Dem österreichischen Polizeisprecher zufolge ist das Motiv noch unklar. Zwei der drei mutmaßlichen Täter sind geständig.«

»Du bist ein Teufelskerl!«, rief Schröck ins Telefon, aber Heinrich hatte bereits aufgelegt.

Klaus Heinrich hatte es also doch nicht übers Herz gebracht, die Mörder ungeschoren davonkommen zu lassen. Einmal Polizist, immer Polizist.

Im Arbeitszimmer schaltete Schröck den Computer ein. Wenn Heinrich sich ihm so entzog, musste er ihm wenigstens eine E-Mail schicken und schreiben, wie froh er war, dass er sich doch noch dazu entschlossen hatte, die Mörder auffliegen zu lassen. Doch als das Mailprogramm sich öffnete, sah er, dass er bereits eine Nachricht von Heinrich im Posteingang hatte.

Knapp, wie es Heinrichs Art war, stand da: »Hallo, Michael, wie ich dich kenne, beginnst du dich schon wieder zu langweilen. Ich könnte Abhilfe schaffen. Anbei drei Dateien, die Unterlagen für deinen nächsten Auftrag, Klaus«.

Schröck öffnete das erste Dokument und begann zu lesen.

EDWIN HABERFELLNER
Grazer Verschwörung
KRIMINALROMAN
emons: